Über den Autor:

Martin Wolkner wurde 1980 im Ruhrgebiet geboren, studierte englische und deutsche Sprachwissenschaften, Film/Fernsehen sowie zusätzlich ein bisschen Philosophie an der Ruhr-Universität Bochum und University of Hull.

Er war als Übersetzer, Untertitler, Filmkritiker und Leiter des Filmfests homochrom in Köln und Dortmund tätig.

2015 erschien sein Roman "Vollmondbraut" von 2009.
2019 folgte sein Erstlingswerk "Morgenreport" von 2002 sowie ein deutsch- und ein englischsprachiger Gedichtband.

Vollmondbraut

Hexenjagd auf Schwedisch

Martin Wolkner

Bibliografische Information der Deutschen Nationalbibliothek:
Die Deutsche Nationalbibliothek verzeichnet diese Publikation
in der Deutschen Nationalbibliografie; detaillierte bibliografische
Daten sind im Internet über http://dnb.dnb.de abrufbar.

© 2015, 2019 Martin Wolkner

Herstellung und Verlag:
BoD – Books on Demand, Norderstedt

ISBN: 978-3746025285

INHALT

Ruhestand	7
Ein neues Leben	15
Im Krog	24
Tag zur Nacht	30
Nacht zum Tag	39
Hagelschlag	44
Enkel	51
Nicken	58
Nachtwache und Taggang	63
Hexenschuss	75
Hinter der Eiche	81
Überraschungen	97
Kochkunst	105
Kerzenschein	115
Spekulation	125
Nacht-und-Nebelaktion	130
Ein Stück der Wahrheit	137
Getrennte Wege	144
Das leere Haus	153
Entscheidung	158
Rattenfalle	164
Voller Krog	170
Mehr Wahrheit	178
Das ganze Ausmaß	185
Hexentanz	193
Rückkehr zur Tiden	200
An der Uni	209
Vor dem Sturm	219
Überschlagende Ereignisse	225
Hinrichten nach den Nachrichten	237
Aus der Asche	248
Die Schwesternschaft	254

Ruhestand

Der Chefsessel aus Leder drehte sich langsam und leer hinter dem edlen Schreibtisch, während Valter Harbinger aus dem großen Fenster seines geliebten Büros auf die Stadt und den Fluss hinüberblickte. Eine Möwe kam zu ihm hinüber geschwebt, als wäre sie von seinem nach wie vor stattlichen Anblick angelockt worden und wollte sich verabschieden. Sie driftete gekonnt auf einer Stelle im Luftstrom, der an dem sonnenbeschienen Gebäude der Tiden hinaufzog, und kreiste kurz über dem Kopf der Steinfigur auf der Ecke des Gebäudes. Als er sich vom Fenster weg drehte, sah er noch aus dem Augenwinkel, wie die Möwe die Statue beschmutzte. Valter zuckte innerlich mit den Schultern. Er würde dieses Büro niemals mehr betreten. Sollte die Statue doch mit Kot befleckt sein. Das kümmerte ihn jetzt nicht mehr. War es nicht viel mehr ein angemessenes Willkommensgeschenk für Calle?

Mit den gemischten Gefühlen von Genugtuung, welche sich in einem winzigen, süffisanten Lächeln im rechten Mundwinkel zeigte, und Bedauern, welches sein linkes Auge zucken ließ, drehte Valter sich Calle Fredriksson zu, der sein Nachfolger geworden war – gegen Valters Empfehlung. Auch wenn sie eine Frau war, so hätte er Marie Lökholm viel lieber in jenem schwarzen Ledersessel gesehen als diesen Speichellecker. Marie war zwar etwas emotional, aber sie hatte den richtigen Biss und auch das nötige Quäntchen Mut, mit dem sie die Zeitung für lange Zeit an der Spitze des Landes gehalten hätte. Dieser Biss und jegliche Gleichberechtigung änderte nichts daran, dass sie eine Frau war, und eine Chefredakteurin würde es wegen der konservativen Geschäftsführung vorerst nicht geben. Doch unter Calle, dem missgünstigen Kriecher, sah Valter jetzt schon das Blatt so weit verkommen, bis man nicht einmal mehr Fische darin einwickelte. Aber dafür benutzte man heutzutage ohnehin keine Zeitungen mehr wie in den guten alten Zeiten. Sollte ihn nicht eigentlich auch das kalt lassen, wo er doch bereits offiziell und mit Pauken und Trompeten in den Altersruhestand verabschiedet worden war?

Calle stand gestriegelt und arrogant an den Türrahmen gelehnt und wippte mit dem Fuß. Am liebsten hätte Calle ihn wohl schon längst aus dem Fenster gestürzt, damit er freie Bahn hatte. Dieser Taugenichts kann es noch nicht einmal abwarten, bis ich das Feld geräumt habe, ich, der ich diese Zeitung nach dem Krieg zu dem gemacht habe, was sie heute ist, dachte Valter. Es war ihm ein Stich in die Brust. Aber er war damals genauso gewesen, als er in den Chefsessel gehoben worden war. Das junge Volk kann es niemals abwarten, die Alten loszuwerden, alles von Grund auf neu zu strukturieren, als Beweis der eigenen Macht und Genialität, und doch wieder die gleichen Fehler zu machen wie die vielen Generationen vor ihnen. Ewig gleich dreht sich das Rad der Windmühle und kommt doch nicht voran.

Valters ehemalige Sekretärin Elsa wartete auf ihn an dem Schreibtisch vor seinem Büro, an dem sie beinahe vierzig Jahre lang gearbeitet hatte. Sie verließ die Zeitung gemeinsam mit ihm und wollte nun mit sechsundfünfzig Jahren ihr weiteres Leben genießen. Valter hatte selbstverständlich dafür gesorgt, dass sie für ihre unerschöpfliche Gelassenheit und Opferbereitschaft, die ihre Position von ihr erfordert hatte, eine fürstliche Abfindung bekam. Deutlich stand ihre Dankbarkeit und Ergebenheit in ihr Gesicht geschrieben, als sie Valter durch die Redaktionsräume folgte.

Ehrerbietend standen die Redakteure und Laufburschen auf den Gängen und im Großraumbüro, schüttelten Valter die Hand zum Abschied, bekundeten ihre Hoffnungen, dass er sich mal wieder blicken ließe, und fuhren dann mit ihrer Arbeit fort, denn am frühen Morgen sollte die wochentägliche Ausgabe pünktlich bei den Lesern im Briefkasten oder am Kiosk warten.

Calle begleitete Valter und Elsa bis zur Tür, so als wollte er vollkommen sicher gehen, dass der Alte auch wirklich weg war und seine Herrschaft wie geplant begann. Valter konnte förmlich riechen, wie dem Schisser der Angstschweiß das gestärkte Hemd unter dem mäßig sitzenden Jackett am Körper kleben ließ. Alle, selbst die Konkurrenzzeitungen, wussten, dass Calles Erfolg allein darauf basierte, dass er anderen die Storys stahl, auch wenn ihn noch keiner damit konfrontiert hatte. Für diesen Ruf gab es noch keine Beweise, aber es war offensichtlich, dass er sich mit fremden Federn schmückte; so falsch wirkte er. Er stolzierte herum wie ein Pfau vor einer Herde Spatzen.

Calle verabschiedete Valter an der Tür mit aufgesetzter Freundlichkeit und eiskalter Effizienz, dann wandte er sich blitzschnell zum Gehen um. Valter zischte ihm ein paar Worte hinterher, hoffend, dass Marie noch einen Weg finden möge, um Calle auszustechen. Wenn Calle es nicht schaffte, sich mit seiner Hinterfotzigkeit bei der Tiden zu halten, dann wäre er ein für alle Mal erledigt. Kein anderer würde sich seiner erbarmen. Warum bloß hatte Valter ihn nicht schon früher abgesägt? Zum Glück war damit zu rechnen, dass Calle sich schon bald einen ordentlichen Patzer leistete, der ihn Job und Karriere kostete. Andererseits gönnte Valter Marie die Befriedigung, diesen elenden Waschlappen selbst abzuschießen.

Als sie den Aufzug betreten und sich die Türen hinter ihnen geschlossen hatten, wandte sich Valter an Elsa.

"Und? Haben Sie alle Vorkehrungen für Ihre große Kreuzfahrt getroffen?"

Dies würde nun vielleicht ihr persönlichstes Gespräch miteinander sein, obwohl sich Elsa und Valter nach nunmehr fast vierzig Jahren der Zusammenarbeit besser kannten als ihre Ehepartner; vielleicht auch ihr letztes.

"Ja, es geht in vier Tagen los und Clarence ist schon ganz unruhig. Fast täglich übt er das Schnorcheln in der Wanne, damit er auch bestimmt nicht auf Martinique ertrinkt."

Valter grinste sie breit an. Er konnte es sich detailliert ausmalen, wie Clarence ein paar Tropfen Wasser in die Badewanne einließ, mit Taucherbrille, Schnorchel, Schwimmflossen und -flügeln ausgerüstet hinein stieg und sein tonnenförmiger Körper die Pfütze verdrängte, so dass Clarence den Eindruck hatte, wirklich ein Bad zu nehmen. Bei dem vielen Fett schwamm er selbst ohne die Schwimmflügel besser als jede Boje. Clarence konnte gar nicht ertrinken, dachte Valter, doch behielt er diesen Gedanken natürlich für sich.

"Sie werden sehen, dass die Karibik zu dieser Jahreszeit einfach traumhaft ist. Sie werden die Tiden und mich vollkommen vergessen haben, wenn Sie nach einem Cocktail unter Palmen am weißen Strand in das kristallklare, warme Wasser steigen. Spätestens wenn Sie die Seychellen erreicht haben, werden Sie beschließen, nie wieder zurückzukehren."

Sie lächelte zurückhaltend. Er tat es ihr gleich. Sie waren viel zu professionell für mehr Herzenswärme. Stattdessen war da ein sarkastischer Unterton in ihren Stimmen, den sie als Chiffre für Freundlichkeit benutzten.

"Sie wiederum können sich kaum vorstellen, wie sehr ich die Arbeit und Sie bereits jetzt vermisse. Wie soll ich nur leben ohne all die Überstunden, den Stress, Ihre

Unberechenbarkeit und absonderlichen Extrawünsche? Ich werde doch eingehen vor lauter Langeweile."

Ihre Augen glitzerten ihn an. Er wünschte ihr ohne weiteres, dass sie eine unterhaltsame Beschäftigung fände, damit sie bei ihrem faden Ehemann nicht dahinvegetierte. Eine Scheidung würde ihrem Teint besonders gut tun, überlegte sich Valter und war froh, dass der Aufzug das Erdgeschoss erreicht hatte und es nicht zu einer herzzerreißenden Abschiedsszene kam. Er kannte doch die Frauen, immerhin hatte er bereits vier von ihnen verschlissen.

"Ist Ihr neues Häuschen denn bereits bezugsfähig?", fragte Elsa, während sie auf die Drehtüren zugingen.

"So gut wie. Die letzten Kleinigkeiten werde ich in den nächsten Wochen selbst machen, schließlich habe ich jetzt mehr als genug Zeit dafür."

War da nicht Bewunderung in Elsas Augen? Er wusste seit vielen Jahrzehnten, dass er all das verkörperte, was sie sich von einem Mann wünschte, und auch, dass Clarence keine einzige dieser Eigenschaften besaß. Wie lange würde sie noch brauchen, um das zu erkennen? Nicht, dass er auch nur im Geringsten daran interessiert war, sie zu seiner fünften Frau zu machen. Dazu kannte sie ihn viel zu gut. Das würde niemals funktionieren. Aber sie sollte sich wenigstens einen ordentlichen Mann besorgen, mit dem sie ihr Geld und die Jahrzehnte, die sie noch vor sich hatte, in vollen Zügen genießen konnte.

Valter verabschiedete sich von Elsa mit einem zögernden Händedruck, zögernd, weil er wirklich eine Umarmung erwog. Dies war die vermutlich absurdeste Situation seines langen Lebens, nicht zu wissen, was in aller Freundschaft und alter Untergebenheit angemessen war.

Sie verließ das Gebäude der Tiden, ohne zurückzublicken. Elsa war eine starke Frau. Das hatte er schon damals in jenem Augenblick gewusst, als er sie zwischen all den anderen Bewerberinnen hatte sitzen sehen. Bildhübsch und blutjung war sie damals, so dass sie trotz ihrer Stärke noch weich und formbar war und flexibel wie ein Birkenzögling. So hatte er sie für seine alleinigen Bedürfnisse abrichten können und so waren sie zu diesem symbiotischen, traumwandlerischen Verständnis gekommen. Er hatte alle anderen Bewerberinnen nach Hause geschickt, auch die erfahrensten und besten Sekretärinnen, hatte Elsa mit in sein Büro genommen und eingestellt, ohne ihre Referenzen gesehen zu haben. Dieses Gespür für den wesentlichen Kern hatte ihn schon in seinen Zwanzigern zum besten Journalisten des Landes und schnell zum Chefredakteur der Tiden gemacht. Damals war er grünschnäblige dreißig Jahre alt und der Krieg, der um sie herum in Europa und der Welt gewütet hatte, erst seit kurzem zu Ende. Aber er wusste, dass Elsa, gerade einmal siebzehn Jahre alt, unter all den anderen Bewerberinnen am besten geeignet war. Dass sie bereits in so jungem Alter Mutter war und die Schule abgebrochen hatte, spielte für Valter keine Rolle. Elsas Mutter kümmerte sich um den Enkel und Elsa um Valter, damit er sich, der er selbst noch jung war, in seiner überaus wichtigen Position behaupten konnte. Damals war es die Zeit für einen Neuanfang und deswegen durfte er nicht von Erwartungen und Konventionen gebremst werden, die eine eingearbeitete Sekretärin in sein Büro hinein getragen hätte.

Valter ging hinüber zum Empfang, gab dort seinen Hausausweis und die Schlüssel bei der freundlichen Dame ab, deren Namen er sich nicht gemerkt hatte. Eine Vornehmlichkeit seiner Position war, auch wenn er konnte, sich nicht alles merken zu müssen. Er ging hinter das Gebäude zu seinem Sportwagen, damit er bei offenem Verdeck die Küstenstraße entlang zu seinem neuen Haus fahren konnte. Elsa hatte es 'Häuschen' genannt, aber die Villa, die er in dem kleinen Dörfchen einige Kilometer hinter Hudiksvall gekauft hatte, war die größte und schönste der Gemeinde. Sie war aus Stein gebaut, obwohl dort fast alle Gebäude aus Holz waren. Er hatte lange gesucht, bis er das richtige Haus in so einem malerischen Küstenörtchen mit Sandstrand gefunden hatte. Er durfte nicht vergessen, dass er dem Makler einen großen Gefallen dafür schuldete.

Das Haus lag am Ortseingang und etwas erhaben über dem Dorf. Der Großteil seiner Habseligkeiten war eine Woche zuvor von einer Speditionsfirma herüber gebracht und unter seiner Aufsicht ins Haus getragen worden. Darum befand sich kaum mehr als eine Zahnbürste und ein paar Kleidungsstücke in der weichen Ledertasche im Kofferraum.

Der Ort, in den er nun einfuhr, hatte kaum einhundert Einwohner, lag dreihundert Kilometer nördlich von Stockholm an der See und niemand kannte ihn hier. Das war das Beste daran und darum erhoffte er sich, erholsame Ruhe und Besinnlichkeit für seinen Lebensabend zu finden. Er würde ein bisschen am Haus und im Garten arbeiten, spazieren und angeln gehen, sich hoffentlich mit ein paar Dorfbewohnern anfreunden und vielleicht endlich den künstlerischen Roman schreiben, für den er nie die Zeit gefunden hatte.

Er parkte den Wagen in der Einfahrt und stellte seine Tasche im Durchgang zur Küche ab, öffnete die Verandatür seines neuen Wohnzimmers und atmete die salzig prickelnde Seeluft tief durch die Nase ein. Von hier aus konnte man ungehindert über die breiteste Stelle des Bottnischen Meerbusens schauen. Es gab nur ein paar wenige kleine Inseln an diesem Küstenstrich, ansonsten lediglich Wasser, und am Horizont konnte man Finnland ausmachen, über das sich jeden frühen Morgen die Sonne erhob und in sein Schlafzimmer oben schien. Indem er dieses Haus bezog, machte Valter eine große Zäsur in seinem Leben. Von jetzt auf gleich waren die durchgearbeiteten Nächte und verschlafenen Tage für immer gezählt. Von nun an würde er sein Leben mehr am Sonnenrhythmus ausrichten, dachte er für einen Augenblick. Doch weil die Tageslänge in dem nordischen Land natürlich stark schwankt, musste er wohl doch seinen eigenen Rhythmus finden. Er konnte ja kaum den ganzen Sommer über wachen und im Winter den ganzen Tag durchschlafen. Um die Sommersonnenwende wurde es in dieser Gegend niemals wirklich dunkel, anders als in Stockholm, obwohl sein altes Zuhause keine drei Breitengrade südlicher lag.

Ein neues Leben

Valter erwachte von der Sonne, die seit Stunden in sein Schlafzimmer strömte, aber nun auf sein Gesicht fiel. Er blinzelte und seufzte. Es würde möglicherweise doch etwas länger dauern, bis er sich an irgendeinen Rhythmus gewöhnte. Noch nicht richtig erwacht torkelte er die Treppe hinunter und setzte Kaffee auf. Nur in Pyjama gekleidet fröstelte er milde in den weiten, fremden Räumen, aber besonders zog die Kälte von den Fliesen der Küche in seine nackten Füße.

Er war am jähen Ende seiner Sechziger, aber er sah wesentlich jünger aus, lebendig und kräftig wie ein Mittfünfziger. Er hatte trotz seiner vielen Arbeit mit regelmäßigem Sport für seine Gesundheit und sein Aussehen gesorgt und dennoch würde er sich in diesem Haus Pantoffeln besorgen müssen, so unelegant und unpraktisch ihm dies auch erschien.

Er ging barfuß zum Briefkasten vor der Türe und riss die Augen ob der gähnenden Leere darin weit auf. Er kramte sogar mit der Hand in der Leere, nur um diese bestätigt zu finden. Entweder war die Post noch nicht da gewesen oder jemand im Vertrieb hatte einen Fehler gemacht, dass ihm keine Zeitung geliefert worden war. Wenn mittags noch nichts da wäre, würde er anrufen und Stunk machen.

Die Kaffeemaschine gurgelte. Er befüllte eine Tasse und setze sich an den Wohnzimmeresstisch vor dem großen Fenster bei der Veranda. Sechs Minuten lang schaute er aus dem Fenster, die Umgebung betrachtend, die in strahlendes Morgenlicht getaucht war. Eine ältere Frau ging die Straße entlang, blieb stehen und sah hinauf zu dem fremden Auto vor dem Haus, das sehr lange leer gestanden hatte. Dann ging sie weiter. Nichts weiter geschah, so ruhig war es an diesem Ort, und die Möwen, die hier über der See kreisten genauso wie in Stockholm über dem Mälarsee, langweilten ihn bereits jetzt. So stand er denn auf, zog sich den Jogginganzug an, den er seit Jahren unbenutzt in seinem Schrank lagerte, weil seine letzte Frau ihm diesen gekauft hatte. Er begann, seine Möbel, die die Spediteure lieblos hingestellt hatten, ordentlich zurecht zu rücken und die Kisten auszupacken, die noch überall verteilt herumstanden, obwohl seine Anweisungen eindeutig gewesen waren. Die meisten Gegenstände waren von ausgesuchter Qualität und entsprechend schwer. Dennoch ließ er es sich nicht nehmen, sie ganz allein zu bewegen. Er war schon immer ein Anpacker gewesen. Die Vormittagsstunden verflogen eilig. Obwohl er ständig zur Straße hinüberschaute, sah er eigentlich niemanden vorübergehen oder vorbeifahren.

Gegen Mittag zog Valter sich ein Hemd und eine braune Cordhose an, zog seinen leichten, dunkelblauen Mantel über und ging an seinem Wagen vorbei auf die Straße. Er war froh, dass er den Jogger wieder ausgezogen hatte. Natürlich war ihm klar, dass er in ordentlicher Kleidung mit Knöpfen und tailliertem Schnitt nicht hätte vernünftig anpacken können, aber er hasste diese schlabberige Freizeitkleidung. Das war einfach nicht seine Art. Er ging die Straße ins Dorf hinein, die er ein paar Wochen zuvor ein Mal mit dem Auto abgefahren war. Die ältere Frau, die morgens vorbeigegangen war, stand rauchend vor dem Gemischtwarenladen und beäugt ihn, der allein und fremd die Strandpromenade entlang auf sie zu spazierte.

"Wohnen Sie etwa jetzt oben in der Villa?" Der Ton, mit dem sie dies sagte, war abfällig und auffällig kühl.

"Ja, ich bin frisch im Ruhestand und gerade eingezogen", entgegnete Valter dennoch freundlich. Er war jetzt im Ruhestand und so wollte er sich auch verhalten. Ihre Laune könnte überhaupt nichts mit ihm zu tun haben, schließlich kannte sie ihn überhaupt nicht, sinniert er.

"Na, dann herzlich willkommen!" Sie zog noch einmal kräftig an ihrer Zigarette, warf sie auf den Boden und trat sie aus. Sie trug solche Gesundheitstreter, wie Valters zweite Frau sie kurz vor der Scheidung nur noch getragen hatte. War die Art, wie sie die Zigarette austrat, nicht doch eine offensichtliche Geste der Ablehnung?

"Haben Sie geöffnet?" Valter deutete mit einem Kopfnicken auf ihr Geschäft. Sie war nicht gerade die Freundlichkeit in Person, dachte er, aber er wollte es sich nicht gleich bei ihr verscherzen.

"Ich wollte gerade Mittagspause machen, aber kommen Sie kurz herein."

Sie öffnete ihm die Tür, ließ ihn eintreten und sich umschauen, während sie sich hinter ihrer Kassentheke niederließ.

"Suchen Sie etwas Bestimmtes?", rief sie zu ihm herüber. Valter drehte sich von den Regalen zu ihr um.

"Im Moment nicht. Ich mache mich vor allem mit Ihrem Sortiment vertraut."

Sie lächelte ihn gekünstelt an. Er ging weiter durch die drei Gänge und dachte bei sich, dass es gut wäre zu wissen, was er auf die Schnelle hier kaufen konnte und was er sich von weiter weg besorgen musste. Er griff nach einer Schachtel Nägel, um ein paar Bilder und ein Thermometer aufzuhängen. Einen Hammer sollte er noch irgendwo in den Kartons haben, obgleich er sich dessen nicht sicher war, weil er ihn nie selbst benutzt hatte. Im Laden gab es sogar ein paar abgepackte Lebensmittel und Konserven, unter denen er das Nötigste für Butterbrote oder ein einfaches Mittagessen fand. Er war noch nie der Frühstücker gewesen, aber langsam wurde es Zeit, dass er etwas zu essen in seinen

Magen bekam. Hier im Dorf gab es vermutlich keinen Imbiss, an dem er sich eine Kleinigkeit kaufen konnte, wie er es gewöhnlich vor Arbeitsbeginn getan hatte.

Mit dem Arm voller Waren ging er hinüber zu der Frau, die ihn die ganze Zeit über nüchtern beobachtet hatte. Sie tippte die Preise, die sie scheinbar im Kopf hatte, in die alte Registrierkasse ein.

"Das macht hundertdreiundsechzig fünfzig."

Valter grub tief in seinem Portemonnaie, um sich seine Überraschung und Entrüstung über die Mondpreise nicht ansehen zu lassen. Für die paar Teile war das doch ziemlich teuer, was die Frau von ihm verlangte. Bei ihr würde er definitiv nur das Allernötigste kaufen.

"Haben Sie bitte eine Tüte für mich?", fragte er, als er ihr das Geld überreichte.

"Sie meinen diese Plastiktüten?" Sie gab ihm sein Wechselgeld. Er nickte auf ihre Gegenfrage.

"Nein, die haben wir hier nicht. Die Leute im Dorf wissen, dass sie auch tragen müssen, was sie kaufen. Kann ich Ihnen sonst irgendwie behilflich sein, Herr…?"

"Valter Harbinger. Vielleicht können Sie mir verraten, wann hier die Post ausgetragen wird." Valter, der langsam wütend wurde, stopfte seine Einkäufe teils in seine Manteltasche und stapelte sich den Rest auf den Arm.

"Oh, die wird schon seit Jahren nicht mehr ausgetragen. Die müssen Sie sich schon selbst in der Post abholen gehen."

"Und wann macht die Post auf?", verlangte er zu wissen und gab sich größte Mühe, ruhig zu bleiben, denn auch wenn die Verkäuferin ganz ruhig schien und ihre Stimme neutral klang, so spürte Valter doch, dass sie ihn verachtete. Sie hielt ihn sicherlich für einen verwöhnten Städter, der er vermutlich auch war.

"Das ist ganz unterschiedlich und hängt davon ab, wann Pia aufsteht."

"Pia wer?"

"Pia Skog, unsere Postfrau, die ihre Filiale ein Stück die Straße hinauf hat. Sie sind vorhin dran vorbeigelaufen. Pia bringt auch in unregelmäßigen Abständen ein örtliches Magazin heraus. Wenn Sie also Neuigkeiten haben, wenden Sie sich an sie. Und nun wünsch ich Ihnen einen schönen Tag."

"Ja, Ihnen auch einen schönen Tag", presste er zwischen seinen Zähnen hervor und verließ den Laden.

Auf dem Rückweg erkannte er den unauffälligen Postladen. Ein Schild im Fenster einen Wohnhauses deutete ihm den Weg. Es schien niemand im Haus zu sein und darum ging Valter zurück zu seinem neuen Heim, um sich Tee zu kochen und weiter seine Sachen auszupacken. Er hatte es nicht eilig damit, aber er hatte auch nichts anders zu tun.

Nachmittags kehrte er zur Post zurück und dieses Mal stand die Eingangstür ein Stück weit offen. Als er geklopft hatte und die Haustüre weiter aufstieß, trat Pia Skog aus einem hinteren Zimmer zu ihm, sich die nassen Hände an ihrer Schürze abtrocknend. Sie war eine kleine, runde Frau mit fast kindlichem Gesicht.

"Guten Tag. Wie kann ich Ihnen helfen?", wandte sie sich Valter zu.

"Guten Tag, Frau Skog. Mein Name ist Valter Harbinger und ich bin…"

"Ach, Sie sind der Herr, der in die Villa gezogen ist!", fiel sie ihm ins Wort. "Ich hab da was für Sie."

Valter folgte ihr in das Postbüro und wartete, während sie in ihren Stapeln nach seiner Post wühlte. Im Grunde war es kaum mehr als ein kleiner Büroraum, in dem sich die notwendigen Waagen, Kisten, Briefmarken und Materialien befanden.

"Ah, da ist es ja. Hier ist ein Brief, Ihre Zeitung – Sie lesen also die Tiden – und hier haben Sie die letzte Ausgabe unserer Hälsingländsk Bladet, damit Sie wissen, was hier in der Gegend in letzter Zeit so passiert ist. Als Neuankömmling kriegen Sie die ganz umsonst von mir. Habe ich Ihnen eigentlich schon erzählt, dass fast alle Artikel des Bladets von mir selbst geschrieben werden. Falls Sie mal eine Annonce aufgeben wollen oder Neuigkeiten für mich haben, kommen Sie nur ja sofort zu mir. Sowieso kommen eigentlich fast alle zu mir, ständig, mit jedem Scheiß. Huch, hab ich das gerade wirklich gesagt?" Sie hob geziert-verlegen die Hand vor den Mund und kicherte stupide. Valter rollte innerlich mit den Augen.

"Ich bin also das Mädchen für alles. Damit meine ich, ich bin nicht nur die Frau vom Postamt, sondern auch Journalistin und Herausgeberin. Also, ich hab das nicht studiert oder so. Sie wissen schon, wie ich das meine. Und was machen Sie so, dass Sie in unser kleines Dörfchen gezogen sind?"

Valter holte tief Luft, genauso wie Pia. Endlich ist sie ruhig, dachte Valter und antwortete hochnäsig und schroff: "Ich war bis vor ein paar Tagen der Chefredakteur der Tiden und genieße jetzt hier meinen Ruhestand."

Sofort bereute Valter es, dieser Klatschbase so impulsiv sensible Informationen von sich preisgegeben zu haben. Pia, die gerade erst ihre Hand heruntergenommen hatte, hob sie triebhaft-verschämt erneut vor den Mund.

"Hups! Und da prahl ich noch so laut vor Ihnen. Das ist mir jetzt aber unangenehm", bekannte sie erneut kichernd, knuffte ihn doch tatsächlich in die Seite und fuhr fort: "Also dann weiß ich ja, dass ich mich an Sie wenden kann, wenn ich mal fachliche Fragen habe. Ich hab da übrigens eine ganz andere Frage: Würden Sie wohl bitte meine Soße probieren? Ich möchte meinen Mann mit einem neuen Rezept überraschen, damit es vielleicht im Bett wieder besser klappt. Sie wissen schon: knick-knack! Ich bin mir aber gar nicht sicher, ob die wirklich schmeckt. Was halten Sie davon?"

Sie hatte Valter bereits aus dem Postzimmer in ihre Küche gezerrt, dass ihm seine Einkäufe beinahe vom Arm fielen, und hielt ihm einen Kochlöffel mit der braunen Soße vors Gesicht. Sie roch nicht gut.

"Vorsicht, die ist noch heiß. Am besten pusten Sie noch mal kräftig", sagte sie. Ohne auf eine Reaktion von ihm zu warten, hob Pia den Löffel vor den eigenen Mund, pustete die Soße kühler und schlürfte selbst die Soße vom Löffel.

"Also ich finde, da könnte noch ein bisschen Estragon dran, finden Sie nicht auch?" Schon kramte Pia in ihrem Gewürzregal, öffnete ein Döschen, streute eine dicke, grüne Haut auf die Soße und rührte diese unter.

"Bitte entschuldigen Sie, aber ich muss noch ziemlich viel in meinem Haus machen", wandte Valter ein und ging sich rückwärts weitertastend zur Tür. Pia ließ den Löffel in die Soße plumpsen und begleitet ihn hinaus.

"Oh nein! Ich bitte Sie um Entschuldigung! Ich quatsche und quatsche und halte Sie von Ihrer Arbeit ab, dabei habe ich ja selbst mehr als genug zu tun. Bitte, gehen Sie! Sie kommen doch aber auch sicherlich bald mal wieder vorbei, oder?"

Die Tür war beinahe hinter Valter zugefallen, da hörte er noch, wie Pia zu sich selbst sprach: "Sie kommen alle wieder."

Nach wenigen Minuten war Valter zurück in seinem neuen Haus, machte sich ein paar Scheiben Knäckebrot und setzte sich mit Kaffee, Brot und Post auf die Veranda. Was für ein verrücktes Dorf er sich ausgesucht hatte, dachte er bei sich und öffnete den Brief, über die Absurdität der beiden Begegnungen lachend. Der Umschlag war mit Schreibmaschine beschriftet worden und es war ganz unverkennbar Elsas Schreibmaschinenschrift. In dem Umschlag lag eine von der ganzen Redaktion unterschriebene Karte, die ihm mitteilte, dass man ihn vermissen werde und ihm einen geruhsamen Lebensabend wünsche.

Auf einmal fühlte sich Valter älter als sonst und zweifelte daran, dass das abgeschiedene Leben wirklich sein Ding war. Vielleicht hätte er es vorher für einige Zeit ausprobieren sollen, statt mit Ach und Krach mit seinem gewohnten Umfeld zu brechen und alle Brücken abzureißen. Nun saß er in diesem Dorf mit seinen schrulligen Weibern fest. Würde er die gepflegte Gesellschaft und die prickelnde Lebendigkeit Stockholms vermissen?

Valter rief sich ins Gedächtnis, dass er jederzeit in die Stadt zurückkehren konnte, wenn es ihm hier nicht gefiele. Es gab noch genügend Leute, die ihm einen oder zwei Gefallen schuldig waren, und gute Freunde, die ihn mit offenen Armen willkommen zurück heißen würden. Dennoch hatte er entschieden, in den ruhigen Norden zu ziehen, und schon allein deswegen sollte er es jetzt zumindest versuchen. Bei einem Biss ins krosse Brot dachte er sich, dass er nun vielleicht auch das Kochen lernen könnte oder eine nette Frau kennen lernen dürfte, die für ihn kochte. Zumindest hoffte er inständig, dass es hier auch vernünftige und alleinstehende Frauen gab.

Die Karte der Redaktion zur Seite legend faltete Valter die Zeitung auf. Sie war durch den Postweg verknittert, aber dennoch war es die schönste und beste Zeitung, die er kannte, zumal diese Ausgabe nach über vierzig Jahren Redaktionsarbeit die erste war, die er vollkommen unprofessionell und gelassen lesen konnte. Andererseits, konnte er das nach vierzig Jahren wirklich?

Wie ein Kind freute er sich darauf, den Bericht seiner Pensionierung zu lesen. Elsa hatte ihm gegenüber angedeutet, dass eine Seite dieser Ausgabe für ihn reserviert wäre, um sein Leben und Schaffen für die Tiden zu rekapitulieren. Tatsächlich war auf der Titelseite ein Hinweis auf den Sonderbericht auf Seite zwei und die entstandene Änderung der gewohnten Seitenfolge zu finden. Hastig blätterte Valter um, doch was er erblickte, verscheuchte zuerst alle Farbe aus seinem Gesicht, nur damit sofort darauf die Zornesröte hineinfahren konnte.

Dieser Wichser Calle hatte es tatsächlich gewagt, den Artikel über ihn auf ein Minimum zu reduzieren, um eine selbstherrliche Lobeshymne auf den neuen Chefredakteur, nämlich sich selbst, zu veröffentlichen! Damit machte er die Tiden zu einer noch größeren Lachnummer, als sie es durch die Ernennung Calles zum Chef ohnehin schon war.

Valter brüllte wie ein verwundeter Elch, knüllte seine Tiden zusammen und warf sie so weit er konnte über die Verandabrüstung.

Im Krog

In der Gartenlaube, die zum Grundstück gehörte, fand Valter eine alte, verrostete Harke, einen manuellen, ebenfalls angerostet Rasenmäher und anderes Gärtnerwerkzeug. Hitzig und wild säbelte er einige Sträucher und Stauden nieder, pflügte ein paar Beete unter und mähte wütend den Rasen, so lange der Mäher hielt. Denn mit einem Mal barst ein Metallteil, verhakte sich und brachte alle anderen beweglichen Teile unverzüglich und abrupt zum Stillstand, so dass Valter mit seiner Vehemenz über das Gerät zu fallen drohte. Er fluchte laut, nachdem er wieder fest auf seinen Füßen stand, und trat gegen den Schrotthaufen. Er würde sich demnächst akkurates, sach- und zeitgemäßes Werkzeug kaufen, etwas, mit dem man wirklich arbeiten konnte, womöglich sogar etwas Motorbetriebenes.

Er verstaute den kaputten Kram im Schuppen und betrachtete das Ergebnis seiner Arbeit: der unberührte Teil seines Garten glich einer wuchernden Wildwiese, die andere Hälfte war ein kurz geschorener, stoppeliger Rasen, der weit entfernt war von dem saftig-seidigen englischen Rasen, den er sich wünschte; ein Teil der Bepflanzung glich einem üppigen, riesenwüchsigen Dschungel, während die durch ihn beschnittenen Pflanzen unförmig und karg waren. Er hatte hauptsächlich die trockenen Stämme und Stiele stehen gelassen und das äußere Grün abgeschnitten, welches sich nun auf dem geschnittenen Rasen häufte. Die Wut auf Calle hatte er durch die Schufterei kanalisiert und abgebaut, aber die Bilanz verdross ihn erneut, weil der wilde, wuchernde Teil des Gartens ihm doch wesentlich schöner und lebendiger vorkam als der verstümmelte. Schleunigst flüchtete Valter den kläglichen Anblick, las die zerknüllte Zeitung auf und ging ins Haus.

Der Tag neigte sich dem Abend zu und irgendwann würde er etwas Reichhaltiges und Warmes essen wollen, wie er es zum Redaktionsschluss nach vollbrachter Arbeit für gewöhnlich getan hatte. Jedoch gab es hier nicht die Dichte und Auswahl an guten Restaurants wie in Stockholm, wo er ganz nach Appetit die Gaststätte gewählt hatte. Hier in Hälsingland hießen die Alternativen 'Friss' und 'Stirb', vermutete Valter.

Valter hatte die wage Erinnerung, auf seiner Fahrt durch das Dorf vor einigen Wochen eine Gastwirtschaft gesehen zu haben. Darum beschloss er, einen Spaziergang durchs Dörfchen zu machen und, falls ihn seine Erinnerung nicht trog, dort einzukehren. Nötigenfalls könnte er immer noch ins Auto steigen und eine Gaststätte in der Gegend suchen – egal ob auf der E4 nach Süden Richtung Hudiksvall oder nach Norden gen Sundsvall. Spätestens in einer der beiden Städtchen sollte er fündig werden. Die weiten Strecken waren einer der bedauerlichen Konsequenzen seiner Ruhe.

In feinem Zwirn ging er durch eine Nebenstraße zum Ende des Dorfes, um von der Gegenseite wieder auf die Strandpromenade zurückzukehren. Aus dieser Richtung kommend befand sich in der Tat einige Häuser vor dem Gemischtwarenladen eine Schenke mit dem beleuchteten Namen 'Fridéns Krog'. Ein Pärchen war im Begriff, das Lokal zu betreten. Die Frau, die ihren Arm beim Manne eingehakt hatte, blickte in seine Richtung, kniff die Augen im Zwielicht zusammen und winkte ihm dann zu. Der Figur nach zu urteilen, handelte es sich um Pia Skog, und wahrhaftig nahm sie gerade an einem gefüllten Tisch Platz, als Valter den Krog betrat.

Valter ließ seinen Blick durch das Lokal schweifen. An den reichlichen Tischen saßen zumeist Paare, überwiegend in größeren Grüppchen. Zweifelsohne wurden in Fridéns

Krog auch Speisen serviert. Am Tresen saßen einige Männer zusammen, tranken Bier und lachten. Fast ausnahmslos traf sein Blick den unbewegten der neugierigen Gäste, die bei seinem Hereinkommen merklich leiser geworden waren. Sie begutachteten ihn und tuschelten. Unfraglich hatte sich seine Ankunft bereits unter den Dorfbewohnern herumgesprochen und jeder wollte wissen, wer der Neuling, dieser pensionierte Chefredakteur, war. In einer Ecke konnte er die Händlerin ausmachen, die er kaum wiedererkannte, weil sie lachte. Pia winkte ihm aufmunternd zu und er nickte höflich in die Runde. Damit entspannte sich die Stimmung. Man wandte sich wieder seinen Tischpartnern zu und die Lautstärke schwoll postwendend an.

Hinter dem Tresen stand ein blonder Hüne mit langen Haaren und einer weißen Schürze. Valter nahm an, dass es sich bei ihm um Herrn Fridén handelte. Dieser zapfte Bier und besprach sich mit einer zierlichen, brünetten Frau, die vermutlich Frau Fridén war und die mit einigen Tellern beladen zu ihm herüber kam.

"Guten Abend, Herr Harbinger. Ich bin Klara Fridén. Sie möchten sicherlich etwas essen. Nehmen Sie doch dort drüben an dem freien Tisch Platz und ich bin sofort bei Ihnen", empfahl sie ihm. Valter setzte sich, während Klara das Essen servierte. Sofort stand Pia Skog vor ihm und schüttelte ihm die Hand.

"Wie schön, Sie wieder zu sehen! Ich hätte nicht so früh damit gerechnet. Wie gefällt Ihnen unsere kleine Kaschemme? Vielleicht sollte ich es besser nicht so nennen, um Sie nicht zu verschrecken. Also, Sie müssen wissen, dass wir sehr stolz auf Anders und seinen Krog sind. Hier treffen sich nämlich viele der Dorfbewohner und im Hinterzimmer spielen die Jüngeren und die Männer später Karten oder Billard und rauchen. Wir Frauen spielen auch Karten, aber wir rauchen nicht, also bleiben wir hier vorne und schieben teilweise die Tische zusammen. Manchmal basteln wir auch zusammen oder machen Gesprächsrunden. Auch die Dorfversammlungen finden hier in Fridéns Krog statt, denn wir haben keine Kirche und kein Gemeindehaus. Also, Sie müssen wissen, dass wir hier sowieso ziemlich... Na ja, wie soll ich das sagen? Nun, dass wir hier eher heidnisch sind. Ich hoffe, das stört Sie nicht. Wir sind dennoch eine lustige Gemeinschaft, das werden Sie noch merken, wenn die anderen etwas aufgetaut sind. Geben Sie ihnen ein bisschen Zeit. So lange werde ich mich um Sie kümmern. Kommen Sie doch einfach mal wieder bei mir vorbei. Ich habe bestimmt auch ein Tässchen Brennnesseltee für Sie. Den sammelt unsere Svea. Also, Sie müssen wissen, dass Svea unsere Kräuterhexe ist. Wenn Sie mal eine Blasenent-zündung oder einen Hexenschuss haben, gehen Sie ja zu ihr. Sie wohnt in dem kleinen Hexenhaus am anderen Ende..."

"Pia, dein Mann möchte endlich bestellen", drängte sich Klara in den Monolog, "also geh endlich rüber und lass den Mann hier in Ruhe."

"Lassen Sie es sich schmecken, Herr Harbinger, und kommen Sie mich die Tage mal besuchen. Bis später!" Pia winkte ihm noch einmal zu und flitzte dann hinüber zu ihrem Mann, der bereits mit den Fingern auf dem Tisch trommelte. Valter seufzte gedehnt. Ihre Bewegungen erinnerten Valter an eine fette Hummel, die von Blüte zu Blüte taumelt. Klara reichte ihm schmunzelnd die Karte.

"Sie müssen Pia schon klipp und klar sagen, wenn sie Sie nervt, und sie wegschicken. Keine Angst, die nimmt Ihnen das nicht krumm. Sie weiß ja selbst, dass sie keinen Punkt und kein Komma findet. Jetzt kucken Sie erst mal in aller Ruhe durch die Karte und ich bringe Ihnen ein frisch gezapftes Bier, wenn es Ihnen recht ist."

"Aber bitte ein Dünnbier", bestätigte er erleichtert und schlug die von Hand geschriebene Karte auf, die eine Dauerkarte mit traditionellen, hausmännischen Speisen und eine Wochenkarte mit zwei täglich wechselnden Gerichten enthielt, einem internationalen und einem schwedischen. Über die Preise würde er nicht klagen können, wenn das Essen halbwegs schmeckte. Laut der Wochenkarte gab es heute Spaghetti Carbonara und Viltwallenbergare, also Wildhacksteaks mit Kartoffelpüree, Erbsen und Soße. Am nächsten Tag würde es Cevapcici mit Pommes frites und gefüllten Weinblättern sowie das beliebte Flygande Jacob, Hähnchengulasch mit Bananen und Erdnüssen, geben. Auf der Dauerkarte standen unter anderem Biff a la Lindström, ein Hacksteak aus Rind, Sahne, rote Beete, Kartoffeln und Kapern, der Kartoffel-Anchovis-Sahne-Auflauf Janssons frestelse, Laxpudding, ein Lachs-Kartoffel-Zwiebel-Auflauf, Raggmunk, also Kartoffelpuffer mit Bauchspeck und Preiselbeeren und einige Fischgerichte. Ganz unten stand in Rot hinzugefügt, dass es in der folgenden Woche wieder Surströmmingfest gäbe, vergorenen Hering, welcher mit Mandelkartoffeln, Zwiebeln und Gräddfil, saurer Sahne, in Tunnbröt gerollt und mit kalter Milch und Akvavit serviert wurde. Die Karte kündigte sogar für den Donnerstag der nächsten Woche, also in genau sieben Tagen, ein kleines Surströmmingfest-Fest in der Gaststätte an. Valter stöhnte. Nur in so einem kleinen Ort wie diesem konnte ein Konservenfisch so wichtig sein, dass sich alles danach richtete. Zum Glück brachte Klara Valter sein Bier und riss ihn aus seinen herablassenden Gedanken.

"Was darf es denn für Sie sein?"

"Einmal Pytt i Panna", bestellte er und wechselte neugierig das Thema, "und würden Sie mir sagen, warum

Frau Skog mit ihrem Mann dort drüben sitzt? Ich hab sie heute Nachmittag noch kochen sehen."

"Ach das! Pia kocht leidenschaftlich gern, aber nichts will ihr gelingen. Ein Glück für Per, dass sie auch da einsichtig genug ist. Die beiden kommen fast täglich her, obwohl sie jeden Tag kocht, die Arme."

Es dauerte nicht lang, da brachte Klara sein Pfannengericht aus gewürfelten, gebratenen Kartoffeln, Fleischstücken und Zwiebeln. Es wurde mit roter Beete und zwei Spiegeleiern serviert. Er nahm eine Gabelvoll. Während er kaute, schloss er seine Augen, denn so gut schmeckte es. Er fühlte sich an seine frühe Kindheit erinnert. Es war eindeutig in Butter gebraten, so wie seine Großmutter es ihm immer zubereitet hatte. Als er größer wurde, durfte er ihr beim Würfeln der Zutaten helfen, aber wie genau sie es dann in der Pfanne briet und was sie möglicherweise noch dran tat, blieb für immer ihr Geheimnis. Eigentlich war es eine große Schande, dass er sich nicht das Kochen von seiner Großmutter oder Mutter abgekuckt hatte.

"Na, Ihnen scheint es ja geschmeckt zu haben!", staunte Klara, als sie in noch kürzerer Zeit den leeren Teller wieder abräumte. "Möchten Sie noch etwas? Vielleicht eine Nyponsoppa zum Nachtisch?"

"Das wäre wunderbar", bekannte der vom Geschmack überwältigte Valter und lehnte sich zurück. Er blieb nur so lange, bis er die köstliche, mit hellen Mandelbiskuits garnierte Hagebuttenkaltschale aufgelöffelt hatte, und nahm nicht an der abendlichen Gesellschaft teil. Sowohl er als auch die Dorfbewohner brauchten Zeit, um sich aneinander zu gewöhnen.

In der Nacht träumte er von der Küche seiner Großmutter, in der er Schulaufgaben machte, eingehüllt in aromatischen Düften, weil sie ihre Köstlichkeiten zauberte.

Tag zur Nacht

Am nächsten Tag verließ Valter so gut wie gar nicht das Bett. So etwas hatte er seit fünfzig Jahren nicht mehr gemacht. Wegen der vielen Arbeit hatte er dafür weder Zeit noch Muße gehabt. An diesem Freitag jedoch ging er nicht, um die Post und Zeitung zu holen, er trank nur eine Tasse Kaffee, während er eine Kanne Tee aufbrühte, die er neben sein Bett stellte. Anschließend ließ er diese Katze von Tag an seinem Bett vorbeischleichen. Er hatte keine Lust, sich um das Haus oder den Garten zu kümmern. Wo auch sollte er anfangen und zu welchem Ziel sollte es führen? Wieder zu so einem Kümmernis wie die Gartenarbeit am Tag zuvor? Er überlegte, ob er einen Gartenarchitekten kommen, alles herausrupfen und neu gestalten sollte oder ob er den alten Garten so ließ, wie er war. Es war nach wie vor denkbar, dass er trotz seines eigenen Alters lernen würde, Altes und Verwachsenes so zu nehmen, wie es war – auch sich selbst.

Ohne sich dessen wirklich bewusst zu sein, befand sich Valter mitten in einer Rentendepression, die ihn unvermittelt und schlagartig befallen hatte. Die pausen- und urlaubslose Dauerbeschäftigung bei der Tiden ihn vor dem Altern bewahrt, doch nun, da er ohne Arbeit, ohne ein wirkliches Hobby, ohne erquickliche Gesellschaft war, spürte er bereits am zweiten Tag die Langeweile und die Einsamkeit an seiner Substanz zehren. Er hatte zum ersten Mal die Zeit, sein Leben nachzuvollziehen, seine Entscheidungen in Frage zu stellen und seine Wertvor-stellungen zu ermessen. Seine beinahe siebzig Jahre gaben ihm viel Stoff für Wenn-ich-aber-, Hätte-ich-mal-lieber- und War-das-richtig-Grübeleien, und das ließ ihm deutlich werden, dass er nicht mehr jung war. Hätte er stärker versuchen sollen, seine erste Ehe zu retten, statt sie mir nichts, dir nichts

durch drei weitere zu ersetzen? Hatte er durch das viele
Arbeiten etwas Wesentliches in seinem Leben übersehen
und versäumt? Hatte er genug geliebt in seinem Leben, von
der einen großen Liebe für die Zeitung einmal abgesehen?

Immer wieder döste er über Gedanken und Erinnerungen ein und erwachte über verspätete Skrupel oder vom
Krähen eines Rabenpaares. Erst als sich der Himmel gegen
achtzehn Uhr orange färbte, erkannte er, dass sich beim
besten Willen die Vergangenheit nicht ändern ließe. Das
einzige, was ihm blieb, war die Entscheidung der Gegenwart. Er konnte jetzt entscheiden, ob er sich vom Ruhestand
klein kriegen lassen oder er seinem Leben nun eine neue
Richtung geben würde. Er entschied sich dafür aufzustehen,
essen zu gehen und seinem neuen Leben die Chance zu
geben, Bedeutung und Tiefe und Zufriedenheit zu erlangen.

Abermals ging Valter in Fridéns Krog. Dieses Mal beäug-
ten ihn die Dorfbewohner schon nicht mehr so lange, als er
sich an einen freien Tisch setze. An diesem Tag bediente ihn
Anders Fridén. Seine Frau stand hinter der Bar und zapfte
Getränke. Sie schienen sich abzuwechseln. Valter bestellte
Flygande Jacob, so sehr hatte ihn der Entschluss, sich auf das
Neue einzulassen, beflügelt. Dieses Gericht war erst vor
einigen Jahren aus dem Nichts aufgetaucht und in Mode
gekommen und er hatte es verachtet und niemals probiert.

Während er auf sein Essen wartete und an seinem
leichten Birnencider nippte, ließ er seinen Blick über die
Dorfbewohner schweifen. Die Gemischtwarenladenbesitze-
rin, deren Namen er immer noch nicht kannte, saß mit
einer anderen Gruppe als am Tag zuvor zusammen, unterhielt sich angeregt und lachte zwischenzeitlich fröhlich. Als
sie seiner Aufmerksamkeit gewahr wurde, erwiderte sie
seinen Blick ernst, bis er sich abwandte. Bald darauf hörte er

sie jedoch wieder lachen und es klang überhaupt nicht unfreundlich.

Pia saß mit ihrem Mann in einer Ecke. Sie hatten ein hitziges Gespräch, von dem er leider kein Wort verstehen konnte, und nach einiger Zeit lehnte sich Pia schmollend auf ihrem Stuhl zurück. Ihr Mann schaute einmal Hilfe suchend durch den Raum und Valter bekam Mitleid bei dem erbarmungswürdigen Gesichtsausdruck. Der Mann streckte seine Hand nach Pia aus und streichelte ihr vorsichtig übers Gesicht, unterdessen er besänftigend auf sie einredete. Pia lachte ebenfalls bald darauf wieder.

Nur wenige der anderen Gäste hatte er am Abend zuvor gesehen und viele Gesichter kannte er nicht. Es war gut möglich, dass sie sich abwechselten oder nur hin und wieder ausgingen. Außer Pia und der Gemischtwarenhändlerin war nur eine verschwindend geringe Anzahl der Gäste auch am Vortag im Krog gewesen.

Die Dorfbewohner waren ein bunt gemischtes Völkchen, sofern er das beurteilen konnte. Alle Altersgruppen waren vertreten und das soziale Leben schien gut zu funktionieren. Zwar waren sie weniger mondän gekleidet, aber ihr Lachen war herzlicher und ihre Augen ehrlicher als bei den Großstädtern, wie Valter sie kannte, obgleich nicht so offen gegenüber Fremden und Neulingen.

Anders brachte Valters Essen, das er mit einer Leichtigkeit und Behutsamkeit absetzte, die seiner Größe spottete. Mit seiner kräftigen, großen Gestalt und dem blonden Zopf glich er dem jungen Thor, doch seine Bewegungen waren fein wie die eines Tänzers. Unter Valters Nase entfalteten die Bananen des Gerichts einen exotischen Duft.

"Lass es dir schmecken, Valter", raunte Anders in kumpelhaftem Tonfall und ging hinüber zum nächsten Tisch. Es störte Valter nicht, dass Anders ihn duzte, denn der Krog hatte nicht zuletzt durch den Besitzer etwas Familiäres. In Stockholm war das Duzen seit der Reform sowieso gang und gäbe. Hier im Dorf schien die Reform noch nicht so ganz gegriffen zu haben. Bei Anders war es einfach nur der Ausdruck eines jungen Menschen, der noch flexibel auf die neuen Sprechweisen reagierte, sondern auch der einer natürlichen Arglosigkeit, die dieser zurückgezogenen, etwas weltfremden Umgebung entsprang. Dies war es auch, was die Verkäuferin knurrig machte: Sie beschützte ihr Revier; sie war eine kläffende Hündin. Allein mit Beharrlichkeit würde es Valter gelingen, das Vertrauen dieser Menschen zu gewinnen, indem er, der Städter, der Einflussreiche, der Welterfahrene, ihnen zeigte, dass er ihre kleine Welt nicht zu verstören oder gar zu zerstören drohte.

Valter wandte sich seinem Gericht zu, welches gegen seine ursprüngliche Erwartung recht köstlich roch. Auch schmeckte es besser, als er sich hatte vorstellen können. Die Kombination von zartem Fleisch mit süßer Frucht und herzhaft-knackigen Erdnüssen war ihm ungewohnt, aber, das musste er eingestehen, sie war doch wirklich nicht übel. Anders, bepackt mit leeren Tellern, kam noch mal bei ihm vorbei, um sich zu erkundigen, ob es Valter tatsächlich schmeckte. Weil er den Mund voll hatte, nickte er bloß. Anders setzte schon an weiterzugehen, da signalisierte Valter ihm, dass er noch etwas auf der Seele hatte.

"Ich hab mich immer gefragt, warum es Fliegender Jacob heißt. Wissen Sie, was es mit dem Namen auf sich hat?"

"Darüber habe ich mir ganz ehrlich noch keine Gedanken gemacht. Aber wenn du möchtest, frag ich meine Mutter. Vielleicht hat sie zu dem Rezept noch ein bisschen mehr erfahren", erwiderte der Wirt und lief in die Küche, ohne dass Valter einwenden konnte, dass das Thema nicht so wichtig war. Statt mit einer Antwort kam Anders mit seiner Mutter Malva zurück zu Valters Tisch. Sie war wie ihr Sohn hochgewachsen. Trotz ihres Alters von schätzungsweise sechzig war ihr Haar, das sie zu einer aufwändigen Zopffrisur gesteckt hatte und das von einem Haarnetz umspannt wurde, von leuchtendem Blond. Sie war also die Göttermutter Jörd, dachte Valter in Bewunderung ihrer Schönheit.

"Sie möchten etwas zu dem Essen wissen? Schmeckt es Ihnen etwa nicht?" Sie hatte einen starken norrbottnischen Akzent, der verriet, dass sie aus dem nördlichsten Zipfel Schwedens kam, und eine knarrende Stimme.

"Doch, doch", verteidigte sich Valter, der nicht damit gerechnet hatte, angefahren zu werden.

"Jetzt sagen Sie nicht, dass Sie auf die Nüsse allergisch reagieren! Das hätten Sie vorher wissen müssen, bevor Sie Nüsse bestellen", zeterte sie weiter, anstatt sich anzuhören, was Valters Anliegen war.

"Mutter", bremste Anders sie, "Valter hat eine einfache Frage. Niemand kritisiert dein Essen."

"Ganz im Gegenteil, gnädige Frau", besänftigte auch Valter sie. "Ihr Essen ist ganz vorzüglich. Ich hätte niemals gedacht, dass diese Kombination wirklich schmecken könnte." Glücklicherweise begann Anders' Mutter auf seine Worte hin zu lächeln, so dass ihre tiefen Falten im Gesicht einnehmend zu tanzen begannen. Was war nur los mit den Frauen in diesem Dorf?

"Na, da bin ich aber beruhigt. Entschuldigen Sie, aber normalerweise rufen mich die Dorftrottel nur, wenn sie was zu meckern haben, und die meckern andauernd." Valter musste schmunzeln. Jetzt war ihm klar, woher Anders seine naive Direktheit besaß. Was meinte sie überhaupt damit, fragte er sich im Stillen. War er für sie auch einer jener Trottel? Und war das dann ein Kompliment oder nicht?

"Ich wollte Sie lediglich fragen, woher dieses Gericht seinen Namen hat. Das ist eigentlich völlig unwichtig, ich weiß, aber ich bin nun mal ein neugieriger Mensch."

"Valter war Chefredakteur der Tidning", erklärte Anders ihr und vom Nebentisch warf ein Mann die Korrektur ein: "Tiden. Die Zeitung heißt Tiden."

Valter zuckte erschrocken zusammen. Belauschten etwa alle Anwesenden ihr Gespräch? Anders' Mutter überging den Mann, wandte sich ihrem Sohn zu und grinste.

"Dann müssen wir uns wohl wirklich Sorgen um unsere Geheimnisse machen und sie mit Sicherheit hüten, nun, da Sie im Dorf sind, was? Aber zu Ihrer Frage: Ich hab gehört, dass der Erfinder des Gerichts Pilot war. Vermutlich hieß der Gute auch noch Jacob. Und jetzt müssen Sie mich auch schon wieder entschuldigen. Ich muss zurück in die Küche, sonst kriegen Lina und Karl neben Ihnen statt Köttbullar Köttbriketts."

Valter drehte sich zu dem Paar am Nebentisch um und Karl, der Anders korrigiert hatte, zuckte bloß unschuldig mit den Schultern. Als sich Valter bei der Köchin bedanken wollte, sah er nur noch ihren wehenden Rock durch die Küchentür verschwinden und auch Anders stand bereits an einem anderen Tisch. Valter hatte nicht einmal nach dem Namen von Anders' Mutter fragen können.

Als Valter später bei Anders bezahlte, lud dieser ihn ein, im Hinterzimmer mit ein paar Männern ein paar Runden Rödskägg zu spielen. Weil ihm der Sinn nach Gesellschaft und nach leichter Unterhaltung stand, sagte er zu. Rödskägg war ein einfaches Kartenspiel, bei dem man nicht viel überlegen brauchte, aber meistens umso mehr trank. Beim Spiel ging es darum, eine bestimmte Startpunktzahl loszuwerden, indem man wettete, wie viele Stiche man in der Runde gewinnen würde. Die höchste Wette wurde gespielt und bei Gewinn der Wette die Zahl der Stiche von den Punkten abgezogen. Verlor man die Wette, wurden die gemachten Stiche zwar ebenfalls abgezogen, aber zusätzliche Strafpunkte hinzugefügt.

So fanden sich später noch drei Männer zu Anders und Valter ein: der vorlaute Karl arbeitete als Buchhalter in Sundsvall; Jocke, mit zweiundfünfzig der älteste der Runde nach Valter, war in einem Papierwerk tätig; und der junge Niklas machte im Dorf eine Ausbildung zum Schreiner.

Sie spielten mehrere Runden, die anfangs recht verhalten waren, weil mit Valter ein Fremder am Tisch saß. Es wurde aber immer herzlicher und lustiger, je mehr sie von Jockes Selbstgebrannten tranken. Zwar durfte Anders als Wirt höherprozentige Spirituosen ausschenken, doch ging ein großer Anteil der hohen Preise an den Staat. Dadurch hatte sich auch in diesem Dorf eine illegale Brennkultur entwickelt, von der vermutlich die gesamte Dorfgemeinschaft profitierte. Am Nebentisch spielten einige andere Männer Karten, jedoch von Anfang an laut und stürmisch.

Erst gewann Karl, dann Niklas und im dritten Spiel Anders. Jocke sah nach jeder verlorenen Runde konspirativer zu Valter herüber und hob sowohl die Schultern als auch die Augenbrauen, als wollte er sagen, dass die beiden alten Knacker nichts gegen die Jungspunte auszurichten vermochten. Irgendwann fiel Valter auf, dass Jocke zwar rauchte und trank wie die anderen drei Männer, aber grundsätzlich nicht sprach. Als er ihn genauer beobachtete, bemerkte Valter schließlich eine Tracheal-kanüle an der Stelle, wo Jockes Kehlkopf gewesen war. Jocke war also wegen Kehlkopfkrebs operiert worden und dennoch rauchte er wie ein Schlot. Nun ja, dachte sich Valter, der das

Rauchen mit Mitte vierzig aufgegeben hatte, das musste jeder für sich selbst entscheiden.

Sie spielten ihre vierte Runde, die wieder Niklas zu gewinnen schien, als Jocke zu husten begann. Valter entglitt der Überblick, aber direkt nach dem Husten sprang Karl angewidert auf, warf seinen Stuhl in weitem Bogen um und fluchte heftig.

"Scheiße! Jocke, du Arsch, du hast es schon wieder gemacht! Du bist so verdammt ekelhaft!", rief er und lief zur Toilette.

Die restlichen drei Männer der Spielrunde rückten ebenfalls verleidet und ziemlich überrascht vom Tisch ab, während Jocke sich gemütlich erhob. Valter blickte sich verwirrt in der Runde um, denn alles ging so schnell und er verstand nicht, was geschehen war. Seine schnelle Auffassungsgabe war vom Alkohol ein wenig getrübt.

Anders redete auf Jocke ein, dass er vorsichtiger sein sollte und lief in die Küche, die man durch eine Tür direkt vom Hinterzimmer aus betreten konnte. Anders kehrte mit Eimer und Lappen in der Hand zurück. Unterdessen hatten Jocke und Niklas erst verhohlen wie kleine Mädchen zu kichern, dann laut zu lachen begonnen. Valter sah die beiden verständnislos an. Hatten auch die Männer in diesem Dorf nicht mehr alle Tassen im Schrank?

Bevor Anders die Karten mit dem Lappen in den Eimer wischte, bemerkte Valter die Schleimspur auf dem Tisch, die von Jockes zu Karls gegenüberliegendem Platz führte. Jocke hatte gehustet, ging Valter das Licht auf und er fragte sich, wo nur sein Reporterinstinkt geblieben war, dass ihm dies nicht sofort aufgefallen war.

Nachdem er sich gewaschen hatte, kehrte Karl zurück. Jocke und Niklas lachten immer noch. Valter verstand sofort die Bündnisse zwischen den Männern, aber er kannte nicht den Grund für Jockes Ablehnung.

"Das ist gar nicht witzig, Niklas!", echauffierte sich Karl. "Und du, Jocke, kannst mich mal kreuzweise. Deine Einkäufe kannst du von jetzt an schön selbst erledigen, ist das klar?"

Karl griff nach seiner Jacke, die über seinem Stuhl hing, und wandte sich um zum Gehen. Anders trat auf ihn zu. Er war einen guten Kopf größer als Karl, weswegen er von oben herab beruhigend auf ihn einredete, dass Jocke es nicht absichtlich gemacht hätte.

"Scheiße, Mann! Und wie der Penner das absichtlich gemacht hat! Oder hat er dich jemals angehustet? Oder Niklas?"

Karl verließ den Krog und Valter sah, wie Niklas und Jocke ein Augenzwinkern austauschten, sagte aber nichts dazu. Rasch löste sich auch die zweite Kartenrunde auf, die den Vorfall nicht hatte überhören können. Alle schnappten sich ihre Frauen und gingen nach Hause. Valter bemerkte, dass Jocke die Gaststätte ohne Frau verließen. Er krächzte abfällig, als er an der Gemischtwarenhändlerin vorbeiging. Niklas nahm ein junges Ding bei der Hand und wetzte heim.

Nacht zum Tag

Valter lag in seinem Bett und starrte an die Zimmerdecke, dann dreht er sich auf die Seite, zog das Kissen über sein Gesicht und dachte an Anders' Mutter, die eine recht ansehnliche Frau war und in einem guten Alter. Wie wohl ihr Name und ob sie verheiratet war?

Nur einen Gedanken weiter kam ihm Jockes Husten in den Sinn und alle romantischen Gedanken waren verflogen. Er rollte sich hastig auf die andere Seite des Bettes, so als wäre an dieser Stelle kein Gedanke an Jocke möglich. Valters Augen brannten und er gähnte mächtig, dass er das Gefühl hatte, es sprenge ihm den Kiefer. Er war müde, doch Schlaf fand er keinen, weil er tagsüber zu viel gelegen und gedöst hatte. Vielleicht war auch das Passivrauchen daran schuld oder Jockes Selbstgebrannter, der in seinem Magen rumorte.

Es nützte nichts, wach herumzuliegen und stundenlang auf Schlaf zu warten. Folglich stand er auf, ging barfuß in die Küche und kochte sich frischen Kaffee, nachdem er die kalte Teebrühe weggekippt hatte, die vom Tage übrig geblieben war. Er hatte morgens lediglich eine Tasse Kaffee getrunken. Das war viel zu wenig Kaffee! Vermutlich konnte er deswegen nicht schlafen, ging es ihm durch den Kopf, und räumte bei schwarzem Kaffee ein paar Bücherregale in seiner großen Bibliothek um. Sanft strich er den Staub von den Einbänden, bevor er die Bücher neu einstellte. Einige Bücher hatte er in Laufe seines Lebens wieder und wieder gelesen und doch waren die meisten von ihnen in einem neuwertigen Zustand. Das geschriebene und gedruckte Wort war ihm schon in seiner Jugend etwas Heiliges gewesen und entsprechend hatte er seine Bücher behandelt. Seine wenige Freizeit und die Zeit, die für berufliche Reisen draufgegangen war, hatte er zum Lesen verwendet. Wie viele tausend Bücher er in seinem Leben gelesen haben mochte?

Das Herz seiner Sammlung bestand aus nordischen Mythen und Göttergeschichten. Konnte man da von einem Zufall reden, dass seine erste Frau Freja geheißen hatte? Er besaß mehrere hundert Bücher zu diesem Thema, einige so selten, dass es sie selbst in den großen Universitätsbibliotheken nicht gab. Elsas Sohn Fredrik hatte, inspiriert durch Valter, seine Doktorarbeit zu diesem Thema geschrieben. Darum hatte Valter ihm als einzigem Menschen den Zugang zu den geschützten Büchern gewährt, von denen ein guter Teil von Hand vervielfältigte Manuskripte umfasste. Selbstverständlich war dies nicht der einzige Grund, warum Fredrik mit magna cum laude abschloss, aber vielleicht der ausschlaggebende. Danach waren andere gekommen und hatten ihn um Einsicht in die Bücher gebeten, doch er hatte so getan, als wüsste er nicht, wovon sie redeten. Stattdessen hatte er dafür gesorgt, dass der frischgebackene Dr. Fredrik Kling einen Verlag gründete und Faksimiledrucke seiner Bücher herstellte. Nach und nach nahm Fredrik weitere Titel in sein Programm auf und etablierte sich damit in den letzten Jahren als einer der wichtigsten Verleger für rare Bücher und Faksimiles. Viele Universitäten weltweit waren seine dankbaren Abnehmer, obgleich Skandinavistik international gesehen als Orchideenfach galt.

Zu seiner vierten Tasse Kaffee beschmierte sich Valter Knäckebrot mit Butter und legte dicke Scheiben Falukorv-Wurst darauf. Es war mittlerweile zwei Uhr morgens und in etwas mehr als einer Stunde begann bereits wieder die Dämmerung. Um halb fünf ging die Sonne auf.

Er stellte sich kauend an das große Verandafenster, die ruhige Nacht jenseits betrachtend. Dann und wann hatte er noch in den letzten Jahren bis tief in die Nacht hinein rauschende Feste gefeiert oder auf Bällen getanzt. Als Zeitungsmann musste man einfach dort sein, wo etwas geschah. Er dachte, er kenne die Nacht gut, aber hier zeigte sie sich von ganz anderer Seite, einer heimlichen, zerbrechlichen und wunderschönen.

Die See und das Dorf vor ihm schimmerten silbrig. Der Himmel war sternenklar und so dunkel, wie er es vom dauerbeleuchteten Stockholm nicht gewohnt war. Hier gab es keine Lichtverschmutzung und dafür liebte er den Norden. Er konnte einfach nicht anders als hinauf in den Himmel schauen, bezaubert von den Sternen. Dort zu seiner Linken, nach Norden hin, wurde der Himmel heller und färbte sich allmählich unheimlich grün. Immer deutlicher wuchsen die Schlieren der Polarlichter und erleuchteten den Nachthimmel mit einer unnatürlichen, unheilvollen Farbe, die für den Sommer ungewöhnlich war.

Irgendwo in den Kisten befand sich ein Feldstecher, da war sich Valter sicher, und bei seinem ordentlichen Wesen fand er ihn sehr schnell. Mit dem Fernglas hielt Valter nach den Sternen Ausschau und betrachtete die Krater und Landschaften auf dem Mond. Die Sicht war so klar, dass Valter beinahe glaubte, dort oben die flatternden Länderfahnen sehen zu können, die die Astronauten in den Mondstaub gestoßen hatten. Groß und voll in seiner Rundung stand der Mondtrabant am Himmel. Valter schwenkte die beiden Okulare nach Norden, um die weiter gewachsenen Nordlichter genauer zu erspähen. Die grünen Schwaden ähnelten giftigen Dämpfen, die aus einem Hexenkessel brodelten.

Valter ließ den Feldstecher sinken. Wie still war die Ostsee im Vergleich zur Nacht! Er ging hinüber in die Bibliothek, von wo aus er durch das Fenster die vom Dorf fortlaufende Küste entlang gen Süden schauen konnte.

Etwas oberhalb des Wassers endete der Wald und ging in eine Wiese über, über der ein leichter Nebel hing. Der Nebel schimmerte ganz eigenartig im silbrigen Mondlicht und im grünen Schein der Polarlichter.

Aber was sah Valter dort auf der Wiese, das ihn zusammenfahren ließ? Durch das Gras und die Nebelfetzen bewegte sich eine Gestalt, eine in Weiß gehüllte Gestalt, die durch das Licht des vollen Mondes geradezu glühte. Sie bewegte sich langsam und fließend, beinahe schwebend, aber das mochte durch das weite, schmucke Kleid bloß so scheinen. Die leuchtende Gestalt mutete beinahe gespenstisch an, zumal der silbrige Mondglanz übersinnlichen, ja ätherischen, Schimmer wob und sich mit dem unheilschwangeren Grün der nordischen Lichter überlagerte.

Gut, dass er das Fernglas zur Hand hatte, denn so brauchte er sich nicht zu gruseln, sondern hob dieses vor die ungläubigen Augen, richtete es mit einigem Suchen auf die Erscheinung und stellte es scharf. Da verließ tatsächlich mitten in der Nacht eine weibliche Gestalt in einem weißen Kleid das Dorf und ging verschleiert über die Wiese zur Küste, die dort hinten steiniger, dann felsiger wurde.

Ein alter Impuls, der Forschertrieb, die Reporterneugier, erwachte in ihm und flehte ihn an, sich aufzumachen und hinter der Gestalt her zu eilen, in Erfahrung zu bringen, was dort geschah. Aber da war auch eine neue Bequemlichkeit, die ihm sagte, dass er nun nicht mehr alles wissen musste und ruhig daheim bleiben konnte.

Er haderte einen Atemzug lang, aber dann war die Figur auch schon außer Sichtweite und er begnügte sich mit der Mutmaßung, dass es sich um diese alte Zauberfrau handelte, jene Hexe Svea, von der die Postfrau gesprochen hatte, die im Vollmond seltene Kräutlein sammelte für ihren magischen Hokuspokus.

An was einige Leute in unserer wissenschaftlichen Zeit immer noch so glaubten, höhnte Valter, legte den Feldstecher zur Seite und ging zurück zu seiner Kaffeetasse. Die schwarze Brühe war schon kalt geworden, darum öffnete er kurz die Verandatür und entleerte die Tasse in den Garten. Er sollte sich langsam schlafen legen, überlegte er sich und ging hinauf in sein Schlafzimmer.

Er gab sich alle Mühe zu schlafen, wälzte sich im Bett hin und her. Seine Füße waren eiskalt und er versuchte, sie nacheinander warm zu kneten. Aber sobald er ein Bein ausstreckte und das andere zum Wärmen anzog, war der erste Fuß bereits wieder kalt. Es war nutzlos. Er bemühte sich, an etwas anderes als seine Füße zu denken, aber schlafen konnte er dennoch nicht.

Er hasste es, sich das eingestehen zu müssen, aber er war inzwischen so alt, dass er sich wirklich, wirklich Pantoffeln zulegen musste. Hätte dieses Haus doch eine Fußbodenheizung, wünschte er sich. Er hatte so viele kleine Details nicht bedacht, als er dieses Haus gekauft und beschlossen hatte, hier sein Lebensabend zu verbringen, in diesem merkwürdigen Dorf mit seinen seltsamen Frauen.

Valter setzte sich ruckartig auf und kombinierte. Hatte Pia nicht davon gesprochen, dass das Dorf heidnisch war, und Anders' Mutter davon, dass sie Geheimnisse hatten, die es zu hüten galt? Direkt darauf sah er die Hexe bei Vollmond herumlaufen. Wenn das keine Nachforschungen wert war, dann wollte er nicht die längste Zeit seines Lebens Journalist gewesen sein! Er sah schon in großen Lettern den Aufreißer des Tages: 'Satanismus im hohen Norden'.

Er legte sich wieder hin und grübelte, wie er seine Ermittlung möglichst unauffällig anstellen konnte. Valter schlummerte erst kurz vor der Tagesdämmerung ein.

Hagelschlag

Das erste, was Valter machte, als er zur Mittagszeit erwachte, noch bevor er sich Kaffee kochte, war, bei der Tiden anzurufen und mit Marie seine Beobachtungen zu besprechen. Kein einziges Mal seufzte sie, dass es weit hergeholt war. Sie vertraute seinem Instinkt bedingungslos und versprach, dafür zu sorgen, dass ein Journalist zu ihm ins Dorf geschickt wurde, um der Geschichte auf den Grund zu gehen. Unterdessen konnte er natürlich nicht einfach herumsitzen und warten. Er musste zusehen, dass er seinen bisherigen Kontakten ein paar Informationen entrang.

Zu seinem Kaffee las er die Ausgabe des Hälsingländsk Bladet, die ihm die Postfrau mitgegeben hatte und noch unbeachtet auf dem Wohnzimmertisch lag. Wie sah das Ding eigentlich genau aus? Er hatte es einfach eingesteckt und zuhause weggelegt, es keines weiteren Blickes mehr gewürdigt. Er schlug den zusammengefalteten A3-Halbbogen auseinander. Es waren augenfällig drei einzelne Schreibmaschinenseiten und die Titelseite, die krumm und schief, teils verzerrt auf ein großes Blatt Papier fotokopiert und vergrößert worden waren. Die dritte Seite stand auf dem Kopf, was die stümperhafte Handarbeit bezeugte. Er grinste hämisch und brannte regelrecht darauf herauszufinden, was eine Frau ohne Ausbildung, Punkt oder Komma als mitteilenswerte Neuigkeit erachtete.

Die Titelseite war eine Collage bestehend aus einem aktuellen Foto, so war zu vermuten, einem von Hand geschrieben Titel oben, den Pia wohl immer wieder benutzte, einem Schnipsel mit Datum und laufender Ausgabennummer in der oberen rechten Ecke und zwei Schlagzeilen unten auf der Seite. Die eine lautete 'LECKER LECKER: wider Surströmming - Zeit' und die zweite besagte

'FUßBRUCH: Stina daheim - helft Ihr'. Auf den nächsten drei Seiten wurden diese beiden Themen ausführlich behandelt. Pia beschrieb, wie die Heringe in der Dose goren, warnte, dass man die Dosen vorsichtig unter Wasser öffnen sollte, weil vor zwei Jahren Sigge bei einer Dosenexplosion am Arm verletzt worden war, und gab weitere nützliche Tipps und Tricks zu dem kulinarischen Fest. Das Beste jedoch war in Valters Augen, dass Pia zwei Rezepte mit Surströmming kundgab, die sie am liebsten kochte. Ob das auch die Lieblingsrezepte ihres Mannes waren?

Nach einem von Hand gezogenen dicken Balken ging es mit dem Krankheitsfall weiter. Der Unfallhergang wurde äußerst vorsichtig umschrieben, aber wiederholt darauf hingewiesen, dass es wirklich nur ein unglücklicher Unfall gewesen sei, dass Sigrid über Stinas Fuß gefahren war. Es war also in Wirklichkeit ein Nachbarschaftsstreit, schlussfolgerte Valter, und überflog Pias Aufruf an die Dorfgemeinschaft, abwechselnd für die Verunfallte einzukaufen, zu kochen und unter Umständen auch gelegentlich zu putzen. Es fehlte eigentlich nur noch die Angabe eines Spendenkontos, fand Valter.

Dieses Käseblättchen war also schon mal ein Reinfall, pure Zeitverschwendung, stöhnte Valter und goss sich einen zweiten Kaffee ein. Weil Pia nichtsdestoweniger eine geschwätzige Frau war, würde er als nächstes seine Post bei ihr abholen gehen und versuchen, ihren Redefluss ein wenig zu lenken.

"Frau Skog?" Die Tür war wie zur Einladung angelehnt. Im Sommer tat sie dies sicherlich häufiger, überlegte Valter. Was hatte sie in diesem Dorf auch schon zu befürchten. Aber im Winter achtete Pia sicherlich mehr darauf, die Tür geschlossen zu halten. Valter trat ein.

"Oh, Sie sind es!", sagte Pia, als sie erschrocken um die Ecke linste, wer ihr Besucher war. "Also Sie habe ich ja schon ewig nicht mehr gesehen. Kommen Sie doch rein und setzen Sie sich. Ich bin sofort bei Ihnen. Sie müssen wissen, dass ich gerade am Backen bin. Oh! Mein! Gott! Sie kennen meine Kanelbullar ja noch gar nicht. Die müssen Sie unbedingt probieren. Die sind ein Traum in Tüten!"

Sie langte nach den Topflappen auf dem Herd, öffnete den Ofen und zog zwei Bleche mit unförmigen, dunklen Zimtschnecken heraus.

"Während wir ein bisschen warten, bis das Gebäck abgekühlt ist, gehe ich mal schnell Ihre Post holen. Laufen Sie mir nur ja nicht weg. Es wird bestimmt nicht lange dauern. Sie wissen doch: Ordnung ist die Mutter der Postkiste." Sie hüpfte über den Flur und schlüpfte durch die halb geöffnete Tür in ihr Postbüro. Valter schnaubte bereits zu diesem Zeitpunkt. Würde er das Geschwafel dieser Schreckschraube wirklich lange genug aushalten, um an ein paar Informationen zu kommen, wenn überhaupt? Er musste sein Bestes versuchen und lächelte tapfer, als Pia mit seiner Post zurückkehrte.

"Sie waren ja schon so lange nicht mehr hier bei mir. Also, Sie machen sich keine Vorstellung davon, was in den letzten beiden Tagen eine Unmenge an Post für Sie gekommen ist. Sie werden ganz schön was zu lesen haben. Geben Sie's zu: Sie sind ein Superstar und sind vor Ihren vielen Fans hierher zu uns geflüchtet", gackerte sie und überreichte ihm einen Brief, die aktuelle Zeitung und die vom Vortag. Das war dann doch schon alles?

Valter öffnete den Brief und Pia den Oberschrank, um eine Rührschüssel herauszuholen. Der Brief war von seinem Rechtsanwalt. Er beschloss, sich später darum zu kümmern, und schob ihn zwischen die Zeitungen, derweil Pia Kristallzucker in warmes Wasser rührte.

"Setzen Sie sich doch ein Stückchen näher zu mir, dann können wir uns besser unterhalten, während ich das hier zu Ende mache. Gibt es etwas, was Sie über unser Dörfchen wissen möchten?" Sie machte tatsächlich eine Pause, um ihm die Gelegenheit für eine Antwort zu geben.

"Nun ja", stockte Valter. Wie sollte er es am Besten in die Wege leiten? "Passieren hier manchmal seltsame Dinge?"

Pia sah ihn kurz direkt an, bevor sie wild mit dem Schneebesen in der Schüssel rührte.

"Manchmal? Andauernd! Gerade erst neulich da suchte Pelle tagelang seinen Gartenzwerg, bis er ihn endlich in einem Baumwipfel fand. Keiner hatte auch nur die leiseste Ahnung, wie der da hoch gekommen war. Es hatte keinen Sturm gegeben und gar nichts. Tage später stellte sich heraus, dass der Spaßvogel Malte… Also, das ist der Sohn von Otto und Johanna. Es stellte sich also heraus, dass Malte in den Baum geklettert war und den Zwerg dort ausgesetzt hatte. War das nicht gemein von ihm? Wie hätte der Zwerg denn von allein wieder runterklettern sollen? Also schickte Otto seinen Malte los, Pelles Zwerg wieder herunterzuholen. Warum will mir das einfach nicht gelingen?", jammerte sie zusammenhanglos. Valter stand auf, ging zu ihr herüber, sah ihr über die Schulter zu, was sie fabrizierte.

"Was soll das denn werden?"

"So eine Art Zuckerguss, aber das ist viel zu flüssig. Das wird doch niemals so schön fest wie in der Bäckerei."

"Sie müssen Puderzucker dafür nehmen", empfahl er ihr und setzte sich wieder.

"Ach wirklich? Sie kennen sich ja aus! Das ist bestimmt einen Versuch wert. Woher wissen Sie denn das?" Pia schüttete das Zuckerwasser in den Ausguss, füllte frisches Wasser nach und holte Puderzucker aus dem Schrank.

"Ich weiß auch nicht. Meine Großmutter hat das immer so gemacht", erinnerte sich Valter.

"Dann muss das stimmen. Großmütter wissen immer alles", erklärte sie feierlich. "Ich hab einen Heidenrespekt vor Großmüttern, müssen Sie wissen. Aber wissen Sie eigentlich, dass ich meine Großmütter gar nicht kennen gelernt habe? Konnte ich ja auch gar nicht. Die sind nämlich beide ganz unabhängig voneinander im ersten Weltkrieg gestorben. Oh, wie schön! Das funktioniert wirklich! Kucken Sie nur!"

Pia freute sich und klatschte vergnügt in die Hände. Sie hatte eine immer größere Menge Puderzucker dem warmen Wasser hinzugefügt und gerührt. Nach und nach begann es einzudicken und die Konsistenz von Kleister anzunehmen. Nun hatte sie eine riesige Schüssel voll mit Zuckerguss. Valter war mit sich zufrieden, aber nicht mit der Postfrau.

"Frau Skog", versuchte er es erneut, "Sie haben mir neulich gesagt, dass das Dorf heidnisch wäre. Wie genau meinten Sie das?"

"Das soll ich gesagt haben? Also wissen Sie, ich rede so viel, wenn der Tag lang ist, dass ich mich gar nicht an alles erinnern kann. Um ehrlich zu sein, rede ich genauso viel im Winter, wenn die Tage ganz kurz sind. Ach, was erzähl ich da? Eigentlich rede ich immer. Punkt." Was die Olle von sich gab, war doch absurd. Überlegte sich Pia wohl vorher, was sie sprach? Aus welcher Region ihres Hirnes kam dieser Redeschwall? Der Sinnlosigkeit des Gesagten zum Trotz schmunzelte er über ihre Selbstironie. Damit zumindest verdiente sie sich etwas Charme. Sie kramte längere Zeit im Schrank nach etwas und brachte schließlich ein Paket Hagelzucker zum Vorschein.

"Was könnten Sie denn damit gemeint haben", probierte er weiter.

"Hmm", machte sie, als überlegte sie, während sie mit gebündelter Aufmerksamkeit ein Krümel Hagelzucker zwischen ihre Finger nahm, es in den Zuckerguss tunkte und dann versuchte, das Zuckerstückchen auf einer der Zimtschnecken festzukleben. Es war zum Brüllen komisch, wie sorgfältig Pia ein zweites und ein drittes aufpappte.

"Also ich frage mich ernsthaft, wie die das in der Bäckerei machen, den Hagelzucker auf so viele Zimtschnecken aufzubringen. Das ist doch eine Heidenarbeit!"

"Wissen Sie was? Wir machen das ganz anders." Valter stand auf, ging abermals zu ihr herüber, stellte den Hagelzucker zur Seite und bat Pia um einen Pinsel, mit dem er den Guss auf den missgestalteten Schnecken verteilte.

"Was halten Sie davon?", fragte er sie im Anschluss.

"Das sieht ja ganz nett aus, aber nicht so wie in der Bäckerei", beklagte sie. "Da sind immer dicke Bröckchen von Zucker oben drauf."

"Der Zuckerguss sollte es doch jetzt süß genug machen. Das reicht doch", versuchte Valter ihr klar zu machen.

"Nein, das sieht einfach nicht original aus. Da fehlt ganz einfach der Hagelschlag", quengelte sie wie eine Dreijährige. Ihre Unterlippe bebte. Seufzend nahm Valter eine Handvoll Hagelzucker aus der Verpackung und streute es gleichmäßig über den Guss.

"Ja ja ja", applaudierte die Postfrau, "genau so! So sieht es gleich viel besser aus. Das haben Sie ganz toll gemacht. Also, ich finde, wir sollten gleich davon probieren, ob es denn auch so gut schmeckt, wie es aussieht. Nehmen wir uns jeder ein großes Stück! Ach was, wir wollen doch nicht geizen. Nehmen Sie gleich zwei für Ihre hervorragende Arbeit! Möchten Sie ein Glas Milch dazu?"

Valter war froh, dass Frau Skogs missratenes Gebäck unter der glänzenden Schicht Guss verborgen war. So sah es in der Tat nicht allzu übel aus. Probieren wollte er es jedoch unter keinen Umständen. Er klaubte seine Post auf, fuchtelte damit herum, erinnerte sie daran, wie viel er zu lesen hätte, und ergriff die Flucht, bevor sie etwas einwenden konnte.

Enkel

Der Brief von seinem Rechtsanwalt Lasse Wetteräng war eine Lappalie, um die er sich nichtsdestotrotz kümmern musste. Er telefonierte weit über eine Stunde mit seinem Freund, denn nach über fünfunddreißig Jahren gemeinsamer Rechtsgeschäfte, also fast genauso langer Zusammenarbeit wie mit Elsa, kannte man sich sehr gut und vertraute sich. Doch so sehr Valter darauf brannte, Lasse von der merkwürdigen Gestalt in der Nacht zu erzählen, hielt er sich bedeckt. Er wusste, dass man nicht über unfertige Storys redete. Das hatte schon bei dem einen oder anderen unvorsichtigen Journalist zu unschönen Konsequenzen geführt. Er wollte nicht bei seinem Freund den Eindruck erwecken, er begönne dement oder senil zu werden. Aus diesem Grund beklagte Valter Lasse gegenüber nur die Langeweile und die Verschrobenheit der Einwohner, Lasse beklagte das Zusammenleben mit seiner Frau und nach einiger Zeit kamen sie aufs Geschäftliche zu reden. Mit Valters Ruhestand änderten sich nun die Unterhaltsregelungen für zwei seiner Frauen. Freja war leider vor einigen Jahren verstorben und bei der Scheidung von der dritten, der Finnin Tiina, war er glücklicherweise um finanzielle Unterstützung herum gekommen, weil sie einen schlechten Anwalt angeheuert und zu viele Dummheiten angestellt hatte, was der vordergründige Anlass für die Scheidung gewesen war.

Bald nachdem Valter das Telefonat beendet hatte, hielt ein alter Volvo vor seinem Haus. Er öffnete die Haustür und sah einen vollbärtigen Jüngling in einem schlank geschnittenen, braunen Ledermantel aus seinem Fahrzeug steigen und mit einer kleinen Reisetasche auf sich zukommen. Sein dunkelbraunes, kurzes Haar stand wuschelig von seinem Kopf ab. Das konnte doch wohl schlecht der Reporter sein, den Marie ihm schickte.

"Guten Tag, Herr Harbinger. Mein Name ist Jesper Elfstrand. Ich bin von der Tiden."

Sie reichten sich die Hände und Valter bat ihn unwillig herein.

"Ich werde dir bei der Tiden nicht aufgefallen sein, weil du immer Wichtigeres zu tun hattest, aber ich bewundere deine Arbeit", gestand Jesper offenherzig. Valter ärgerte sich. Hätte Marie ihm keinen echten Journalisten schicken können? Tindra oder Viggo? Selbst Lova wäre noch in Ordnung gewesen. Aber jetzt saß dieser grünschnäblige Junge mit Sternchen in den Augen in seinem Wohnzimmer. Immerhin, das musste Valter eingestehen, machte ihn das Du sympathisch. Valter konnte Speichellecker nicht ausstehen.

"Um offen zu sein, ich habe Sie noch nie bei der Tiden gesehen, obwohl ich glaubte, alle Angestellten zumindest vom Sehen her zu kennen", gestand Valter ungehalten.

"Mich wundert es keineswegs. Ich studiere noch und man traut mir nicht viel zu. Das ist vermutlich der einzige Grund dafür, dass Herr Fredriksson Marie überhaupt erlaubt hat, jemanden zu dir zu schicken. Er ist froh, wenn ich möglichst weit weg bin. Ehrlich gesagt hätte Herr Fredriksson niemanden geschickt, wenn Marie nicht ihre Hand für dich ins Feuer gelegt hätte. Der neue Chef glaubt, dir wäre langweilig und du würdest dir etwas zurechtspinnen."

Calle Fredriksson, dieser Hurenbock, besaß eine fiese Unverfrorenheit, die er ihm noch gehörig austreiben würde, zürnte Valter innerlich. Calle würde flennen und winseln, wenn er mit ihm fertig war. Der Junge konnte nichts dafür, das war ihm bewusst. Jetzt war er nun mal hier bei ihm im Haus. Aber was sollte er schon groß mit ihm anfangen? Er könnte ihn möglicherweise als seinen Enkel ausgeben. Und was dann? Dieser blutige Anfänger konnte doch unmöglich eine Hilfe bei seinen Nachforschungen sein.

"Marie wollte mir nicht viel zu der Geschichte erzählen, als sie mich losschickte. Klär mich auf, was hier in der Wildnis so abgeht."

Valter erzählte ihm in groben Zügen, um was es ging, und ließ geflissentlich einige Einzelheiten aus, besonders zu seiner Theorie, was hinter all dem steckte. Er musste dem Jungen ja nicht alles auf die Nase binden. Je weniger er wusste, desto argloser konnte er den Dorfbewohnern begegnen.

"Und wo fangen wir an? Hast du die Frau, die du in der Nacht gesehen hast, schon befragt?"

"Lernt man so eine Vorgehensweise bei der Volkshochschule?", spottete Valter.

"Nein, an der Journalistenhochschule!", verteidigte Jesper seine Ehre, denn er fühlte sich gekränkt, und stand auf.

"Setzen Sie sich wieder! Wie dem auch sei", beschwichtigte Valter, "ich habe nichts zu essen im Haus und entweder fahren wir beide zum nächsten Supermarkt, wo auch immer der sein mag, oder wir gehen in den Laden unten im Dorf. Besonders viel können wir zu dieser Zeit ohnehin nicht ausrichten. Halten Sie eine bestimmte Diät?"

Jesper schüttelte den Kopf. Er sollte mit Harbinger einkaufen gehen? Das konnte kaum der Grund sein, warum er den weiten Weg hierher gefahren war! Aber er wollte dem alten Hund vertrauen. Eine Grundlage zu schaffen, welche auch immer, würde sie vielleicht schon ein Stück weiterbringen.

"Wir gehen ins Dorf", entschied Jesper, der in den Augen des alten Mannes ein Aufblitzen sehen konnte wegen seiner Bestimmtheit, "damit ich mich mit dem Ort und den Leuten ein bisschen vertraut machen kann."

"Na schön. Abends gehen wir zusammen in der Dorfschenke speisen. Für die Zeit, die Sie hier verbringen, sind Sie mein Enkel und nennen mich Opa Valter. Ist das klar?"

"Es ist mir eine Ehre, Herr Harbinger."

"Lassen Sie Ihre Kriecherei, wenn Sie bleiben wollen! Darf es jetzt ein Tässchen Kaffee sein?"

"Gerne, Opa Valter."

Valter warf ihm einen funkelnden Blick zu.

Auf ihrem Weg zum Gemischtwarenladen flog ein Ball über eine Hecke vor Valters Füße und sprang ihm beinahe ins Gesicht, wäre er nicht erschrocken zusammengefahren und hätte die Arme hochgerissen. Eine Handvoll Kinder spähte kritisch über oder durch die Hecke nach den beiden fremden Männern. Jesper hob den Ball auf und warf ihn zu den Kindern zurück.

"Alles in Ordnung?"

Valter grummelte eine unbestimmte Antwort. Obwohl jeder im Schrecken so reagiert hätte, fühlte er sich plötzlich wirklich alt, wie einer jener tattrigen Greise, über die er früher immer gelacht hatte.

Im Laden bediente die Besitzerin gerade einen jungen, kräftig-muskulösen Mann mit blonden, zotteligen Haaren, die weitaus länger als Jespers waren. Der junge Mann schaute sich scheu um, als die Tür aufging, und schien sein Gesicht vor den beiden Fremden verbergen zu wollen.

"Auf Wiedersehen, Ingrid", verabschiedete er sich und huschte trotz seiner Größe flink wie ein aufgescheuchtes scheues Reh zur Tür hinaus.

"Bis bald", rief sie ihm hinterher und ließ ihren Blick über die beiden Männer wandern.

"Kann ich Ihnen und Ihrer Begleitung helfen, Herr Harbinger?" Ihre Stimme hatte wieder jenen eisigen Ton angenommen.

"Wir kaufen bloß ein paar Lebensmittel. Danke! Ich bin übrigens Valters Enkel Jesper." Er stellte sich ihr derart schnell vor und streckte ihr die Hand hin, dass die Händlerin ins Trudeln kam und ihm irritiert die Hand schüttelte.

"Ingrid Zwetsloot."

"Hast du irgendetwas im Angebot oder kannst uns etwas empfehlen?" Valter schlich durch die Gänge und beobachtete die beiden unauffällig. Der Junge war doch vielleicht gar nicht so schlecht, zwar offensiv, aber dadurch unauffällig. In seinen Händen schnurrte Frau Zwetsloot wie eine Perserkatze.

"Ich hab nie etwas im Angebot. Das würde ja auch bedeuten, dass ich meine Kunden die restliche Zeit des Jahres schröpfte. Nein, das mache ich nicht. Und mal überlegen, was ich Ihnen empfehlen könnte. Surströmming gibt es erst wieder Ende nächster Woche. Ich glaube, Sie müssen einfach mal schauen, was Sie mögen."

Jesper bedankte sich und ging zu Valter, in dessen mitgebrachten Jutesack sich bereits einige Lebensmittel befanden. Jesper griff zu einem Beerenmüsli, Dickmilch und abgepacktem Käse für das Knäcke, das Valter nahm. Sie legten die ausgewählte Ware vor Ingrid, die wieder die Preise aus dem Kopf in ihre Kasse tippte. Obwohl die beiden Männer mehr kauften als Valter zwei Tage zuvor, bezahlte er weniger. Sie hatte ihn eindeutig beim ersten Mal betuppt.

"Ingrid, wer war denn der Kerl gerade, der es so eilig hatte, deinen Laden zu verlassen?", fragte Jesper.

"Das war Mårten, unser Schreiner. Er ist eher menschenscheu seit einigen Jahren. Hatte ziemliches Pech in seinem Leben."

"Der Arme", entwich es Jesper seufzend. Das war jetzt doch etwas zu dick aufgetragen, dachte Valter und wollte den Jungen schon fortziehen, da bekam Ingrid einen weichen Blick, was ihn glücklicherweise zögern ließ.

"Ach, Sie haben ja keine Vorstellung davon, was der Arme alles durchgemacht hat", ächzte sie.

Und dann geschah das Sagenhafte: Jesper lehnte sich zu ihr vor, stützte sich auf die Theke, fast als würde er schwach werden, und sah gequält zu ihr auf.

"Ich möchte es eigentlich gar nicht wissen, Ingrid. Schon meine Vorstellung macht mich ganz traurig." Güte, war der Junge schmierig gut!

"Es ist noch viel schlimmer, als Sie es sich vorstellen können. Mårten hat nacheinander alle verloren, die ihm lieb und teuer waren."

"Oh nein, und jetzt ist der Arme ganz alleine?" Jespers Gesicht zerfloss vor Mitleid, seine Stimme war sanft wie geschmolzene Butter. Ingrid lehnte sich näher zu ihm.

"Er lässt sich nur äußerst selten blicken. Wir sind alle bloß froh, dass er mittlerweile einen Lehrling hat, also wieder regelmäßige Gesellschaft. Wir hoffen sehr, dass er sich wieder fängt. Er war ein so lieber Junge, als er klein war, und hat immer so herzlich gelacht."

"Ich wünsche ihm auch, dass er bald wieder lachen wird. Auf Wiedersehen, Ingrid. Ich wünsch dir einen angenehmen Tag."

"Ja, schönen Tag Ihnen auch, Jesper! Auf bald!"

Valter war verblüfft. Ingrid winkte Jesper sogar durch das Ladenfenster zu, als sie gingen.

"Das war hervorragend da drin", lobte Valter den jungen Mann, "das haben Sie fantastisch gemacht. Sie haben ganz schön was aus der Alten rausgekitzelt."

"Was?" Jespers Unverständnis grenzte an Empörung.

"Die Alte hat es Ihnen abgekauft und Ihnen alles gesagt, was Sie wissen wollten. Sie haben die ganz schön eingewickelt. Gratulation!" Valter klopfte ihm anerkennend auf die Schulter.

"Wie bitte! Wie meinst du das?" Jesper blieb bestürzt stehen.

"So gut, wie Sie spielen, hätten Sie bestimmt auch am Theater oder im Film gute Chancen." Valters Gesicht glühte vor Stolz, obwohl er kurz vorher dem Jungen noch voreingenommen entgegen getreten war.

"Das war nicht gespielt, Valter! Das war echt und ernst gemeint. Hast du denn nicht auch gespürt, dass es Mårten gar nicht gut geht? Ich hatte gehofft, irgendwie helfen zu können", brüskierte sich Jesper.

"Dann", stammelte Valter, "dann haben Sie sie gar nicht…? Ich dachte, Sie würden…"

"Was sollte denn seine Geschichte mit deiner Story zu tun haben, Valter? Wie Ihre Hexe sah Mårten nun nicht gerade aus."

Valter entwich nur noch ein "Oh" und sie gingen schweigend zurück zu Valters Haus.

Nicken

Valter und Jesper stellten an diesem Nachmittag kaum weitere Nachforschungen an. Sie statteten weder Svea, der Kräuterfrau, von der Valter vermutete, dass sie die nächtliche Gestalt war, noch irgendwem anders einen Besuch ab. Sie bereiteten lediglich Jespers Nachtlager auf Valters Wohnzimmersofa vor und gingen dann vor die Tür. Sie spazierten bemerkenswert wortkarg in die Richtung, in der die nächtliche Erscheinung verschwunden war. Sie hielten in der Wiese Ausschau nach abgerissenen oder ausgegrabenen Kräutern, an der Küste nach auffälligen Steinformationen und nach anderen Besonderheiten, fanden aber nichts, was bedeutungsvoll war oder irgendeine Vermutung zu bestärken vermochte.

Der Sommerwind frischte etwas auf und die See wurde unruhiger. Näher zum Dorf hin, wo die Küste weniger felsig war, spielten ein paar Kinder miteinander und einige Jugendliche schwammen im Meeresbusen. Das Dorf lag friedlich hinter ihnen.

Die beiden Männer gingen zwei, drei Kilometer die Küste entlang. Einige kleine Inseln lagen im Wasser und in einiger Entfernung sahen sie das nächste Dorf. Die Natur war wunderbar, aber es ließen sich beim besten Willen keine Auffälligkeiten ausmachen. Als sich die Sonne langsam über die Wipfel des Waldes senkte, machten sie erfolglos kehrt. Bevor sich Zwielicht über sie senken konnte, kamen sie zurück ins Dorf und gingen den Strand entlang zu Fridéns Krog. Jesper fühlte sich wie im Urlaub.

Das Lokal war weniger gefüllt als die Tage vorher. In einer Ecke saß eine Frau bei vier Kindern, die mit Wachsmalstiften auf einem großen Stück Karton malten. Valter konnte keine bekannten Gesichter ausmachen, ausgenommen die der Fridéns. Die beiden setzten sich an einen der freien Tische und Klara brachte ihnen die Karten. Als Tagesgerichte wurden Nasigoreng oder Erbsensuppe mit anschließenden Eierkuchen angeboten. Valter wählte letzteres und Jesper ersteres.

"Ich hoffe, dass es schmeckt. Ich kann ja kaum glauben, dass die hier sogar Asiatisches kochen."

"Die Mutter des Wirts kocht und was ich bislang gegessen habe, war vorzüglich. Sonst wäre ich nicht wiedergekommen. Das können Sie mir glauben!"

Jesper lehnte sich vor und hob die rechte Augenbraue.

"Ich glaube, es wäre besser, wenn du mich duzen würdest, Opa Valter, sonst fliegt meine Tarnung schneller auf, als uns lieb ist."

Schuldbewusst rückte sich Valter aufrecht.

"Du hast natürlich Recht, Jesper. Wie dumm von mir."

Ein junges Pärchen kam zur Tür herein und setzte sich an den Nebentisch wie zum Beweis, dass ihr Gespräch leicht überhört werden konnte. Das Pärchen tuschelte und als Valter herübersah und sich die Blicke trafen, nickte der junge Mann freundlich, beinahe verpflichtet. Fingen die Männer nun auch an, komisch zu werden?

"Hast du das gerade gesehen?"

"Vielleicht heißen sie dich in der Dorfgemeinschaft willkommen. Immerhin wirst du ja von nun an regelmäßig hier einkehren und auch bei Versammlungen und so weiter teilnehmen, wenn die so was machen."

"Ich glaube vielmehr, es hat was mit dir zu tun, so wie auch die Verkäuferin viel freundlicher zu dir war als zu mir", mutmaßte Valter.

"Na ja, wie man in den Wald ruft… Aber er hat ganz bestimmt dir zugenickt, nicht mir. Ich bin mir ziemlich sicher, dass es eine ganz einfache Erklärung gibt."

Klara ging zu dem neu eingetroffenen Pärchen und nahm seine Bestellung auf. Jesper ließ Valter zur Ablenkung Anekdoten aus seiner langen Zeit bei der Zeitung erzählen, denn er erhoffte sich insgeheim, etliche elementare Dinge von Valter zu lernen. Die Zeit, die er mit dieser Koryphäe verbrachte, musste er intensiv nutzen. Klara brachte zügig das Essen an ihren Tisch und die beiden Männer widmeten sich ihren köstlichen Speisen. Dann und wann, wenn Jesper, der mehr zum Raum gerichtet saß, seinen Blick über die Tische wandern ließ, bemerkte er, wie die Gäste zu Valter herüber schauten und redeten. Manche Leute begegneten Jespers Blick und lächelten ihn an oder nickten ihm zu. In der Tat führten die etwas im Schilde, dachte er, erwähnte aber nichts davon Valter gegenüber, damit er nicht noch nervöser wurde. Nach einiger Zeit bemerkte Valter dessen ungeachtet, dass Jesper abgelenkt war, und folgte seinem Blick. Drei Leute, die gerade hereingekommen waren, standen bei einem Tisch in der Nähe der Tür und unterhielten sich mit dem dort sitzenden Paar. Die Gruppe beäugte Valter neugierig und auch sie nickten ihm anerkennend zu. Er wandte sich verunsichert ab. Was sollte das nur?

"Siehst du, die sind alle vollkommen durchgeknallt. Irgendwas geht hier im Dorf nicht mit rechten Dingen zu und wir werden der Sache auf den Grund gehen."

Beide Männer aßen ihre Gerichte zu Ende, Valter beunruhigt und Jesper fasziniert. Dass der große Valter so leicht zu beeindrucken und zu verunsichern war, verwunderte ihn.

"Hat es Ihnen und Ihrem Enkel geschmeckt", fragte Klara freundlich, als sie die leeren Teller vom Tisch nahm.

"Äh, ja danke", antwortete Valter fahrig.

Klara brachte die Teller in die Küche und kam flugs mit zwei Schalen Schokoladencreme zurück, die sie vor den beiden Männern auf den Tisch stellte. Valter und Jesper sahen sich wortlos an. Jesper runzelte die Stirn und Valter setzte zu einem Einwand an.

"Die kommen mit herzlichem Dank von meiner Schwiegermutter. Das haben Sie sehr gut gemacht, Herr Harbinger."

"Was habe ich gut gemacht?"

"Was? Sie wissen es noch nicht?", staunte Klara. Valter schüttelte unsicher den Kopf.

"Wie meinen Sie das? Was sollte ich wissen?"

"Na, Sie haben Pers und Pias Ehe gerettet", erklärte sie ihm und Jesper grinste. Er hatte doch gewusst, dass es eine vernünftige Erklärung gab.

"Wie soll ich denn das gemacht haben?", fragte sich Valter umso mehr. In diesem Dorf wurde es immer wunderlicher. Wenn das so weiter ging, würde er das Haus ganz schnell wieder verkaufen.

"Sie haben doch mit Pia gebacken, oder nicht?"

"Nun ja, ich habe nur…"

"Das war das allererste Mal", fiel Klara ihm aufgeregt ins Wort, "dass Per etwas mochte, was Pia macht hat. Die beiden sind seit Stunden im Schlafzimmer zugange. Sie wissen schon…!" Sie kniff das rechte Auge zusammen und wippte mit dem Kopf.

"Der Lärm, den die beiden dabei machen, war nicht mehr auszuhalten", schaltete sich der junge Mann vom Nebentisch ein.

"Herr Harbinger, das ist Nils, Pias Nachbar, und seine Verlobte My." Die beiden Tische gaben sich die Hand.

"Soweit ich mich erinnern kann", sagte Nils, "haben die beiden es nicht mehr getrieben, seit ich zwölf war."

"Nils!", schalt seine Verlobte ihn. Klara lachte derb.

"Aber es stimmt doch!"

"Meine Schwiegermutter wäre Ihnen verbunden, wenn Sie ihr Ihr Rezept gäben. Vermutlich werden Ihre Liebeskringel irgendwann einmal in unserem Dorfmuseum ausgestellt. Sie sind gerade erst hergezogen und sind schon ein Held!"

Jesper brüllte los. Liebeskringel? Hatte der Alte etwa selbst geheime Liebeszauber?

"Aber ich habe doch wirklich nur...", wandte Valter ein, stockte und sank dann resignierend zurück, als er die glücklichen Gesichter sah. So war das wohl in einem Dorf, wo jeder jeden kannte und man eine enge Gemeinschaft bildete: was einer tat, hatte einen Einfluss auf das gesamte Dorf. In der Stadt war das anders. Da glaubte jeder, für sich allein zu kämpfen, und dementsprechend rücksichtslos und egoistisch ging es dort zu. Unter Umständen würde er sich hier doch wohl fühlen können, überlegte sich Valter auf dem Nachhauseweg, obwohl er abermals vergessen hatte, nach Malva Fridéns Namen zu fragen.

Nachtwache und Taggang

Valter und Jesper wollten in der Nacht Ausschau nach der Erscheinung halten und hatten sich dafür zur Nachtwache eingeteilt. Falls sie die Gestalt wieder herumlaufen sähen, würden sie sie verfolgen und stellen. Valter, der in der Nacht zuvor schon lange aufgeblieben war, übernahm die erste Schicht bis zwei Uhr morgens, weil er sich sowieso noch nicht müde fühlte. Darum lag Jesper früh auf dem Sofa und versuchte einzuschlafen, während Valter durch das Haus schlich. Er fragte sich, ob dem Alten wirklich einfach nur langweilig war, nun da er sich im Ruhestand befand, und deswegen die Gestalt erfunden hatte. Valter hatte gesagt, dass die Menschen in diesem Dorf seltsam wären, aber ihm schien es eher, als wäre Valter ein bisschen paranoid. Wenn er sich einsam und unterbeschäftigt fühlte, warum hatte er sich dann so ein kleines Dorf wie dieses ausgesucht, um dort seinen Lebensabend zu verbringen? Freilich waren die Menschen hier zurückhaltend und etwas verschroben, aber sie waren seiner Ansicht nach ganz normale Leute. Was auch immer Valter gesehen haben mochte, es würde bestimmt auch dafür eine ganz einfache Erklärung geben.

Valter stand mit einer Tasse frisch gebrühtem Kaffee am Fenster seines Schlafzimmers. Auch heute hatte er viel zu wenig Kaffee getrunken. Ohne sein Koffein würde er womöglich einschlafen und die Erscheinung verpassen. Er gähnte. Das durfte unter keinen Umständen geschehen, darum nahm er einen weiteren Schluck. Er war überrascht wie lang ein paar Stunden Wache sein konnten. Die ganze Zeit über am Fenster zu stehen und nach draußen zu spähen, war furchtbar langweilig und ermüdend. Nichts rührte sich in der Dunkelheit, außer gelegentlich ein Elch oder ein Fuchs.

Eigentlich hätte er die Umgebung nicht aus den Augen lassen sollen, damit ihm nichts entging, aber seine Konzentration ließ schnell nach. Darum lief er durch das Haus von einem Fenster zum anderen, was ihn zusätzlich halbwegs wach hielt. Er redete sich ein, dass es ihm dadurch möglich war, alle Himmelsrichtungen unter Beobachtung zu halten. Valter wünschte sich, er hätte Super-8-Kameras oder einen von diesen brandneuen VHS-Camcordern zur Hand. Dann hätte er sich schlafen legen und die Aufnahmen am Morgen sichten können. In Ermangelung dessen lehnte er sich auf die steinerne Fensterbank, legte seinen Kopf an die kühle Glasscheibe und starrte in die Nacht.

War es wahrscheinlich, dass die Kräuterfrau auch in dieser Nacht wieder herumstreifte? Hatte sie nicht schon in der vorherigen Nacht das gesammelt oder gemacht, was vonnöten war? Sammelte man nicht zum Vollmond Kräuter, weil sie dann besondere Kräfte entwickelten? Er hatte zwischenzeitlich in seinem Taschenkalender nachgesehen. An diesem sich dem Ende zuneigenden Samstag war der Vollmond eingetragen, jedoch zu welcher Uhrzeit genau der Mond voll war, stand dort nicht. War die vorherige oder die anbrechende Nacht näher zur Vollmondzeit? Zählten beide Nächte als Vollmondnächte oder vergeudete er seine Zeit unnötigerweise?

Valter sah auf seine Armbanduhr. Es war inzwischen ein Uhr und die Zeit kroch dahin. Noch eine weitere Stunde, bis er Jesper weckte und selbst schlafen ging. Was sollte er von Jesper halten? Hatte der Junge wirklich etwas auf dem Kasten oder war er ein glücklicher Möchtegernreporter? Warum genau ließ Calle ausgerechnet Jesper und niemand anderen zu ihm kommen, fragte sich Valter eingedenk der Tatsache, dass Calle auf Kriegsfuß mit ihm stand?

Valter ging zum nächsten Fenster. Er gähnte wieder. Calle mochte ihn nicht, wollte eigentlich niemanden schicken, ließ dann aber großzügigerweise Jesper fahren, überlegte er träge. Calle hatte also keine besonders gute Meinung von dem Jungen. Sprach das für oder gegen Jesper? Valter hoffte, dass er etwas mit dem Jungen anfangen und somit Calle eins auswischen konnte.

Während er auf der Lauer lag, überlisteten die Dunkelheit und die Langeweile Valter trotz seines tapferen Kampfes, wach zu bleiben. Er gähnte wieder und seine Lider senkten sich mehr und mehr. Wiederholt schreckte er hoch und versuchte die Müdigkeit abzuschütteln, aber am Ende unterlag er ihr.

Jesper erwachte erfrischt und wusste für einen Augenblick nicht, wo er war. Sonnenlicht ergoss sich in das Zimmer und er rieb sich die Augen. Er schreckte etwas überrascht und sich schuldig fühlend hoch. Hatte Valter ihn nicht in der Nacht wecken sollen?

Jesper stand auf und streckte sich, kraulte sich das bärtige Kinn, fuhr sich durch das ungezähmte Haar und zog dann seine Kleidung über, um nach Valter zu sehen. Er ging von Raum zu Raum, um ihn schließlich in seinem Schlafzimmer schlafend vorzufinden, verdreht in einer unbequemen Position auf dem Boden vor dem Fenster. Er weckte ihn sachte und half ihm, aufzustehen und sich ins Bett zu legen, wo Valter sofort wieder einschlief. In der Schutzlosigkeit des Schlafs sah Valter zum ersten Mal so alt aus, wie die Zahlen seines Alters andeuteten, die er durch sein kraftvolles Auftreten sonst verspottete.

Jesper zog die Vorhänge zu und schloss die Schlafzimmertür leise hinter sich. In der Küche machte er sich ein Frühstück und setzte sich auf die sonnige Veranda. Was hatte Valter nur mit dem Garten angestellt, fragte er sich kurz, überlegte dann aber, wie er in diesem mysteriösen Fall weiter vorgehen sollte, um Informationen zu sammeln. Es gab keine greifbaren Anhaltspunkte, keine Beweise, nur die Aussage der gelangweilten Version eines ehemals großen Zeitungsmachers. Vielleicht gab es in Wahrheit gar keine Erscheinung und keine Story, aber da er schon mal hier war, konnte Jesper möglicherweise Valter wenigstens helfen, sich hier im Dorf einzugewöhnen und Anschluss zu finden.

Jesper zog seinen Mantel über und hinterließ Valter eine Notiz. Am Eingang fand er in einer Schale mehrere Schlüssel. Der zweite, den er probierte, passte ins Schloss und dort lag noch ein Duplikat, also steckte er ihn in seine Hosentasche und verließ das Haus, schlenderte hinunter zum Strand.

Ein Mann ging vor ihm her und verschwand auf halbem Weg in einem Wohnhaus, ohne dass er die Tür aufschloss. Im Vorbeigehen sah Jesper das Postzeichen im Fenster und schmunzelte. Hier wohnte also jene Frau, von der am Vorabend die Rede gewesen war. Hoffentlich würde er sie die Tage persönlich kennen lernen.

Unten am Strand hatte ein Maler eine Staffelei aufgestellt und malte mit der Vormittagssonne im Rücken das Dorf. Ein offener Koffer mit Ölfarben und weiteren Utensilien stand ihm zur Seite, seine Farbpalette hielt er in der rechten und den Pinsel schwang er mit seiner linken Hand. Jesper trat hinter den Maler, der ihm bis zur Brust reichte, und betrachtete das Bild, es mit dem Motiv vergleichend. Der Stil des Bildes war naiv und bunt, mit freundlichen, warmen Farben.

"Gefällt mir gut", lobte er den Maler. Dieser brachte noch ein paar Striche auf die Leinwand, lies seinen Pinsel daraufhin sinken und drehte sich zu ihm um. Jesper blickte in ein rundes Gesicht, das von einem schwarzen Schnurrbart und buschigen Augenbrauen, die beinahe vollständig miteinander verwachsen waren, dominiert wurde. Der Maler dankte ihm mit einem dicken, zähen Akzent und stellte sich als Pedro vor.

"Bist du aus Spanien?", erkundigte sich Jesper.

"Nein, komme zwar aus Valencia, aber aus dem Valencia in Venezuela", erklärte Pedro.

"Oh, dann machst du hier Urlaub?"

"Nicht ganz", berichtigte Pedro, "meine Pariser Agentin besitzt ein Ferienhaus im Dorf. Sie fand es lustig, einen südamerikanischen Indio wie mich nordeuropäische Motive malen zu lassen. Sagte, ich hätte einen befremdlichen Blick auf das Gewöhnliche, was sich gut verkaufen würde. Sie verkauft meine Bilder in Paris, während ich hier in aller Ruhe in ihrem Haus wohne und arbeite."

Jesper staunte nicht schlecht. Er hatte Skandinavien noch nie verlassen und fragte sich, ob er es jemals übers Herz brächte.

"Du sprichst aber ziemlich gut Schwedisch. Das wirst du wohl kaum in der Schule gelernt haben."

"War ja bloß fünf Jahre in der Schule. Für mehr hatten meine Eltern kein Geld und ich musste früh arbeiten. Habe auch nie Zeichenunterricht gehabt. Muss wohl ein Naturtalent sein, denn als ich als Teenager auf der Straße ein paar Skizzen zeichnete, kam ein Europäer auf mich zu und hat mir einige Bilder abgekauft. Zwei Jahre später hat er mich wieder gefunden, mir alles abgekauft, was ich hatte, und mich ein halbes Jahr später nach Berlin geholt. Jetzt bin ich hier und bin mit einem Mädchen aus dem Dorf zusammen.

Sie hat mir Schwedisch beigebracht. Nachdem ich in Berlin ein bisschen Deutsch gelernt hatte, war das nicht weiter schwierig."

"Da hast du ja richtig Glück gehabt in deinem Leben. Aber fehlt dir Venezuela nicht?"

"Oh nein", lachte Pedro, "alles ist besser als die Slums, in denen ich groß geworden bin. Hast ja keine blasse Vorstellung davon."

"Das mag gut sein", gab Jesper kleinlaut zu. "Wir Europäer streben nach immer mehr Komfort und vergessen gern, dass es in vielen anderen Ländern Armut und Siechtum gibt. Entschuldige bitte!"

"Brauchst dich deswegen nicht entschuldigen. Hab viel Großzügigkeit in Europa erfahren, auch wenn die Herzen hier kühler sind." Pedros Augen strahlten. Er hatte eine reine, fröhliche Seele; das hätte Jesper selbst dann sehen können, wenn er blind gewesen wäre.

"Hast du hier auch ein Atelier? Kann ich mir andere Bilder von dir ansehen?"

"Hab nicht wirklich ein Atelier, aber du kannst mich gern jederzeit besuchen. Wenn ich nicht im Haus bin, findest du mich meist am Strand, vor allem am Wochenende. Wirst nachher sehen, was ich meine, wenn die Touristen und Badegäste kommen."

"Wir sehen uns bestimmt die Tage. Ich werde wohl noch ein paar Tage bleiben."

"Bist hier im Urlaub?", wollte Pedro im Gegenzug wissen und richtete bereits seinen Blick wieder auf sein Motiv.

"Ich bin hier… Ich besuche meinen Opa."

"Aha. Sei nicht böse. Das Licht ist wundervoll und ich muss das einfangen."

"Natürlich. Nur zu!"

Jesper trat gestisch einen Schritt zurück und beobachtete, wie Pedro die Farben auf seiner Palette mischte und
seinem Bild weitere Tupfer und Striche hinzufügte, dann
ließ er ihn endlich in Ruhe arbeiten. Er ging die Straße
entlang, vorbei am Gemischtwarenladen, durch dessen
Scheibe ihm Ingrid zuwinkte, vorbei an Fridéns Krog und
einer winzigen Schneiderei. Gegen Ende des Dorfes, dort
wo die Strandpromenade in einer Biegung in die obere
Dorfstraße überging, folgte Jesper dem entfernten Kreischen
einer elektrischen Säge. Er schlenderte einen Pfad hinauf bis
zu einem Häuschen mit einem breiten, ebenerdigen Anbau,
dessen Tor einen Spalt weit offen stand. Über dem Tor war
ein unbearbeitetes Holzbrett angebracht, das die schwarze
Aufschrift 'Mårtens slöjd' trug.

Jesper klopfte an das Tor, was bei dem Lärm der
Kreissäge vergeudete Liebesmühe war, schob es weiter auf
und betrat die Tischlerei, die Ohren mit den Händen
bedeckend.

Ein Lehrling war über eine Holzlatte gebeugt und sägte
konzentriert. Mårten stand neben ihm und gab ihm mit
Handzeichen Anweisungen. Beide trugen Gehör- und
Gesichtsschutz und bemerkten den Besucher erst, nachdem
die Sägearbeit beendet und die Säge abgeschaltet war und
die beiden Männer die Leiste forttragen wollten.

"Bedienst du bitte?", fragte Mårten Niklas mit
gedämpfter Stimme und trug nach einem bestätigenden
Nicken das nach Maß gesägte, schwere Stück Holz nach
hinten, dass sich seine kräftigen Arme wölbten, während
der Junge auf Jesper zukam.

"Guten Tag." Jesper trat ein paar Schritte vor.

"Guten Tag. Wie kann ich dir helfen?"

"Oh, ich weiß nicht wirklich", erklärte Jesper, der die
Wahrheit für die beste Taktik hielt, "ich bin zufällig hier

vorbei gekommen und wollte mich ein bisschen umschauen, wenn das möglich ist."

"Aber klar. Wenn du magst, zeig ich dich ein bisschen herum. Suchst du irgendwas Bestimmtes? Große Möbel? Zugeschnittenes Holz? Handwerkskunst?"

"Ich brauch gerade eigentlich nichts, zumindest nichts Großes. Ich hätte eh keine Möglichkeit, etwas Großes zu transportieren."

"Dann komm mal mit", sagte Niklas und führte ihn in einen Verschlag, der nach zwei Seiten hin offen war und in dem kleinere Sägearbeiten und Handwerksstücke ausgestellt waren.

"Wir haben nicht viel auf Lager und auch nicht viele Ausstellungsstücke. Das meiste, was mir machen, ist auf Bestellung. Wir haben heute ein Bett fertig gestellt und nachher wird ein Schrank abgeholt. Die könnte ich dir zeigen, wenn du wünscht."

"Ich kucke mich ein bisschen hier um, wenn es dir passt."

"Natürlich. Ich bin dort hinten und arbeite. Wenn du Fragen haben solltest, komm ruhig rüber."

Niklas ließ ihn stehen und Jesper bummelte durch den Verschlag. Offensichtlich waren viele der Stücke hier nebenbei entstanden und vor allem für Touristen gedacht. Ein Großteil war jahreszeitlicher Schmuck und Gebrauchs-gegenstände. Neben zwei Krippenspielen standen mehrere Weihnachtspyramiden und diverser Christbaumschmuck. Weiter hinten lagen einige Artikel für das Osterfest. Spielzeug war eine weitere große Abteilung, in der sich Spielzeugtiere und Puppen versammelten, aber auch zierreiche Brettspiele wie Schach oder Mühle. Ganz hinten, wo ein kleiner Infoständer aufgestellt war und sich der zweite Ausgang befand, waren bei Holzbrettchen, Schalen,

Holzbesteck und Küchenutensilien kleinere Kinkerlitzchen wie herzförmige Handschmeichler aus Holz, Kreuze und andere Kettenanhänger an Lederbändern ausgestellt. Das meiste fand nicht Jespers Gefallen, aber die Kunstfertigkeit und Detailliebe Mårtens war in jedem noch so kleinen Gegenstand offenbar.

Jesper ging zurück zu einem hohen Schachbrett mit wunderschönen Einlegearbeiten und ungewöhnlichen Spielfiguren, das es ihm angetan hatte. Die Figuren waren unterschiedlich lange und dicke Stumpen, auf deren Ober-seite in Feinarbeit Symbole für ihre Rollen eingeschnitzt waren. Er war zwar nicht hergekommen, um etwas zu kaufen, weil sich aber dieses schöne Stück aufdrängte, wollte er seinem Impuls nachgeben. Es würde ein groß-artiges Geschenk für seinen Vater abgeben, entschied er und ging hinüber, um den Gesellen nach dem Preis zu fragen. Stattdessen traf er auf Mårten.

"Oh hallo", entfuhr es ihm überrascht, denn einerseits hatte er unbedingt vor, mit Mårten zu reden, andererseits wollte er sich dem schüchternen Mann nicht aufdrängen.

"Kann ich helfen", bot sich Mårten mit freundlicher, weicher und leiser Stimme an und Jesper empfand eine große Sympathie für ihn, die nichts mit Mitleid für Mårtens Schicksal zu tun hatte.

"Ich habe dieses Schachspiel dort drüben im Auge und würde gerne wissen, wie viel es kostet. Ich zeig dir, welches ich meine."

"Dir gefällt sicherlich das mit den zylindrischen Figuren. Die Einlegearbeiten waren ziemlich aufwendig, deswegen kostet das Spiel 1500. Interessiert dich noch etwas anderes?"

"Woher weißt du, welches ich meine?", wunderte sich Jesper, weil doch drei unterschiedliche Schachbretter auslagen.

"Du bist einfach der Typ dafür", erklärte Mårten mit sichtlicher Verlegenheit. "Ich habe ein sehr gutes Gespür für Menschen. Du bist schlicht und geradeheraus, deswegen werden die anderen beiden Spiele bestimmt zu verschnörkelt für dich sein."

Jesper staunte und besah sich Mårten noch einmal genauer. Er spürte unter dem muskulösen Äußeren die Verletzlichkeit und ganz deutlich war die Handschrift der Verletztheit in Mårtens Gesicht zu lesen, die ihn hatte sich so zurückziehen lassen. Doch unter all dem war ein Geist zu erkennen, der Jespers sehr ähnlich war: neugierig, aufrichtig, ein bisschen arglos, was gepaart mit purer Gutherzigkeit freundlich wirkte. Deswegen war ihm Mårten sympathisch.

"Du fragtest, was mich noch interessiert, und ich muss gestehen, dass ich noch nie bei einem Schreiner in der Werkstatt war. In Stockholm bekommt man immer nur fertige Produkte. Wenn es dir nichts ausmacht, würde ich gern ein wenig von der Werkstatt sehen und mehr darüber erfahren, wie du so arbeitest."

Mårten führte ihn durch die Halle, zeigte und erklärte ihm das Werkzeug und die Maschinen, anschließend zeigte er ihm die fertigen Stücke, den Schrank und das Bett. Jesper war beeindruckt von Mårtens Raffinesse und Kunstfertigkeit. Das Himmelbett war eine Steckkonstruktion aus schwerem, sehr dunklem Nussholz, die weder Leim noch Schraube benötigte und dennoch stabil und anmutig war. Weiße oder cremefarbene Damastbettwäsche würde sicherlich einen edlen Kontrast zu dem dunkelbraunen Holz der Walnuss bilden. Hätte er doch nur mehr Geld zur Verfügung, dachte Jesper lamentierend, dann würde er seine Ikea-Möbel, die so beliebig, billig und gebrechlich waren, zum Fenster hinauswerfen und sich von Mårten neu und stilvoll einrichten lassen.

Mårten sah die Begeisterung in den Augen des jungen Mannes und er spürte, dass Jesper ehrlich im Herzen war, so dass er ihm weit genug über den Weg trauen konnte. Immerhin war er der Enkel des neuen Dorfmitgliedes, diesem Valter, der Pia geholfen hatte. Deswegen beschloss er etwas zu tun, was er noch nie gemacht hatte: er führte Jesper durch eine Tür in der Nähe des Eingangs in das eigentliche Haus, in dem er wohnte. Abgesehen vom Gebäude selbst war jedes Stück Holz in diesem Haus durch Mårtens Hände oder die seines Vaters gegangen. Die größten Möbel wie Schränke und Kommoden waren aus leichtem, elastischem Kiefernholz getischlert, ebenso die Türen. Die Tische, Stühle, Regale, Bänke und die Küchenschränke hatte er aus blasser Birke gefertigt. Die Arbeitsplatte der Küche bestand des Kontrasts und der Festigkeit wegen aus einem einzigen langen Stück kaffeebraunem, sehr dekorativem Wengenholz, einem der von Natur aus und ungebeizt dunkelsten aller Hölzer, welches aus Westafrika kam. Alles Geschirr, Holzbesteck und Utensil hatte er aus Olivenholz gedrechselt oder geschnitzt, welches er aus Griechenland bestellt hatte.

"Hast du überhaupt irgendetwas aus Metall im Haus?", fragte Jesper überwältigt.

"Nun ja, mit Holztöpfen ließe sich nur schwerlich kochen", grinste der Tischler, "aber ich habe nur das Allernötigste aus Metall oder Glas. Ich finde diese Materialien sehr kalt und leblos. Mit Holz fühle ich mich verbunden. Es atmet, es arbeitet und gut poliert ist es geschmeidig wie Samt."

Von draußen hörte man einen Transporter die Einfahrt hinauffahren.

"Das wird der Käufer des Schrankes sein", entschuldigte sich Mårten und führte Jesper zurück zur Werkstatt.

"Ich danke dir vielmals für die Führung. Es ist beeindruckend, wie du lebst, und es gefällt mir unwahrscheinlich gut. Oh, da hätte ich es beinahe vergessen! Würdest du mir bitte das Schachspiel zurücklegen? Ich komme es in den nächsten Tagen abholen."

"Selbstverständlich. Komm einfach vorbei. Ich bin fast immer hier."

Sie waren am Tor angelangt und in der Auffahrt stand eine zierliche Frau, die Käuferin, die Mårten begrüßte. Vom Fahrersitz des Lieferwagens erhob sich ein stämmiger Mann, der als Transporteur engagiert worden war.

Jesper grüßte freundlich, ging am Lastkraftwagen vorbei und sah auf die Uhr. Es war bereits halb zwölf.

Hexenschuss

Jesper öffnete die Haustür. Im Haus war es mucksmäus-chenstill. Jesper legte den Schlüssel zurück in die Schale, trat in den Flur und lauschte. Ob Valter noch schlief? Er ging vorsichtig durch die Räume des Erdgeschosses. Keine Spur von Valter. Zögerlich rief er Valters Namen im Flur und tatsächlich kam aus dem Schlafzimmer eine Antwort. Jesper fand Valter noch immer im Bett liegend vor. Er war immer noch in voller Montur, aber die Kleidung des Vortags war nun ganz knitterig.

"Du bist ja eine Schlafmütze, Opa Valter", feixte Jesper.

"Und Sie sind ein Scherzkeks. Ich kann mich kaum rühren."

"Ist dir das Nickerchen am Fenster nicht bekommen?"

"Helfen Sie mir lieber auf, statt zu lachen. Ich möchte mal sehen, wie Sie mit 70 rumkriechen."

Jesper half Valter aufzustehen. Valter ächzte und jaulte, blieb auf der Bettkante sitzen und griff sich ans Kreuz.

"Du hast dich sicherlich verlegen. Vielleicht ist es besser, wenn du liegen bleibst und ich einen Arzt hole."

Deutlich trat Stolz in Valters Gesicht. Er würde es nicht hinnehmen, hilfsbedürftig zu wirken, geschweige denn hilfsbedürftig zu sein. Er wollte nicht alt und gebrechlich sein.

"Ach was, das bisschen Stechen geht gleich wieder weg. Liegenbleiben hat noch niemanden weitergebracht."

Mit Jespers Unterstützung stand Valter auf. Er war ein bisschen wackelig auf den Beinen und hielt seinen Oberkörper nach vorn gebeugt, was eine eindeutige Schonhaltung war.

"Vielleicht wäre jetzt eine gute Gelegenheit, diese Svea aufzusuchen. Einerseits brauchst du ihr dann nichts vorzuspielen und andererseits solltest du deiner Hauptverdächtigen ohnehin einmal einen Besuch abstatten, findest du nicht auch?"

"Ach, was soll die denn schon machen? Mir eine Kräutertinktur auftragen? Meine bösen Geister vertreiben? Auf den Budenzauber kann ich getrost verzichten! Eine Apotheke mit einem guten Schmerzmittel wäre mir jetzt lieber."

Valter humpelte zur Tür, hielt sich am Türrahmen fest und drehte sich zu Jesper zurück.

"Außerdem ist in einer Stunde eh alles wieder gut."

Um vier Uhr nachmittags jaulte Valter noch immer auf dem Wohnzimmersofa. Er hatte eine Wärmflasche im Rücken und nippte an einem Tee. Die Schmerzen schlugen wohl auf seinen Appetit, denn die belegten Knäckebrote, die Jesper ihm hingestellt hatte, waren unangetastet. Als Jesper ihn wiederholt drängte, zu der Kräuterfrau zu gehen, willigte er schließlich ein, weil sie auf die Schnelle keine Apotheke finden würden, die am Sonntag geöffnet waren. Dass Ingrid den Laden für Ausflügler öffnete und obendrein Schmerzmittel vertrieb, war eher außer Frage.

Darum ging Jesper zum Postbüro, um in Erfahrung zu bringen, wo Svea zu finden war. Er klopfte an die Tür und, weil sie nicht verschlossen war, ging er hinein.

"Hallo, ist da jemand?"

"Komm ruhig durch. Ich bin gerade in der Küche beschäftigt", rief ihm Pia mit gepresster Stimme zu.

Jesper ging den Flur entlang und hörte, wie jemand dort hinten auf und ab sprang.

"Guten Tag. Ich hoffe, ich störe dich nicht?"

Die Frau, über die in Fridéns Krog die Rede gewesen sein musste, hielt mit beiden Händen einen großen Jutesack fest, der bis zum Boden reichte, und sprang schwitzend darauf herum.

"Oh, ich hatte mit jemand anderem gerechnet. Ich hätte mir auch niemals träumen lassen, dass Hausfrau zu sein so anstrengend sein könnte. Kuck nur, wie ich öle!"

Mehr brachte die Frau nicht heraus, denn sie keuchte und schnaubte und schien vor Atemknappheit umzufallen.

"Kann ich dir irgendwie helfen?"

"Ach was, ich muss das hier nur eben stampfen."

"Vielleicht würde es mit einem Vorschlaghammer besser gehen."

"Daran", stöhnte sie, "hab ich auch schon gedacht. Ich hab aber Angst um die Fliesen."

"Dann mach es doch draußen auf der Straße. Darf ich fragen, was das überhaupt werden soll?"

"Püree."

"Wie bitte?" Jesper konnte es nicht fassen. Pia hielt inne und atmete tief durch, irritiert von der Verwunderung des jungen Mannes.

"Na Kartoffelpüree. Für die arme Stina. Die ist krank und ich wollte doch auch mal für sie kochen. Das ganze Dorf hat schon gekocht." Sie unterbrach sich, um einmal tief Luft zu holen und fuhr sogleich mit ihrer Erklärung fort. "Also, beim ersten Mal hab ich's ja mit Butter probiert, aber das war nach drei Sprüngen zu glitschig. Diese Kartoffeln sind aber auch wirklich widerspenstig."

"Hat dir denn niemand gesagt, dass du die Kartoffeln vorher kochen musst?"

"Wirklich?" Sie schaute ihn mit großen Augen an.

"Ja, wirklich." Jesper wusste nicht, ob er lachen durfte oder nicht, und verkniff es sich. Er hatte ja bereits gehört, wie sie gebacken hatte. Wäre er ihr Mann, ließe er die Küche versiegeln.

"Aber ich hab doch neulich noch überhört, wie Astrid zu Ingrid sagte, dass sie ihre Kartoffeln nicht mit Milch, sondern mit Butter stampfe."

"Das mag gut sein, gnädige Frau, aber bestimmt erst nachdem sie sie gekocht hat."

"Und ich hatte mich schon gewundert", rechtfertigte sich Pia, "weil doch Weintrauben viel weicher als Kartoffeln sind. Also, Sie müssen wissen, dass ich neulich noch im Fernsehen gesehen habe, wie ein paar Frauen in einem riesigen Bottich Weintrauben mit nackten Füßen zerstampft haben. Und da dachte ich, das macht man mit Kartoffeln genauso. Das sah aber auch vielleicht ulkig aus!"

"Entschuldige, aber du siehst nicht viel besser aus, befürchte ich."

Die Frau war wirklich eine Katastrophe, aber dabei so kindlich-unschuldig, dass er nicht wirklich über sie lachen konnte. Unglücklicherweise war sie bereits wieder zu Puste gekommen. Jesper stand wie angewurzelt da und ließ ihren Wortschwall über sich hinwegspülen wie die Brandung über einen Fels.

"Aber was soll ich denn jetzt tun? Ich kann Stina doch nicht hungern lassen. Wirklich jeder aus dem Dorf hat schon für sie gekocht, und jetzt, wo ich endlich kochen kann, hab ich ihr versprochen, dass sie heute von mir Essen bekommt. Sie hat zwar abgewunken, aber du weißt ja, wie das ist: Der Armen war es einfach nur unangenehm, dass sie auf fremde Hilfe angewiesen ist. Aber zum Teufel mit dem falschen Stolz! Wir hier im Dorf halten zusammen wie Pech und Schwefel. Was würdest du denn jetzt an meiner Stelle machen, wenn ein Leben von dir abhinge?"

"Zuerst einmal würde ich schauen, was man mit den Kartoffeln noch anfangen kann, dann täte ich sie schälen und kochen und anschließend mit Milch und mit Butter stampfen. Das heißt, stampf sie zuerst und füge dann Milch und Butter hinzu! Das spritzt weniger. Unter Umständen möchtest du es zuletzt noch mit einer Prise gemahlener Muskatnuss abschmecken."

Jesper nahm Pia den Sack aus der Hand und rollte den Stoff herunter. Die Schale einiger Kartoffeln war durch Pias Einwirken abgerieben, teilweise waren die Knollen zerspalten. Aber im Grunde war den Kartoffeln nichts passiert, was sie ungenießbar machte. Somit überreichte er der Postfrau den Sack.

"Schäl sie, schneide sie in gleichmäßige Stücke und koch sie dann in gesalzenem Wasser, bis sie weich sind! Dann gieß das Wasser ab und stampf die Kartoffeln. Zuletzt rühr in kleinen Portionen Milch und Butter unter, bis das Püree eine geschmeidige Konsistenz hat." Jesper hielt es für angebracht, ihr jeden kleinen Schritt genau zu erklären.

"Woher weiß ich denn, wann die Kartoffeln weich sind?", wollte Pia wissen. Jesper rollte mit den Augen. Wäre es nicht einfacher, wenn Pia ihren Stolz zum Teufel schickte und Essen im Krog kaufte?

"Stich mit einer Gabel oder einem Messer in ein Stück Kartoffel. Wenn sie leicht durch geht, sind sie gar."

"Also, du solltest wissen, dass ich mit Messern ganz besonders gut umgehen kann. Letztes Jahr war dieser Mann aus der Schweiz da und hat mir einige Tricks gezeigt, was man mit einem Messer alles machen kann. Also, du hättest das sehen sollen! Der hat die Messer in die Luft geschmissen und wieder aufgefangen, ohne sich was zu tun. Wer hätte auch wissen sollen, dass der jahrelang dafür geübt hat? Na, wie auch immer, ich hab das dann auch gemacht und es klappte auch ganz gut, bis mir ein Messer ausrutschte und in seinem Oberschenkel landete. Du kannst mir glauben, da wusste ich das erste Mal richtig, was es heißt, dass ein gutes

Messer Fleisch schneidet wie Butter in Afrika. Gut, dass Svea nicht weit weg war."

Pia hatte eines der großen Messer aus einem Block gezogen und begann, damit die Schalen der Kartoffeln in dicken Streifen abzuschälen. Immer wieder in ihrer Ausführung schwang sie das Schneidewerkzeug verdeutlichend durch die Luft, als wäre es ein Degen. Ängstlich ließ Jesper die Frau mit dem Messer keine Sekunde aus den Augen und brachte ein paar Schritte Distanz zwischen sie und sich.

"Genau deswegen bin ich eigentlich hier", unterbrach Jesper sie, der es plötzlich eilig hatte, zurückzukehren zu Valter. "Kannst du mir sagen, wo ich diese Frau Svea finde?"

"Unsere Hexe? Die wohnt am Ende des Dorfes, gleich in der Nähe der Schreinerei. Dort oben führt ein Weg bei der großen Eiche hinauf. Hinter der Eiche findest du ihr kleines Hexenhäuschen. Warum willst du denn zu ihr? Geht es dir etwa nicht gut?" Pia ging ein paar besorgte Schritte auf Jesper zu. Sie hielt noch immer dieses überdimensionierte Messer in ihrer rechten Hand.

"Doch doch, mir schon. Aber warum nennst du sie eigentlich die ganze Zeit eine Hexe?"

"Na was glaubst du denn? Natürlich, weil sie unsere Dorfhexe ist. Hat denn nicht jedes Dorf seine eigene Hexe? Irgendjemand muss hier doch den Teufel in Schach halten."

Jesper war schon fast zur Tür hinaus.

"Vielen Dank und viel Erfolg mit dem Kartoffelbrei!"

Hinter der Eiche

Valter wartete geduldig auf seinem Sofa liegend auf Jesper. Er war bereits umständlich in die Küche gehumpelt, weil der Schmerz in sein rechtes Bein hineinstrahlte, und hatte nun eine frische Wärmflasche im Rücken liegen. Es piekste ein bisschen selbst beim Liegen, aber deswegen hielt er die Beine angezogen. Das allein half schon sehr. Die Wärme zog wegen der brühenden Hitze fast schmerzhaft in die Haut, aber die Entspannung, die sich dadurch wie bei Fango in seinem Rücken ausbreitete, war göttlich und linderte das Stechen. Je länger er mit der Wärmflasche lag, desto besser und erleichterter konnte er liegen und desto mehr verwarf er den Gedanken, sich in die Hände dieser Hexe zu begeben. Einfache Hausmittel oder moderne Medizin, das waren die einzigen Mittel, die halfen. Alles andere war Scharlatanerie.

Jesper brauchte länger, bis er trotz der kurzen Entfernung zurückkam, dabei wollte er nur nach dem Weg fragen. Valter schmunzelte, als der Junge endlich zur Tür hereinkam und etwas gehetzt aussah.

"Vor welchem Teufel sind Sie denn weggelaufen?"

Valter vermutete bereits, dass Pia nun auch Jesper zugelabert haben mochte, aber mit einer neuerlichen Koch-eskapade hatte er nicht gerechnet. Er lachte, als er Jespers Ausführung über die Kochkünste dieser Schreckschraube hörte. Es war einfach unglaublich, wie dämlich sich jemand bei den einfachsten Gerichten anstellte. Er war selbst kein passabler Koch, aber ehe er die Schmach hinnehmen würde, Nudeln im Topf anbrennen zu lassen, ging er lieber in ein Restaurant und ließ sich bekochen. Diese Frau aber war von einem ganz anderen Kaliber: ihre Dummheit gepaart mit gutem Willen konnte tödlich sein. Wer weiß, dachte Valter, vielleicht hatte sie ja schon ein oder zwei Leben auf dem Gewissen.

"Nun aber auf zu Svea", mahnte Jesper. Er konnte es kaum mit ansehen, wie gequält und gealtert sein Chefredakteur dreinblickte.

"Ich glaube, das ist nicht nötig. Meinem Rücken geht es mit der Wärme viel besser."

"Das mag schon sein, aber du wirst dennoch dorthin gehen und nachforschen. Immerhin fehlen uns jegliche Anhaltspunkte und Beweise. Bislang spricht nicht viel für deine Geschichte. Wir müssen langsam mal was finden, schließlich möchte Marie einen Zwischenbericht haben. Sie hat immerhin ihren Hals für dich in die Schlinge gelegt."

Valter grummelte vor sich hin, er habe keine Lust. Es war zwar seine Geschichte, aber er wagte nicht aufzustehen, denn er wusste, dass der Schmerzen zurückkehrte, sobald er aufstand. Er merkte langsam sein Alter und das wollte er den Jungen selbstverständlich nicht wissen lassen, also überspielte er es mit Desinteresse.

"Wenn das alles ohne Hand und Fuß ist, dann sag es mir besser jetzt gleich, dann kann ich nämlich meine Brocken packen und zurück nach Stockholm fahren. Dir ist schon klar, dass ich eigentlich was für die Uni tun sollte und wichtige Vorlesungen verpasse, weil ich hier bin, oder?"

"Okay okay, ich gehe, aber Sie rufen gleich Marie von meinem Apparat an und sagen ihr, dass wir an etwas dran sind und dass Sie vermutlich noch ein paar Tage bleiben werden."

"Und du bist sich sicher, Valter, dass wir etwas finden werden? Ich meine, weil mir hier noch nichts Verdächtiges aufgefallen ist. Das hier sind ganz normale Leute. Nun ja, vielleicht nicht wirklich normal, aber doch ganz gewöhnlich."

"Sie haben die Gestalt nicht gesehen. Ich schon!"
Brüskierte sich Valter, der eine unausgesprochene Unterstellung in Jespers Überlegung entdeckte. Er setzte sich ruckartig auf, was er besser nicht getan hätte. Ein feuriges Schwert fuhr in seine untere Wirbelsäule. Er jaulte auf und hechelte, um den Schmerz zu lindern. Bloß nicht bewegen, dachte er bei sich. Die Qual ließ nur allmählich wieder nach und Valter drehte sich langsam, möglichst vorsichtig zu Jesper um. Der Junge blieb stumm, aber sein Blick sagte mehr als deutlich, dass Valters Stolz, der ihn daran hinderte, zu der Heilerin zu gehen, angesichts seines Leids unangebracht war. Valter überging diesen Punkt.

"Ich hab mir das alles nicht ausgedacht und Sie werden schon sehen, dass es im Dorf ein großes Geheimnis gibt. Vordergründig wirken die Leute hier so, als gäbe es nichts zu verbergen, und nennen die Dinge beim Namen, damit es unschuldig aussieht, aber darunter hütet das Dorf eingeschworen und versteckt etwas. Ein guter Journalist lässt sich nicht von oberflächlichen Erscheinungen täuschen, sondern dringt durch seine Nachforschungen in den widersprüchlichen, heimlichen Abgrund der Menschheit ein. Jeder hat einen dunklen Kern, den keiner preiszugeben wagt, und unsere Aufgabe ist es, ihn hervorzuschälen."

Bei diesen Worten überlegte Jesper, welchen dunklen Kern er wohl haben mochte, oder Valter, oder die einfältige Pia, der glückliche Pedro, der Hüne Fridén oder der eigenbrötlerische Mårten. Oh, Mårten mochte in seiner Verletztheit etwas Dunkles haben, aber das Zentrum seines Wesenskerns war ein glühender Funke, der jederzeit wieder zu einem Leuchtfeuer entzündet werden konnte. Das hatte Jesper ganz klar erkennen können, als er ihn inmitten seines Lebenswerkes aus Holz gesehen hatte. Das Funkeln in den Augen war klar und unverkennbar. Aber was für eine dunkle Seite sollte Pia haben? Jesper konnte sich kaum vorstellen, dass überhaupt irgendein Mensch einen dunklen Kern hatte. Zugegeben hatte Saddam Hussein vor einigen Jahren die Macht in seinem Land an sich gerissen und einen noch andauernden Krieg mit dem Nachbarland Iran angefangen, aber kämpfte nicht auch er für seine Überzeugungen, die aus seiner Sichtweise gut und richtig waren? Musste man das Wesen eines Menschen daran messen, für wie viele andere Menschen seine Handlungen förderlich und für wie viele sie nachteilig waren?

Ohne weitere Diskussion half Jesper Valter aufzustehen. Während Valter sich gebeugt die Kleider glatt strich, ging Jesper zum Telefon, wählte die Nummer der Redaktion und hinterließ Marie, die wegen einer Besprechung nicht zu sprechen war, die von Valter bestimmte Nachricht. Gequält verließ Valter das Haus und ging langsam die Straße hinunter. Jesper holte ihn, kaum ein paar Schritte weit gekommen, ein und begleitete den älteren Mann, um ihn notfalls zu stützen.

Sie gingen die obere Straße entlang, wo ihnen ein unbeladener Trecker dröhnend entgegenkam. Der Fahrer tippte sich zum Gruß an seine Mütze und war bereits wieder an ihnen vorbei gefahren. In einem Vorgarten grub eine ältere, grauhaarige Frau in den Beeten und bemerkte sie nicht. Neben ihr stand ein Korb voll mit frisch gepflückten, tiefroten Beeren.

Hinten bei der seewärtigen Biegung der Straße stand tatsächlich eine große, knorrige Eiche. In Norrland waren Eichen eine Seltenheit und sie sah genauso verwunschen aus, wie man es sich für eine Hexe gebührend vorstellte. Hinter dem Eichenbaum führte ein kleiner Pfad von der See fort durch ein Dickicht. Jesper sah Valter prüfend in die Augen, bevor er dem Gekrümmten hinterher ging.

Am Ende des Fußweges erschien geschützt hinter dichten Sträuchern eine alte Holzhütte, die nicht wie die meisten Häuser im Dorf frisch gestrichen war. Ganz im Gegenteil war ein Großteil der Farbe abgeblättert und an einigen Stellen war das freiliegende Holz moosig, aber das fiel kaum auf, denn das Haus war umrankt von Rosenstöcken und Efeu, die sich um Raum zu bekriegen schienen.

Während Valter an die Türe klopfte, setzte sich Jesper auf eine vor kurzem gebeizte Bank vor dem Häuschen, um geduldig zu warten. Mårtens Tischlerei war ganz in der Nähe. Bestimmt hatte er fast ausnahmslos die Holzarbeiten des Dorfs gemacht, so auch jene Bank, auf der er saß. Wenn er genau hinhörte, konnte er von hier aus die Drechselbank hören und dazu das ewige Gluckern der Ostsee.

Valter staunte, als ihm eine Frau in ihren frühen Vierzigern die Tür öffnete, denn sie war wunderschön, trug ihre braunen, glatten Haare zu einem langen Zopf, der ihr über die Schulter auf das beige Leinenkleid fiel. Sie sah alles andere wie eine Hexe nach klassischer Vorstellung aus. Konnte das die Gestalt sein, die er neulich nachts gesehen hatte? Hatten Hexen nicht auch Zaubersprüche, um ihr Aussehen zu verändern?

"Wie kann ich Ihnen helfen?", erkundigte sie sich.

"Guten Tag, ich wohne seit kurzem im Dorf und brauche Ihre Hilfe", erklärte Valter ihr.

"Dann sind Sie bestimmt Herr Harbinger. Ich habe schon einiges von Ihnen gehört. Kommen Sie doch bitte herein."

Das Häuschen war nicht besonders groß, aber ordentlich und gemütlich. Svea führte ihn in eine Küche so geräumig, wie es in einem Häuschen dieser Größe nur möglich war.

"Bitte nehmen Sie Platz. Ich werde eben diese Paste fertig rühren. Erzählen Sie mir währenddessen doch, wie genau ich Ihnen helfen kann."

Valter ließ sich mit zusammengebissenen Zähnen auf einen Stuhl nieder, um nicht weinerlich zu erscheinen. Ihm entging der wache Blick Sveas, mit dem sie seine unnatürlichen Bewegungen beobachtete, obwohl sie in einem Topf rührte und aus einigen bereitgestellten Fläschchen und Gefäßen Flüssigkeiten und Pülverchen hinzufügte.

"Ich habe mich in der Nacht verlegen und habe nun Rückenschmerzen. Frau Skog war der Meinung, dass Sie mir vielleicht helfen könnten", verdrehte Valter ein bisschen die Wahrheit nach seinem Gutdünken.

"Es ist mir zu Ohren gekommen, dass Sie Pia beim Backen geholfen haben, was schließlich zu dem höchsterfreulichen Resultat des Ehevollzugs geführt hat. Sie haben mir damit eine große Sorge vom Herzen genommen. Ich denke darum, dass ich es als Freundschaftsdienst erachten kann, Sie zu behandeln."

Svea ging hinüber zu einem Regal, in dem einige Gläser, Flakons und Behälter standen, griff nach einer Dose, füllte ihre Paste darin ein, verschraubte sie sorgfältig, klebte ein Etikett auf den Deckel und beschriftete dieses. Anschließend verstaute sie ihre Gefäße, stellte die benutzten Werkzeuge in der Spüle ab und setzte sich gegenüber von Valter. Sein Blick folgte erwartungsvoll jeder ihrer Bewegungen, als erwartete er, dass sie mehr über das wahre Wesen der Frau verrieten.

"Erzählen Sie mir mehr davon, wie es passiert ist und was sich in letzter Zeit in Ihrem Leben zugetragen hat", forderte sie entspannt zurückgelehnt auf und hörte aufmerksam zu, während er eine leicht abgeänderte Darstellung beschrieb. In vielen Punkten hakte sie genauer nach. So fragte sie Valter nach sämtlichen Erkrankungen in seinem Leben, nach seinem seelischen Befinden in den letzten Monaten, seinen Ernährungsgewohnheiten und

Ausscheidungen, nach seinem Arbeits- und Liebesleben, sowie vielen anderen Stressquellen. Für seinen Geschmack war Svea viel zu neugierig. Wofür wollte sie das alles wissen? Dennoch berichtete Valter, dass er seit einigen Jahren geschieden sei, berichtete von der Pensionierung und dem Umzug. Er offenbarte ihr sogar, dass er seit einiger Zeit verstärkten Harndrang hatte.

"Fühlen Sie sich wegen Ihres Ruhestandes unsicher? Fühlen Sie sich, als hätte man Ihnen mit Ihrer Arbeit Ihr gesamtes Leben fortgenommen? Fühlen Sie eine wachsende Angst vor Ihrem Lebensende? Haben Sie Angst davor, dass das nun alles gewesen sein könnte?"

Valter überlegte und schwieg.

"Seien Sie ehrlich mit sich selbst, wenn Sie wollen, dass ich Ihnen helfe."

Valter schwieg weiter, nickte schließlich. Hier saß der große Valter, immer zu einem bissigen Kommentar bereit, und war durch seine Schmerzen handzahm geworden, schoss es ihm beschämt durch den Kopf.

"Kommen Sie mit mir." Svea kam um den Tisch zu ihm herüber, reichte ihm die Hand, um ihm aufzuhelfen, und führte ihn ins Nebenzimmer, welches ziemlich ähnlich zu einem Untersuchungszimmer bei einem Arzt eingerichtet war. An der Seite stand eine Pritsche, auf die sie ihn Platz zu nehmen bat. Sie nahm eine kleine Taschenlampe zur Hand, hielt sie nah an sein Gesicht, schaute abwechselnd ins linke und ins rechte Auge, bewegte die Taschenlampe von ihm weg und schaute erneut in beide Augen.

"Was machen Sie da genau?", fragte er.

"Ich lese in Ihrer Iris, ob darin körperliche Symptome geschrieben sind", erklärte Svea ihm. Dann legte sie die Taschenlampe wieder weg und griff zu einem L-förmigen Metallstab.

"Können Sie sich hinlegen oder ist es Ihnen bequemer, sitzen zu bleiben?" Valter blieb lieber sitzen. Svea legte das kurze Stück der Stange in ihre rechte Faust, so dass der lange Teil waagerecht stand, legte ihren linken Zeigefinger auf seinen Steiß und fuhr mit diesem Wirbel für Wirbel hinauf, gleichzeitig den Metallstab in ihrer Hand beobachtend. Einmal schlug er nach links aus, aber nachdem sie ihn wieder in die Mitte gedreht hatte, verweilte er in dieser Position, egal wie hoch sie an seiner Wirbelsäule wanderte. Bei der Hälfte des Rückens angekommen, nahm sie ihre linke Hand weg und legte den Stab zur Seite.

"Was war das jetzt bitte?", verlangte Valter argwöhnisch zu wissen. Er hatte mit kritischem Auge verfolgt, was sie mit ihrem Stab tat.

"Ich habe abgefragt, an welchem Wirbel Sie Probleme haben."

"Und Ihr Stock hat Ihnen wohl die Antwort gegeben?" Valters Sarkasmus siegte über seinen Schmerz. Was für ein stümperhafter Hokuspokus war das?

"In gewisser Weise ja, aber die Einhandrute ist nur ein Hilfsmittel. Korrekterweise hat Ihr Körper mit meinem kommuniziert und mein Körper hat diese Antwort in eine Muskelbewegung übersetzt, die die Rute hat ausschlagen lassen."

"Aha. Und die Diagnose konnten Sie nicht schon allein durch das stellen, was ich Ihnen gesagt habe? Selbst ich weiß ja sofort, was ein Hexenschuss ist. Was hat denn Ihre Rute geantwortet?" Valter konnte seinen Hohn kaum mehr verhehlen, doch Svea blieb gelassen.

"Eigentlich hat sie nur das bestätigt, was Sie gesagt haben. Aber bei meiner ganzheitlichen Behandlung muss ich dem Problem tiefer auf den Grund gehen. Ihr Problem manifestiert sich in einer Fehlausrichtung des vierten Lendenwirbels."

"Sind Sie Orthopädin, oder was?"

"Nein, aber es ist medizinisch wohl bekannt, dass der vierte Lendenwirbel Symptome wie Rückenschmerzen und Hexenschuss, aber auch die Prostata und somit auch den Harndrang regiert. Die Abfrage mit der Rute diente nur der Absicherung der Diagnose", erklärte Svea ihm ruhig. Sie hatte schon genug kritische Patienten gehabt und begegnete ihnen allen mit derselben Gelassenheit. Am Ende hat sich noch keiner über ihre Behandlung beschwert.

"Das hätte ich wohl auch in einem Medizinbuch nachlesen können. Was hilft mir das jetzt?" Ihre Ruhe brachte Valter nur noch mehr zum Rasen.

"Nun, das waren ja erst die Symptome. Das ist ja das, was die Schulmedizin behandelt und mehr nicht. Das Wichtigste, das heißt die Ursache, kommt ja erst noch. Die körperlichen Symptome – dieses griechische Wort heißt nichts anderes als Anzeichen – sind nämlich die Hinweise des Körpers auf eine seelische Ursache, so eine Art Übersetzung vom Geist in die Materie."

"Was soll denn dieser Unfug nun bedeuten? Und was hat meine Seele damit zu tun? Wenn ich mir Sorgen um meine Seele machte, wäre ich zu einem Priester gegangen." Valter erhob sich ächzend von der Liege. Er hatte genug von diesem Unsinn.

"In dieser gottlosen Zeit machen sich leider die wenigsten Sorgen um ihre Seele. Alle denken nur noch an den Körper und so sind Medizin und Wissenschaft zur modernen Form der Religion geworden."

"Sie sind eine Quacksalberin." Valter wandte sich ab zum Gehen.

"Aber das Nächste sollten Sie sich dennoch anhören", rief sie ihm hinterher, "denn die psychisch-mentalen Ursachen für Hexenschuss sind unter anderem Gefühle der Machtlosigkeit, finanzielle Unsicherheit oder Angstgefühle in Bezug auf Arbeit und Karriere. Sie hatten in letzter Zeit kalte Füße, nicht wahr?"

Die Worte verfolgten Valter durch den Flur und er verlangsamte seine Schritte bei ihnen. Ihr letzter Satz brachte ihn zum Stehen. Er hatte ihr nicht gesagt, dass er barfuß über seine Fliesen lief. Sie musste es sprichwörtlich gemeint haben.

"Die Existenzangst, die der Verlust Ihrer Arbeit bei Ihnen geweckt hat, ist der Grund für Ihren Hexenschuss. Nun liegt Ihr Misstrauen in die Welt, welches Sie durch die Arbeit und die finanzielle Sicherheit überdeckt haben, entblößt. Sie erkennen langsam, dass sie nicht ewig jung bleiben und stellen ihr bisheriges Leben in Frage. Sie müssen sich nun erneut mit Ihren Lebensgrundlagen auseinandersetzen und sich neu ausrichten."

Valter stand immer noch mit dem Rücken zu ihr, drehte sich aber schließlich zu ihm um.

"Ist das etwas, dass Sie jedem Rentner erzählen?"

"Der Ruhestand ist eine entscheidende Übergangszeit, ja, aber auch viele junge Menschen leiden an solchen Ängsten. Es kommt nicht allein auf die Ängste an, sondern vielmehr wie wir diese bewältigen – oder auch nicht. Die Einstellung ist entscheidend, aber Sie haben Ihre Einstellung zu ihrem neuen Lebensabschnitt noch nicht gefunden."

Valter schlich zurück zu Svea, die noch immer ruhig dastand, obwohl ihre Worte eindringlicher geworden waren. Woher kam ihr Wissen, wunderte sich Valter und fragte es sie.

"Schauen Sie sich doch einfach Ihren Körper an: die gebeugte, demütige Haltung vor dem, was vor ihnen liegt. Ihr Körper sagt Ihnen alles, was wichtig ist. Nur wer sicher ist, kann aufrecht stehen. Ich bediene mich verschiedener Quellen, um mir ein ganzheitliches Bild zu machen, denn wirkliche Heilung kann immer nur ganzheitlich sein. Die Korrelation von Wirbel und Symptom zu der mentalen Ursache ist Medizinern und insbesondere Chiropraktikern bekannt. Die emotionale Seite andererseits stammt aus den alten indischen Lehren des Yoga. Ihr Problem basiert auf einem Defizit im Wurzelchakra, das erdet und Stabilität, Vertrauen und Lebenswillen fördert, und deswegen haben Sie kalte Füße, wenn es um Ihr Leben und Ihre Zukunft geht. Sie sollten sich besser mit Ihrer momentanen Situation auseinandersetzen und sich eine neue, sichere Grundlage für Ihr neues Leben schaffen."

Meinte sie es nur sprichwörtlich oder hatte sie eine gegenständlichere Bedeutung im Sinn, wenn sie darüber sprach?

"Wie meinen Sie das mit den kalten Füßen?"

"Haben Sie noch nie die Wendung gehört, dass jemand kalte Füße hat, weil er Angst hat? Viele solcher Floskeln entstammen dem alten psychosomatischen Wissen unserer Vorfahren. Erzählen Sie mir jetzt bloß nicht, dass Sie in letzter Zeit immer warme Füße hatten!"

"Nein, das stimmt, aber es lag doch nur daran, dass ich barfuß ging", rechtfertigte er sich kleinlaut in einem verzweifelten Anflug von Ungläubigkeit.

"Sie haben es nur zur Kenntnis genommen und dennoch nichts dagegen unternommen, oder? Das genau ist die psychische Einstellung, von der ich sprach: Ihr Wille, sich vor negativen Einflüssen zu schützen, ist zurzeit nicht ausgeprägt. Sonst hätten Sie sich um eine neue Grundlage –

oder in diesem Fall Unterlage für Ihre Füße – bemüht, aber Sie waren stattdessen gleichgültig."

Valters Kopf sank auf seine Brust. Sein Widerstand war gebrochen. Sie wusste wohl doch mehr, als ihm lieb war.

"Können Sie mir denn mit den Schmerzen helfen?"

"Ich könnte Ihnen ein paar Kräuter geben. Tee aus Teufelskralle wird bei Hexenschuss benutzt, weil es Knorpelsubstanz aufbaut, Entzündungen hemmt und Schmerz leicht lindert. Das sollten Sie ungefähr einen Monat lang nehmen. Um Ihre Schmerzen akut zu lindern, würde ich Ihnen Weidenrinde mitgeben, die Sie auch als Tee zubereitet trinken, denn diese wirkt ebenfalls entzündungshemmend, aber wesentlich stärker schmerzlindernd."

"Und das soll wirklich helfen?" Valters Misstrauen regte sich erneut. Svea schmunzelte.

"Sie können auch morgen zu einer Apotheke fahren und ein Schmerzmittel kaufen, aber ob Sie Acetylsalicylsäure in Tablettenform oder Salicin in pflanzlicher Form zu sich nehmen, macht keinen gravierenden Unterschied. Beide wirken im Körper gleich. Die Bezeichnung Salicyl leitet sich übrigens von salix, dem lateinischen Namen für Weide ab. Sie sehen, sie können also beruhigt auf meinen Tee zurückgreifen, zumal sie sicherlich nicht erst bis morgen warten wollen. Vor allem aber sollten Sie den Rücken warm halten und sich ein kleinwenig schonen."

Valter ließ sich von Svea zwei Tees mischen und einen glatten Hämatitstein in die Hand drücken. Dann verließ er ihr Häuschen und ließ sich von Jesper, der vor der Bank auf und ab lief, nach Hause begleiten, ohne ein Mucks zu sagen.

Sobald Valter und Jesper zurück waren, befüllte sich Valter erneut die Wärmflasche mit heißem Wasser und band sie sich ins Kreuz mit einem Schal, den er um die

Hüften schlang. Wie Svea ihm geraten hatte, legte er zwischen Haut und Wärmflasche den schwarz-metallischen Hämatit. Sie hatte gesagt, er solle den Stein auch sonst bei sich tragen, denn der Stein würde Schmerzen stillen, die Ausschüttung von Endorphinen und den Blutfluss anregen und ihn überdies erden, so dass sich der Geist zu klären begänne. Mit Resignation ließ er sich auf ihre merkwürdige Therapie ein. Immerhin würde er zumindest mit dem Salicin des Weidenrindentees ein medizinisch bestätigtes Schmerzmittel zu sich nehmen. Das war alles, was er neben der Wärmflasche brauchte. Mit solch kleinen Wehwehchen wäre er früher nicht einmal zu einem Arzt gegangen oder der Arbeit fern geblieben. Wann war er überhaupt das letzte Mal bei einem Arzt gewesen, mal abgesehen vom Zahnarzt? Zehn oder zwölf Jahre, wenn nicht länger, grübelte er.

Die plötzliche Hitze der Wärmflasche brannte auf seiner Haut, aber schnell setzte die gewünschte Entspannung ein, so dass es ihm nicht mehr so viel ausmachte, in der Küche zu stehen und einen von Sveas Tees aufzubrühen. Er stand zwar etwas gebeugt, aber er stand. Vorsorglich nur hatte er die Schuhe angelassen, um seine Füße warm zu halten. Konnte das mit den kalten Füßen wirklich das bedeuten, was sie gesagt hatte, echote es durch seinen Kopf. Seine Füße waren ja nur kalt geworden, weil er ohne Schuhwerk oder Socken auf den Fliesen gestanden hatte. Das war doch sicher anders, als wenn die Füße trotz Socken kalt wären? Oder nicht? Wie dem auch sei, er würde sich jetzt zumindest ernsthaft darum kümmern, dass er sich für das Haus Pantoffeln besorgte. Das hatte er ohnehin bereits vorgehabt und damit brach er sich ja keinen Zacken aus der Krone.

Svea hatte ihm klare Anweisungen gegeben, in welchen Mengen er den Tee einnahm und dass er für die ersten fünf

Tage den Inhalt des kleinen Tütchen, dann in den nächsten Wochen den des großen Beutels verwenden sollte. Sie hatte ihm auch erklärt, dass in der kleineren Menge zusätzlich die Weidenrinde enthalten wäre, die zum Vollmond geerntet worden war. Selbstverständlich hatte er sie gleich gefragt, ob sie die Rinde selbst gesammelt habe. Svea hatte gelacht und ihn im Gegenzug gefragt, wo er in Schweden schon mal eine Weide gesehen hatte. So viel zur Kräuterhexe, dachte sich Valter. Beide Packungen enthielten als Grundsubstanz eine aromatische Mischung aus Holunderblüten, Linden-blüten, die beide bei zunehmendem Mond gesammelt worden waren, wie Svea betonte, Nelken, Rosmarin, Ingwer und ein wenig Baldrian. Diese Mischung, so hatte sie es ihm erklärt, würde ihn von innen wärmen, entspannen, harmonisieren und erden. Was hatte es mit diesem Erden auf sich, fragte sich Valter. Das Vokabular von Heilern beinhaltete immer diese esoterischen und unglaublich leeren Worthülsen. Aber er würde ja selbst sehen, wie erfolgreich die Behandlung war. Glücklicherweise würde er in der Rückschau uneingeschränkt die zynische Erklärung zur Verfügung haben, dass der Hexenschuss von alleine weggegangen war und der Stein einfach ein Stein und der Tee ein Tee war und mehr nicht.

"Wann erzählst du mir denn nun endlich, worüber du eine ganze Stunde lang mit der Frau gesprochen hast? Ist sie deine nächtliche Gestalt oder nicht?"

Valter seufzte, seihte sich einen großen Becher Tee ab und steuerte Jesper hinüber ins Wohnzimmer, damit er sich bequem hinsetzen konnte. Als die Lehne des Sofas die Wärmflasche fester an seinen Rücken drückte, atmete er tief ein. Er nippte vorsichtig an dem noch brühend heißen Getränk, von dem er bei der Hitze kaum etwas schmeckte, dann stellte er es vor sich auf den Sofatisch, damit es etwas abkühlen konnte.

"Ich weiß nicht, ob sie es war oder nicht. Die Gestalt war verschleiert und in einiger Entfernung. Es könnte praktisch jeder gewesen sein. Schauen Sie mich nicht so an, denn das ändert ganz und gar nichts dran, dass ich diese ominöse Gestalt gesehen habe. Und was Svea angeht, die ist keine wirkliche Hexe, sondern eine Naturheilpraktikerin mit medizinischer Grundausbildung. Aber das kann ja alles nur Tarnung sein. Auf jeden Fall rührt sie ihre eigenen Salben an, Tinkturen und Gemische, wofür sie übrigens auch Kräuter verwendet, die nach dem Mond gepflückt wurden. Einige davon definitiv zur Vollmondzeit, wie sie selbst sagte. Aber ich konnte sie schlecht fragen, ob sie vor zwei Nächten in einem weißen Kleid durch die Gegend gelaufen ist, um irgendwelche Kräutlein zu sammeln, und was sie wirklich im Schilde führt."

Jesper hörte aufmerksam, aber mit sinkenden Geistern, zu. Sehr aufschlussreich war Valters Ausbeute ja leider nicht.

"Und wo setzen wir jetzt an? Wie sollen wir an die Geschichte herankommen, sofern es überhaupt eine gibt."

Das war das erste Mal, dass Jesper seine Zweifel Valter gegenüber laut aussprach. Im Grunde hatte er mehr Härte und Entrüstung in Valters Verteidigung erwartet, aber der ältere Mann schaute lediglich in seinen Becher und antwortete überlegt und mild.

"Ich habe leider auch keine Idee, wie wir weiter vorgehen können. Auf jeden Fall gehen wir nachher wieder in den Krog. Wer weiß, vielleicht erfahren wir ja über die Fridéns etwas. Ansonsten können Sie morgen die Verkäuferin oder die Postfrau mit Ihrer schmeichelhaften

Art ausfragen. Und vielleicht haben wir Glück und können die Gestalt ja doch noch stellen."

"Wenn wir bis Dienstagabend keine weiteren Anhaltspunkte gefunden haben, werde ich aber definitiv zurück nach Stockholm fahren", kündigte Jesper an. Das gab ihnen noch etwas über achtundvierzig Stunden, um einen Aufhänger für eine Story zu finden. Jesper fragte sich im Stillen, ob Valter in Wirklichkeit tatsächlich das große journalistische Vorbild war, was er sich immer vorgestellt hatte. Er vermutete, dass die folgenden Tage eine Antwort darauf bringen würden.

Valter griff zu seinem Tee und nahm behutsam einen Schluck davon. Das Getränk war seltsamerweise angenehm schmackhaft. Die Blüten gaben ihm eine gewisse Süße, während die Nelken und gerade der Rosmarin ihm eine herbere Note verliehen. Nicht zuletzt die Schärfe des Ingwers rundete den Geschmack ab. Und tatsächlich, wurde sich Valter gewahr, breitete sich nach einigen weiteren Schlücken von Innen eine wohlige Wärme aus, die er aber vielmehr der Wärme der Flüssigkeit und nicht den Inhaltstoffen des Tees zuschreiben wollte. Allein wegen des Salicins nahm Valter sogleich einen zweiten Schluck.

Überraschungen

Ob die Wärmflasche, das Salicin, der Stein oder das ominöse Erden ihre Wirkung zeigten, konnte Valter nicht mit Bestimmtheit ausmachen. Nichtsdestotrotz ging es ihm schon eindeutig etwas besser, als er abends mit Jesper zum Essen in den Krog ging. Beide grüßten in die Runde der anwesenden Dorfbewohner, als sie eintraten, und setzten sich an einen der einzigen beiden Tische, die noch frei waren. An diesem Abend war es im Krog besonders voll. Weder Pia noch Ingrid waren anwesend, dafür konnte Jesper die Frau ausmachen, die den Korb voll Beeren gepflückt hatte. In einer Ecke hatte man mehrere Tische zusammengeschoben und daran saß eine Schar von zappeln-den und klappernden Kindern mit einigen Elternpaaren.

Anders, dem Wechselturnus folgend, brachte den beiden Männern die Karte und nahm ihre Bestellung von einem Apfelcider und einem Pommac, einer Beerenlimonade, auf. Die Tagesgerichte waren an diesem Abend Schnitzel mit Bratkartoffeln sowie Blodpudding, gebratenen Scheiben von Blutwurstgrütze, aber Valter bestellte Köttbullar mit Rot-mos, einem Püree aus Kartoffeln, Karotten und Steckrüben, und Jesper den Kartoffelauflauf Janssons frestelse.

Zwischen Valter und Jesper herrschte eine angespannte Stimmung, weil die Nachforschungen keine zufrieden stellenden Ergebnisse gebracht hatten. Jesper schien es mehr und mehr, als hätte sich Valter die Erscheinung wirklich nur ausgedacht, um Aufmerksamkeit zu bekommen. Er begann zu bereuen, hierhergekommen zu sein. Valter im Gegenzug war frustriert, weil der Junge seine Glaub-würdigkeit in Frage stellte und die Einwohner seit dessen Ankunft anders geworden waren. Ihre Seltsamkeit fiel nicht mehr so stark auf. Es lief einfach nicht so gut, wie er es sich vorgestellt hatte. Aber noch wollte Valter die Geschichte nicht aufgeben. Er konnte einfach nicht aufgeben, wenn er seine Karriere nicht mit einem Reinfall beenden wollte.

Kurz nach ihnen kam Pedro, der Maler, zur Tür herein. Er und Jesper grüßten sich auf die Entfernung, dann hängte Pedro seine warme Jacke über einen der Stühle an dem letzten freien Tisch und kam zu den beiden Männern herüber. Jesper machte Valter und Pedro miteinander bekannt und bat den Indio, sich zu ihnen zu setzen und mit ihnen zu speisen. Er setzte sich neben Jesper.

"Ist sehr freundlich, aber ich erwarte meine Freundin, die gleich kommen sollte. Ist nur mal eben bei Stina vorbeigegangen, um nach dem Rechten zu sehen. Sie sind also Jespers Großvater. Die Ähnlichkeit ist frappant." Jesper und Valter warfen sich amüsiert einen Blick zu.

"Frappierend, man sagt frappierend", korrigierte Jesper Pedro.

"Nein, Jesper, Pedro kann das ruhig so sagen", korrigierte Valter wiederum Jesper, "es gibt beide Wörter."

"Das wusste ich gar nicht", kommentierte Jesper.

"Ist ja auch nicht weiter schlimm. Ist aber bei weitem nicht so seltsam wie das, was gerade im Dorf passiert."

Beide Männer rissen ob Pedros Aussage die Augen groß auf.

"Wie meinst du das?", hakte Jesper interessiert nach.

"Erst hat Stina diesen eigenartigen Unfall, wo Sigrid ihr über den Fuß fährt, und jetzt mischt Valter das Dorf auf."

"Ich?", fragte Valter unschuldig. Bevor Pedro jedoch darauf eingehen konnte, lenkte Jesper wieder das Gespräch auf den Unfall.

"Wie ist der Unfall denn passiert? Was ist daran so außergewöhnlich?"

"Ist ja das Seltsame. Keiner weiß genau, was wirklich passiert ist, außer den beiden selbst, und die wollen partout nicht darüber reden. Wissen nur, dass Sigrid der Stina mit dem Auto über den Fuß gerollt ist und sie selbst ins nächste Krankenhaus nach Hudiksvall gebracht hat. Jetzt liegt Stina mit einem Matschfuß in Gips zuhause und sie und Sigrid reden seitdem kein Wort mehr miteinander."

"Das ist in der Tat etwas merkwürdig. Und ist in der letzten Zeit noch etwas anderes im Dorf passiert? Hast du sonst etwas Ungewöhnliches gesehen, seid du hier bist?" Jesper wollte die Gunst der Stunde nutzen, um von einem halbwegs Außenstehenden unverfänglich Informationen zu erhalten. Valter lehnte sich aufmerksam nach vorne und stützte sich mit den Ellbogen auf dem Tisch ab, seinen Rücken entlastend.

"Nein, nicht wirklich. Habe natürlich einiges gesehen und jeder hat so seine Geheimnisse, aber die Gemeinde ist sehr eng und verschwiegen. Man hilft sich gegenseitig und nimmt jeden, wie er ist." Pedro weiß auch nichts, verzweifelte Valter. Es hatte keinen Sinn.

"Und was hat mein Großvater damit zu tun?", lenkte Jesper nun das Gespräch auf diesen Punkt.

"Erst zieht er in dieses leer stehende Haus, worüber jeder hier im Dorf mehr als verwundert ist, und dann macht er diese Sache mit Pia. Müsst wissen, dass ein Dorf wie ein Organismus ist und alles aufeinander und miteinander reagiert. Alles ging seine gewohnten Bahnen, bis ihr kamt. Wer weiß, was sich noch alles verändert, nun da Pia und Per wieder besser miteinander können. Vielleicht kriegen die beiden ja nun endlich ein Kind, was Pia sich so sehnlich gewünscht hat."

"Was war denn mit meinem Haus, dass es so lange leer stand?" Valter wunderte sich, warum das Dorf es als so außergewöhnlich betrachtete. Was war mit seinem Haus los? Es war doch ein ganz normales Haus, an dem nichts Ungewöhnliches war.

"Das weiß ich nicht genau. Habe nur gehört, dass es seit Jahren leer stand."

Die Tür des Krogs ging auf und Svea trat herein. Sie sah sich in der Runde um, nach jemandem suchend, und ging langsam in die Richtung der drei Männer.

"Aber wenn es Sie interessiert, können wir gleich meine Freundin fragen", fuhr Pedro fort, der Svea nicht bemerkt hatte. "Sie weiß viele Dinge, viele Geheimnisse. Sie sollte wissen, was mit dem Haus los ist."

Svea trat an ihren Tisch heran, stellte sich hinter Pedro und legte ihre Hände liebevoll auf Pedros Schultern.

"Hallo Schatz", sagte sie und beugte sich herab, um Pedro, der sich zu ihr umdrehte, auf den Mund zu küssen. Svea war also Pedros Freundin, begriff Jesper mit etwas Verblüffung.

"Guten Abend, Herr Harbinger. Geht es Ihrem Rücken ein wenig besser?"

"Nur ein wenig, aber danke der Nachfrage! Das ist mein Enkel Jesper", stellte er vor.

"Wirklich sehr erfreut!" Svea grinste breit, als sie einander die Hände schüttelten, dann ging sie um den Tisch herum und setzte sich neben Valter. Jesper, der sie zum ersten Mal zu Gesicht bekam, war bezaubert von ihrer Schönheit und Natürlichkeit. Valter gab ein erstauntes "Oh" von sich, weil er nicht damit gerechnet hatte, dass sie sich ebenfalls zu ihnen setzte. Svea sah entschuldigend zu ihm hinüber.

"Oh", äußerte auch sie unsicher, "ich dachte... Sitzen wir nicht hier, Pedro?"

"Bleibt ruhig hier und esst mit uns, wenn ihr mögt", lud Jesper sie ein. Pedro und Svea tauschten einen klärenden Blick.

"Gerne", antwortete Pedro für sie, stand auf und holte seine Jacke, die über dem Stuhl hing, um den freien Tisch für sich und Svea zu reservieren.

"Warum hat Pedro eigentlich so eine schwere Jacke mit", fragte Jesper die Frau neben Valter.

"Pedro friert es andauernd. Immerhin stammt er aus den Tropen und ist das nordische Klima nicht gewöhnt."

"Natürlich. Wie konnte ich das nur vergessen?", entschuldigte sich Jesper, der sich plötzlich seiner Frage schämte.

"Das ist vollkommen in Ordnung. Wir vergessen in unserem Alltag gerne, dass unsere Art zu leben nicht die einzige in der Welt ist. Viele Regionen und Kulturen leben sehr verschiedentlich von uns. Mit Pedro wird mir das täglich vor Augen geführt und es ist erfrischend, die Welt durch seine Augen zu sehen und alte Muster zu hinterfragen."

Anders kam zu ihrem Tisch.

"Hallo Svea, esst ihr mit Herrn Harbinger? Die Gerichte der beiden Herren sind gleich fertig. Soll ich sie warm halten, bis eure Bestellung so weit ist? Wisst ihr denn schon, was ich euch bringen kann?"

"Ja, halten Sie sie bitte warm, Anders", wies Valter den Wirtsherren an.

"Ach was, uns macht das nichts aus. Essen Sie ruhig schon", wandte Svea ein. Anders stand da und schaute in die Runde, nach Bestätigung suchend, welchem Wunsch er folgen sollte. Valter wog die beiden Möglichkeiten ab und nickte Anders in der Folge zustimmend zu. Svea und Pedro machten ihre Bestellung und Anders trug Valters und Jespers Speisen zu Tisch.

"Einen guten Appetit!", wünschte sich die Runde.

"Ich kam etwas später hierher", berichtete Svea den Essenden, "weil ich der verunfallten Stina einen Krankenbesuch abgestattet habe, um nachzusehen, wie es ihr geht, ob sie etwas braucht, und um ihr Essen zu bringen. Es ist kaum zu glauben und ich bin selbst fassungslos, aber Stina war nicht alleine. Pia war bei ihr und hatte doch tatsächlich für sie gekocht. Es war zum Schreien! Pedro, du machst dir kein Bild davon. Pia sah so glückselig aus, wie sie neben Stina saß und darauf wartete, ob Stina ihr Essen schmecken möge. Und Stina, die Pias Essen auf dem Schoß hatte, suchte nach einer Möglichkeit, es loszuwerden, ohne es essen zu müssen. Als ich dazukam, wagte Stina umso weniger, Pias Essen abzulehnen, stocherte darin herum und nahm zu Pias und meiner Verblüffung tatsächlich eine Gabel voll. Ihr Gesicht war zu einer Fratze verzogen. Du weißt ja, wie sie ist! Und Sie haben ja bereits erfahren, wie schwach Pias Kochkünste sind. Was sollte Stina also von Pias Essen erwarten? Die Arme tat mir so unendlich leid und ich machte mir schon Gedanken darüber, wo ich einen Eimer zum Aufwischen fände, als sich ihr Gesicht aufhellte. Es schien ihr tatsächlich zu schmecken."

Svea griff nach Pedros Hand und lachte herzlich, was sie äußerst einnehmend und liebenswürdig machte. "Kannst du dir das vorstellen? Du hättest sehen sollen, wie Stina vor Erleichterung beinahe zu weinen angefangen hätte. Es war so lustig anzusehen! Und Pia war so aus dem Häuschen über ihr Gelingen, dass sie selbstzufrieden und glückselig von einem Ohr zum anderen grinste, wie ich es seit vielen, vielen Jahren nicht gesehen habe. Das hat mich selbst so ergriffen und glücklich gemacht. Ich fühl mich jetzt noch ganz berauscht davon."

"Hab Ihnen doch gesagt, dass Sie das ganze Dorf aufmischen", lachte Pedro Valter zu.

"Damit habe ich jetzt aber wirklich überhaupt nichts zu tun", redete sich Valter aus der Verantwortung. Er wollte das alles nicht beeinflusst haben. Etwas dieser Art machte ihn verlegen; und das war für ihn die unangenehmste Empfindung.

"Haben ihr Selbstbewusstsein gestärkt und ihr neuen Mut gemacht. Damit haben Sie alles für sie verändert. Sie glaubt wieder an sich und natürlich verändert das das gesamte Dorf. Hab doch gesagt: Organismus."

"Ja, aber wie es scheint, ist für dieses Erfolgserlebnis nicht Valter, sondern Jesper verantwortlich. Er hat ihr beim Kochen geholfen", berichtigte Svea ihren Freund, der perplex zu Jesper neben sich blickte.

"Ich habe damit gar nichts zu tun. Sie hat das ganz alleine gemacht", redete sich Jesper mit einem entschuldigenden Ausdruck im Gesicht ebenfalls aus der Verantwortung.

"Haben Sie ihr nicht geholfen? Sie hat gesagt, sie hätte mit Ihnen zusammen gekocht." Sveas Stimme nahm einen bedauerlichen Ton an und die Freude in ihren Augen welkte dahin.

"Nein, habe ich nicht", erklärte Jesper, "ich habe sie dabei überrascht, wie sie Unfug anstellte, und habe ihr erklärt, wie sie richtig zu kochen hätte. Mehr hab ich nicht getan. Erst nachdem ich gegangen bin, hat sie wirklich angefangen zu kochen."

"Sie meinen, sie hat das alles mehr oder weniger alleine gekocht?" Svea war erschüttert von dieser Nachricht.

"Ich weiß ja nicht, was sich so erzählt wurde, was ich Pia beim Backen geholfen hätte", stellte nun auch Valter klar, "aber ich habe auch nicht mehr gemacht, als ihr beim Dekorieren zu helfen. Sie hatte vergessen, den Hagelzucker vor dem Backen auf ihre Kanelbullar zu streuen, also habe ich ihr geholfen, den Zucker nachträglich auf ihr Gebäck zu bringen. Das war auch schon alles, was ich gemacht habe."

Svea saß fassungslos vor den drei Männern. Ihr Mund stand offen und Valter war sich nicht sicher, ob sie ihn anstarrte oder ob ihr Blick auf etwas jenseits vom Hier und Jetzt gerichtet war. Er hatte selten eine Frau derart entgeistert gesehen und in seinem bewegten Leben hatte er schon viele Frauen vor den Kopf gestoßen, enttäuscht oder verwirrt.

Kochkunst

Svea konnte es nicht fassen. Wie konnte es sein, dass Pias Küche jahrelange belächelt, verabscheut und gemieden worden war, weil es hieß, dass ihr Essen ungenießbar sei, und sie mit einem Schlag rehabilitiert wurde, nur weil zwei neue Männer im Dorf waren? Es war ein Geheimnis, ein Rätsel, das noch nicht einmal dadurch erklärt werden konnte, dass die Männer mitgeholfen hatten. Wenn es stimmte, was die beiden behaupteten, dann hatte ihr Einwirken den Geschmack der Speisen kaum beeinflusst.

Svea konnte nicht begreifen, dass selbst Per diesen Fehler nicht erkannt hatte. Wann hatte er wohl das letzte Mal Pias Essen gekostet, obwohl sie sich immer und immer wieder bemüht hatte? Nie waren diese Mühe und ihr Fleiß honoriert worden. Natürlich war Pia unbeholfen, das stand nicht in Frage, aber vielleicht hatte ihr nie jemand das Kochen ausreichend erklärt. Wann hatte sich dieses Vorurteil, dass Pia nicht kochen könne, gebildet und auf welcher Grundlage? Es war ein Mysterium.

Es war immerhin ausreichend klar, dass sich jetzt zuletzt etwas ändern und die Dorfbewohner Pia anders begegnen mussten. Es zeichnete sich bereits ab, dass durch die Neuankömmlinge das gesamte dörfliche Sozialgefüge im Wandel begriffen war. Ja, Svea war sich darüber im Klaren, dass dies einigen Mitgliedern ihrer Gemeinde gar nicht genehm sein würde, aber eine aufgewühlte Ordnung kam selten zu ihrem ursprünglichen Zustand zurück, sondern pendelte sich in einem neuen Gleichgewicht ein. Diese Zeit des Wandels würde spannend werden. Niemand konnte vorhersehen, welche weiteren Bereiche von der sich ausbreitenden Welle der Veränderung ergriffen würden. Svea freute sich darauf, denn sie wusste, dass jeder in diesem

Prozess eine neue Position beziehen musste. Sie würde am Ende die anderen und auch sich selbst mit neuen Augen sehen. Das war unvermeidlich.

Inmitten Sveas Gedankenstrom brachte Anders Pedros und ihr Essen. Das riss sie aus ihren Gedanken, lenkte sie aber gleichzeitig genug ab, sodass sie nicht bemerkte, wie Pia den Krog betrat. In ihren Händen trug Pia den Topf, in dem sie das Püree gekocht hatte, das Stina nach der ersten Probegabel anstandslos, fast schon gierig aufgegessen hatte – was nicht nur einfach daran gelegen hatte, dass sie hungrig war. Wie unbeschreiblich glückselig Pia war, dass die Menschen in ihrem Umfeld endlich entdeckten, dass ihre Speisen schmecken konnten! Pia ging schnurstracks durch die Schwenktür, die zur Küche führte. Die Menschen im Dorf kannten sich größtenteils ihr Leben lang und dadurch bewegten sie sich für gewöhnlich mit solch einer Freizügigkeit.

Genauso wenig, wie Svea oder die drei Männer an ihrem Tisch Pia hatten hereinkommen sehen, erfassten sie Pia, als sie nach einer kurzen Zeitspanne durch die Küchentür schoss, durch das Lokal eilte und zur Tür verschwand. Es ging ganz schnell und die Raschheit hatte etwas Stürzendes, Geschmettertes.

Während Svea und Pedro ihre Mahlzeit zu sich nahmen, erzählte Valter inbrünstig Anekdoten aus seinem reichen Schatz, den er in vielen Jahren des Berufslebens gesammelt hatte. Wenn man so nah an der guten Gesellschaft, dem Adel, der Politik, Finanziers, Industriellen und Künstlern, aber auch am einfachen Volk war, dann blieb es nicht aus, dass man deren dunkle Seite mit allen Makeln und hässlichen Gesichtern kennen lernte oder von den Fehltritten, Intrigen und sonstigen Verstrickungen erfuhr. Gerade Valter als erfahrener Mann der Medien wusste, wie gut sich die Aufdeckung verborgener Informationen und verbotenen Wissens verkaufte. Er war einer der besten Verkäufer in seinem Arbeitsgebiet gewesen, deswegen war er so schnell an die Spitze gekommen und dort geblieben. Selbst jetzt verkaufte er sein Wissen, obgleich zu einem anderen Preis, nämlich der sozialen Anerkennung wegen.

Jesper saß Valter gegenüber und hing ihm am dringlichsten an den Lippen. Auch Pedro und Svea lauschten Valters amüsanten Geschichten mit Hingabe, aber Jesper hatte einen professionellen Profit davon. Alles, was er jetzt in sich aufsog, könnte er später gut gebrauchen, wenn es darum ging, Lügen von Politikern zu entlarven oder Verbindungen zwischen Menschen herzustellen, die scheinbar nichts miteinander gemein hatten. Er hoffte nur, dass er sich das alles würde merken können.

Trotzdem fiel es Jesper nicht so leicht, Valters Erzählung zu folgen, denn er überlegte krampfhaft, was er antworten sollte, wenn das Gespräch auf seine berufliche Situation gelenkt würde. Er wusste, dass diese Frage häufiger früher denn später im Smalltalk gestellt wurde. Würden ihre Nachforschungen darunter leiden, wenn die Dorfgemeinschaft wusste, dass Valters angeblicher Enkel aktiv im Journalismus tätig war? Würden sie dann hilfsbereiter sein oder ganz im Gegenteil dicht machen? Könnte er andererseits lügen oder zumindest flunkern, was seinen Beruf anging? Er könnte sagen, dass er Student war, was immerhin der Wahrheit entsprach, sich ein belangloses Fach überlegen, vielleicht irgendein Allerweltsfach wie Skandinavistik oder BWL oder ein vollkommen abwegiges wie Japanologie. Andererseits konnte er damit gehörig auf die Nase fallen, falls er an jemand geriet, der sich mit dem ausgedachten Fachbereich auskannte und ihn in die Zange nahm. Er war ja stets für die Wahrhaftigkeit. Selbst wenn viele das für eine ganz schlechte Tarnung hielten, so wusste er doch, dass er nur auf diese Weise sicherstellen konnte, dass er sich nicht selbst in dem Gespinst seiner Täuschung verfing. Seine Authentizität und Integrität waren ein seltenes Gut in seiner Branche, die gewöhnlich von Selbstnutzen, Besessenheit und Sarkasmus getrieben war. Aus diesem Grund wollte er sie nicht opfern. Er wollte seine Werte und sich selbst nicht ausverkaufen. Jespers Maxime war, dass Wahrheit nur zu dem kommt, der selbst wahrhaftig ist. Menschen, die Sensationen des Profits wegen jagten und dafür selbst Lügen streuten, gaben für den eigenen Vorteil die Wahrheit der Lüge preis und verdrehten für einen guten Preis die Wahrheit so weit, bis sie unwahr wurde.

Vorerst war Jespers Lauterkeit nicht in Gefahr, denn Valter redete und redete weiter, auch nachdem das Pärchen mit seinem Essen fertig war. Als Anders im Laufe der Zeit die Teller abräumen kam, veränderte sich das Gesprächsthema jedoch grundlegend.

"Hat es euch geschmeckt?", fragte Anders, hob die Teller auf und stapelte sie auf seinem linken Arm.

"Wie immer sehr schlecht", antwortete Pedro scherzhaft und Anders grinste ihn an.

"Wenn das so ist, könnt ihr ja demnächst selbst kochen."

"Apropos, Anders, ich war vorhin bei Stina", begann Svea.

"Wie geht's ihr?", erkundigte sich Anders.

"Ihr geht es den Umständen entsprechend gut. Aber die Neuigkeit ist, dass Pia auch bei ihr war, weil sie für Stina gekocht hat. Und – du wirst es nicht glauben! – es hat Stina wirklich geschmeckt."

Anders lachte ungläubig und tat es als Scherz ab, aber als er die Ernsthaftigkeit in den Gesichtern der anderen las, zuckte er schuldig zusammen, dass das Geschirr auf seinem Arm klirrte. Ein zweiflerisches "Pia?" entwich ihm.

"Ich würde es auch nicht glauben, wenn ich nicht selbst dabei gewesen wäre."

"Und hast du es selbst probiert?", wollte Anders wissen.

"Was? Ich?", war Sveas entrüstete Reaktion, doch als ihr selbst der Widerspruch darin auffiel, rutschte sie wie ein schuldbewusstes Kind auf ihrem Stuhl herum. Ja, warum hatte sie eigentlich nicht selbst probiert, fragte sie sich mit Härte. Hatte sie nicht gerade noch so frömmelnd in Gedanken auf Per Skog und den Rest des Dorfes eingeprügelt, weil niemand sich die Mühe gemacht hatte, das Vorurteil gegen Pia zu entkräften? Nun war sie ihrer eigenen Scheinheiligkeit überführt. Warum war ihr nie in den Sinn gekommen, sich selbst von Pias Kochkünsten zu überzeugen?

"Nein, habe ich nicht", gestand sie darum beschämt.

"Vielleicht hat Stina nur einen seltsamen Geschmack?", versuchte Anders, den Vorfall in ein anderes Licht zu drehen.

"Und Per neuerdings etwa auch?", konterte Svea. "Du weißt doch, wie schwer Per zufrieden zu stellen ist. Kann Malva nicht ein schönes Liedchen davon singen?"

"Übrigens war Pia vor ein paar Minuten bei meiner Mutter", offenbarte Anders eher beiläufig.

"Pia war hier? Was wollte sie von Malva?"

"Der Name Ihrer Mutter ist Malva?", warf Valter direkt im Anschluss auf Sveas wissbegieriger Frage ein und nahm freudig Anders' Nicken entgegen. Malva klang doch ganz hübsch.

"Ich weiß nicht, was sie wollte. Klara und ich sind so beschäftigt heute Abend, dass Klara noch nicht einmal lauschen konnte", grinste Anders, "aber wenn du magst, sprich doch einfach selbst mit Mutter. Ich hol sie her, wenn sie Zeit hat."

"Danke, Anders!"

Alle sahen Anders hinterher, der die Teller auf dem Arm und in der Hand zur Küche jonglierte.

"Die Ereignisse überschlagen sich aber ganz schön", bemerkte Pedro. Im Gegensatz zu Valter und besonders zu Jesper, der sich ganz aus dem Gespräch herausgehalten hatte, war Pedro enger in die Dorfgemeinschaft integriert und konnte die Bedeutsamkeit der Ereignisse erfassen. Wenn sich doch nur etwas Berichtenswertes ereignen oder offenbaren würde, wünschte sich Valter.

"Ich bin ganz schön gespannt, was Pia von Malva wollte."

"Werden es ja gleich herausfinden", sagte Pedro und streckte über dem Tisch die Hand zu seiner Freundin aus. Eine Stille machte sich am Tisch breit. Jesper griff zu seinem Pommac und nahm einen Schluck, um sein Unbehagen zu überspielen.

"Wo waren wir denn gerade?", stellte Pedro in den Raum, um zurück zu einem Gespräch zu kommen.

"Ich habe von meiner Arbeit erzählt, bevor Anders uns unterbrach", bot Valter an, um den roten Faden wieder aufzunehmen, und Jesper sah ihn vorwurfsvoll an, denn nun würde unweigerlich das Gespräch zu jemand anderem umschwenken. Es blieben eigentlich nur noch Pedro und Jesper übrig, weil Valter lang genug von seinem Leben berichtet hatte und Sveas Tätigkeit hinreichend bekannt war. Leider führte Pedro das Gespräch; denn wer fragt, führt. Das war eine einfache Weisheit der Rhetorik. Selbstverständlich konnte Valter nicht wissen, was Jespers Gedanken waren. Pedros Blick wanderte bereits von Valter zu seinem Sitznachbarn herüber.

"Was machen Sie denn?" Glücklicherweise war Valters natürlicher Drang, Informationen zu sammeln, stark genug, damit er mit einer Gegenfrage das Gesprächsruder herumriss.

"Bin Maler und arbeite seit fast einem Jahr hier im Dorf. Langsam verkaufen sich meine Bilder an mehr als nur ein paar verstreute Kunstliebhaber, die zufällig ins Pariser Atelier meiner Agentin kommen. Der große Durchbruch ist aber bisher noch ausgeblieben. Träume noch davon, dass eines meiner Bilder in einer richtig großen Ausstellung oder einem wichtigen Museum hängt. Bis es so weit ist, lebe ich von den gelegentlichen Verkäufen aber recht gut, weil hier muss ich keine Miete zahlen, nur Nebenkosten und Lebenshaltungskosten."

Svea hielt Pedro davon ab, weiter zu erzählen oder die Aufmerksamkeit von sich auf Jesper zu lenken, indem sie den Arm hob und auf Malva zeigte, die aus der Küche zu ihnen hinüber kam. Malvas Haar war heute nicht zu einer Zopffrisur gesteckt, sondern hing in einem sehr langen Zopf auf ihrem Rücken. Ihre Schürze war vom Kochen dreckig und das Gesicht von der Hitze des Herds verschwitzt, aber Valter fand sie dennoch mehr als nur gut aussehend.

"Guten Abend zusammen", grüßte sie in die Runde. "Anders hat mir in aller Kürze erzählt, dass Pia Stina bekocht hat. Er sagt, es hätte Stina geschmeckt und du könntest es bezeugen, Svea. Stimmt das wirklich?"

"Ja, das ist richtig", bestätigte Svea und fügte mit schlechtem Gewissen hinzu: "auch wenn ich nicht selbst gekostet habe."

Malva machte nur "Hm", während alle Augen in der Erwartung auf ihr ruhten, mehr von ihr zu erfahren, worüber Pia mit ihr gesprochen hatte. Svea musste jedoch schließlich nachfragen.

"Pia kam vorhin zu mir, um mich zu bitten, ihr Kochunterricht zu geben. Sie wolle das Kochen endlich richtig lernen, um ihren Mann glücklich zu machen."

"Und was haben Sie ihr gesagt", fragte Valter.

"Selbstverständlich, dass bei ihr Hopfen und Malz verloren ist und dass ich meine Zeit nicht damit vertrödel, einem Esel das Fliegen beizubringen", antwortete Malva etwas zu stolz.

"Malva, wie konntest du nur? Du weißt doch, dass sie sich immer sehr bemüht."

"Und doch hatte es nie wirklich zu etwas Appetitlichem gereicht", führte Malva spitz Sveas vorwurfsvolle Worte fort und erntete dafür böse Blicke von den vier Gästen.

"Ich konnte ja nicht ahnen, dass ihr nach dem Glückstreffer gestern heute noch ein Coup gelingt", verteidigte sich die Köchin.

"Und jetzt?", fragte Pedro.

"Wie 'und jetzt'?"

"Was machen wir jetzt mit Pia?", explizierte Svea die Frage ihres Freunds.

"Nichts. Was sollten wir schon machen? Schuster, bleib bei deinen Leisten..."

"Das kannst du doch nicht ernst meinen!", schaltete sich endlich auch Jesper ins Gespräch ein. "Wenn du Pias neue Selbstachtung jetzt im Keim erstickst, wird es sie noch tiefer herunterreißen als bisher."

"Was wissen Sie schon?", giftete Malva ihn an. "Sie kennen Pia doch gar nicht. Halten Sie sich also lieber heraus!"

"Malva, Jesper hat Recht", wandte Svea mit beschwichtigendem Tonfall ein, "Pia wird am Boden zerstört sein und du weißt gut genug, was dann passiert. Möchtest du das wirklich?"

Valter hätte gerne hinterfragt, was Svea mit ihrer Andeutung meinte, aber das würde dem emotionalen Gespräch einen Abbruch tun. Vielleicht könnte er später nachhaken, wenn es sich ergab, und diesen dunklen Punkt, der er offensichtlich war, ein wenig beleuchten.

"Nein, natürlich will ich das nicht. Aber was soll ich denn tun?"

"Bringen Sie ihr und mir das Kochen bei!"

"Ihnen, Herr Harbinger?" Nicht nur Malva, sondern auch Jesper und das Pärchen staunten über Valters Vorschlag.

"Ja, warum nicht? Ich hatte nie die Zeit zu kochen, während ich gearbeitet habe, und jetzt, da ich genügend Zeit habe, will ich nicht jeden Tag Knäckebrot essen, nur weil mir die Erfahrung fehlt. Sie könnten mir und Pia vormittags ein paar Stunden die Woche die Grundkenntnisse beibringen und ich bezahle Sie dafür. Auf diese Weise hätte jeder etwas davon."

Malva strich sie die Schürze glatt, während sie überlegte, was sie von dem Vorschlag halten sollte.

"Ich muss morgens zu den Fischern und auf dem Markt einkaufen. Anschließend muss ich das Essen vorbereiten. Ich weiß nicht, wann ich Ihnen dann noch Unterricht geben soll. "

"Und wenn Pia und ich Ihnen bei den Vorbereitungen helfen und dadurch lernen?"

"Sie haben ja keine Ahnung, wie viele linke Hände Pia hat! Und zu was Sie taugen, Herr Harbinger, weiß auch nur der Teufel. Was soll ich denn meinen Gästen auftischen, wenn Pia und Sie bei den Vorbereitungen alles falsch machen?"

"Haben Sie immer noch etwas einzuwenden, wenn ich auch dafür aufkomme, dass Sie für Pia und mich zusätzliche

Übungsobjekte kaufen? Falls wir uns dumm anstellen, haben Sie dadurch keinen Schaden, und wenn wir uns gut anstellen, haben Pia und ich uns ein Abendessen gemacht."

"Ich weiß nicht", zierte sich Malva weiterhin. "Warum sollte ich mir das Geschäft kaputt machen, indem ich zwei, mit Ihnen, Herr Harbinger, sogar drei regelmäßige Kunden selbständig mache?"

"Ich bin mir sicher, dass die drei dennoch regelmäßig bei euch einkehren. Und das ist doch ein tolles Angebot von Herrn Harbinger, oder nicht? Wie wäre es, wenn du es zumindest einmal probierst? Pia zuliebe!", beschwatzte Svea sie.

"Na, wenn's unbedingt sein muss. Aber Sie, Herr Harbinger, übernehmen die Verantwortung für Pia, ist das klar? Und wenn sich Pia oder Sie über alle Maße dumm anstellen, blas ich die ganze Sache sofort ab." Sie fuchtelte mit dem Finger vor Valters Gesicht herum, um ihren Worten Nachdruck zu verleihen. "Dann reden Sie mal mit Pia und machen Sie mit ihr einen Termin für nächste Woche aus. Und wenn ihr mich jetzt alle entschuldigen würdet. Ich muss zurück in die Küche."

Kerzenschein

Nach dem Essen bezahlten sie und schoben ihre Stühle an den Tisch heran. Valter und Jesper betraten mit Svea und Pedro die Straße. Die Nacht war jung und frisch und Pedro zog seine Jacke fest um seinen Oberkörper. Svea kicherte leise, als sie es sah, und knuffte ihn. Auch nach einem Jahr amüsierte es sie, dass Pedro so eine Frostbeule war und immerhin war es eine sommerliche Augustnacht. Sie gab ihm einen Kuss auf die Wange. Jesper hielt sich bedeckt, obwohl er zu Pedros Verteidigung hätte einspringen können, denn er wünschte sich, er hätte seinen Mantel mitgenommen, um sich vor der Kühle der Nacht zu schützen. Aber er wollte neben Valter nicht als Weichei erscheinen.

Zu viert gingen sie die Straße hinauf zum Postamt. Sie wollten Pia die gute Nachricht so schnell wie möglich überbringen, damit sie sich nicht weiter grämte, denn sie fühlten mit ihr.

Unterwegs zeigte Svea den beiden Männern, welche Personen in welchen Häusern wohnten und plauderte ein paar Details aus dem Nähkästchen aus: die Fridéns wohnten über dem Krog und die alleinstehende Frau Zwetsloot lebte über ihrem Gemischtwarenladen. Seit Jahr und Tag hatte sie ein Auge auf Jocke, der sie jedoch nicht beachtete. Niklas mit seiner Mutter wohnten neben der angefahrenen Stina; der Buchhalter Karl und seine Frau Lina in dem Haus mit den rosafarbenen Fensterläden; und die Nachbarn von Pia und Per, das Pärchen Nils und My, erwarteten in weniger als einem halben Jahr Familienzuwachs.

Aus einiger Entfernung sahen sie bereits, dass die Vorderfront des Hauses unbeleuchtet war, da sich aber nach vorne hin ohnehin das Postzimmer und darüber Pers

Arbeitszimmer befanden, bedeutete dies noch lange nichts. Als sie vor dem Haus standen, klopfte Svea an die Tür. Zwar waren eigentlich im gesamten Dorf die Türen grundsätzlich unverschlossen, erklärte Svea den beiden Städtern, aber um diese Zeit gebot es die Höflichkeit, nicht einfach in ein fremdes Heim hineinzuplatzen. Mit einer gewissen schelmischen Vorfreude wartete die Gruppe darauf, dass Pia die Tür öffnete. Doch nachdem dies nach einer Minute immer noch nicht geschehen war, klopfte Svea erneut, nur dieses Mal fester. Die vier sahen einander besorgt an.

"Ist sie nicht da?", fragte Pedro.

"Wo könnte sie sonst sein?", wunderte sich Jesper.

"Ich weiß es nicht", erwiderte Svea. "Ich würde sie aber nirgendwo anders als zu Hause erwarten. Wo sollte sie um diese Zeit noch hingehen? Und eigentlich sollte Per auch schon längst daheim sein."

"Vielleicht sind die beiden spazieren gegangen", versuchte Valter Pias und Pers Abwesenheit zu erklären.

"Das könnte natürlich sein, aber das haben sie seit Jahren nicht gemacht und sie würde wohl kaum das Auto dafür benutzen. Ich möchte mal kurz drinnen nachschauen, nur um sicher zu gehen, dass sie keine Dummheiten macht."

Svea öffnete die Tür und betrat das Haus. Neugierig folgten die drei Männer ihr den Flur entlang.

"Pia? Bist du da?", rief Svea mehrmals in das fast stockdüstere Haus. Sie gingen den Flur entlang und betraten an dessen Ende das Wohnzimmer, in dem auf dem Tisch ein dicker Kerzenstumpen brannte. Daneben lagen ein Haufen weißer, langer Kerzen, die lose von einer roten Schleife zusammengehalten wurden, und ein aufgeschlagenes Album, dessen Inhalt bei dem fahlen Licht nicht zu erkennen war. Niemand war in der Nähe, um darauf Acht zu geben, dass die Kerze nicht niederbrannte und das ganze

Haus entzündete. Es war leichtsinnig, die Kerze brennen zu lassen, wenn man das Haus verließ. Aus diesem Indiz schlossen die vier, dass Pia noch im Haus war.

Die Küchentür nebenan war geschlossen. Svea klopfte an und öffnete sie vorsichtig, doch dahinter fand sie ebenfalls nur Dunkelheit. Es war besser, dass sie das Licht nicht einschaltete, denn so blieb es ihnen erspart, Zeugen des heillosen Durcheinanders nach dem Püreekochen zu werden. Svea zog die Tür wieder zu.

"Hier unten ist sie nicht", kommentierte Valter das Offensichtliche.

"Wenn, dann kann sie nur noch oben im Schlafzimmer sein", folgerte Svea.

"Ob wir dann oben nachschauen gehen sollen?", fragte Jesper unsicher. "Was ist, wenn sie lieber ungestört sein möchte?"

"Dann hätte sie sicherlich die Haustür verschlossen", entgegnete die Frau.

"Aber was, wenn sie es einfach vergessen hat oder nicht damit gerechnet hat, dass noch jemand vorbeikommt."

"Dann hat sie wohl Pech gehabt", entgegnete Valter knallhart, zog ein gleichgültiges Gesicht, zuckte mit den Schultern und stieg die Treppe hinauf. Die anderen drei, angeheizt von dem kleinen spaßhaften Ausflug, ließen sich nicht lange bitten und folgten ihm.

"Pia, bist du da?", rief Svea abermals die Treppe hinauf, aber noch immer blieb es still im Haus.

Im oberen Geschoss sammelten sie sich alle hinter Valter und schauten in die gleiche Richtung wie er. Durch den Spalt unter einer Tür schimmerte blasses Licht. Während sie langsam näher an die Tür heran gingen, hörten sie allmählich ein leises, kaum melodisches Summen, das aus dem Zimmer kam. Valter blieb vor der Tür stehen, lauschte und zögerte. Was genau machte Pia im Schlafzimmer? Würden sie sie bei frischer Tat bei magischem Treiben ertappen oder sie bei ganz anderen, privaten Dingen stören? Svea trat neben ihn vor die Tür und klopfte an, ohne zu zögern.

"Pia? Dürfen wir reinkommen?"

Aus dem Zimmer kam keine Antwort, aber sie hörten, wie jemand in dem Zimmer aufsprang, auf die Tür zulief, es sich dann anscheinend wieder anders überlegend stehen blieb und mit bedächtigen Schritten von der Tür fort wich. Valter, der hoffte, nun etwas Verräterisches zu entdecken, drückte die Klinke hinunter und stieß die Tür mit einem kräftigen Schubs auf, so dass alle Pia vor dem Kleiderschrank stehen sehen konnten. Das Schlafzimmer war erhellt von einer weißen, langen Kerze, die auf einer Truhe am Fußende des Bettes zentral im Zimmer positioniert war. Blitzschnell schloss Pia die Türen des Schrankes, so dass die vierköpfige Gruppe nur für einen Sekundenbruchteil weiße Spitze und Rüschen erkennen konnte.

"Was machen Sie da?", verlangte Valter mit Nachdruck zu wissen. Warum benutzte Pia Kerzenlicht anstatt elektrisches?

"Ich... ich... mache gar nichts", stammelte Pia, legte die Hände vor ihrem Schoß zusammen und schaute verlegen zu Boden. Sie sah aus wie das in Öl festgehaltene Abbild eines kleinen, verlegenen Mädchens. Jedoch ganz plötzlich hob sie energisch den Kopf, legte ihre Augen auf Valter und schaute ihn mit einem solchen beherrschten Ingrimm an, der Valter fast umschlug.

"Die Frage lautet vielmehr, was ihr hier macht?" Pias sonst eher piepsige, kindliche Stimme war nun kräftig, so hart und eisig wie eine Stahlklinge. Ihren Blick hielt sie nach wie vor fest auf Valter fixiert, der wie zu einer

Salzsäule erstarrt stand. Pia schien über sich hinauszuwachsen, so als dehne sich ihr runder Körper hinauf gen Himmel. Sie war wie ausgewechselt, wie zu der Schneekönigin verwandelt, von der Jespers Mutter ihm als Kind vorgelesen und vor der er sich sehr gefürchtet hatte. Auch Pedro war durch seine Furcht vor dieser Frau gelähmt. Keiner dieser drei Männer kannte diese Seite von Pia oder hatte jemals eine ähnliche, fast übermenschliche Verwandlung bei einer Frau gesehen. Allein Svea, die Pia auch von dieser Seite kannte, blieb relativ unbeeindruckt.

"Wir sind vorbeigekommen, um dir eine gute Nachricht zu bringen", sagte Svea mit einer liebevollen Weichheit, die allein eine Frau ausdrücken kann, so als wäre Pia ihre liebste Tochter. Diese Besänftigung und die Botschaft schienen kaum eine Wirkung zu zeigen. Pias Blick wanderte nur ein Stück zu Svea herüber.

"Was für eine gute Nachricht könntet ihr mir schon bringen?" Pias eisige Strenge schnitt wie ein Schweizer Präzisionsmesser.

"Wir wollen Ihnen helfen", erklärte Valter, dessen Starre sich gelöst hatte. Sofort stürzte ihr Harpyienblick wieder auf Valter.

"Ich brauche Ihre verfluchte Hilfe nicht! Sehen Sie denn nicht, in welche Hölle Sie mich gebracht haben? Verdammt!", fluchte Pia und ihr Ausdruck wurde steinern. Jesper war sich sicher, dass sie Valter gleich an die Gurgel ging.

"Du wolltest doch, dass Malva dich das Kochen lehrt", versuchte es Svea noch einmal mütterlich. "Wir haben noch mal mit ihr gesprochen und Valter konnte sie dazu überreden, dass sie dir und ihm Kochunterricht gibt."

"Das ist doch nur ein billiger Trick, damit ich mich abrege, weil ihr Angst vor mir habt!", schrie Pia halbwegs triumphierend, doch der Zweifel an ihre eigenen Worte huschte über ihr Gesicht.

"Ist das wirklich wahr?", fragte sie unsicher, doch in ihren Augen zündete wieder ein lebendiges Funkeln. Gleichzeitig entspannte sich ihr Gesicht, welches der steinernen Maske einer erzürnten Göttin geglichen hatte, so dass ihre puppengleichen Züge wieder stärker hervortraten.

"Wir beide müssen nur einen Termin mit ihr für die nächste Woche ausmachen und dann bringt sie uns das Kochen bei", bestätigte Valter mit so sanftem Ton, wie es ihm irgend möglich war. Es glich beinahe dem Gurren einer Taube. Erwartungsvoll suchten die vier nach einer eindeutigen Reaktion von Pia, deren Blick prüfend über die Menschen vor ihr glitt.

"Das ist ja wunderbar", juchzte sie überschäumend, riss die Hände in die Höh und sprang auf Valter zu, um ihm um den Hals zu fallen. Valter fuhr zusammen, als wäre sie mit einem gezückten Messer auf ihn losgegangen, und Svea atmete überrascht ein. Doch als Pia ihren Kopf auf Valters Schulter legte und vor Freude zu weinen anfing, ging eine Welle der Erleichterung durch den Raum.

"Kann ich euch zu einer Tasse Kaffee einladen?"

Sie saßen alle im Wohnzimmer. Pia hatte einen viel zu starken Kaffee gebrüht, so dass selbst Valter ihn mit Milch streckte. Zwar hatten sie ihr alle angeboten, ihr zur Hand zu gehen, doch Pia duldete momentan niemanden auf ihrem Schlachtfeld Küche. Weil ihre vier Besucher nicht ahnten, wie schlimm der Raum tatsächlich aussah, schoben sie es darauf, dass Pia sich in ihrem neuen Stolz beweisen wollte.

Nun da die Gruppe sich in Ruhe und bei mehr Licht im Wohnzimmer aufhielt, konnten Valter und Jesper einen genaueren Blick auf das aufgeschlagene Album werfen. Es zeigte auf der linken Seite ein Hochzeitsbild von Per und Pia gemeinsam vor einem Kirchenportal, er in schwarzem Anzug und sie in einem langen weißen Kleid. Auf dem rechten Foto war Pia alleine abgebildet, wie sie mit ihrem schönen, langen Hochzeitskleid mit dichtem Schleier und einem fantasievoll gesteckten Blumenstrauß in einem blühenden Garten posierte. Valter und Jesper warfen sich bedeutungsvolle Blicke zu. Wenn Pia sich hier unten Hochzeitsbilder angeschaut hatte, dann war das oben im Schlafzimmer hundertprozentig ihr Brautkleid gewesen, welches sie so hastig im Schrank versteckt hatte. Ein Kleid war an sich nichts Besonderes, hatten doch viele verheiratete Frauen eins. Dass es aber gerade ein paar Tage nach dem Erscheinen der Gestalt auftauchte, schien mehr als ein Zufall zu sein. Außerdem war es äußerst merkwürdig, dass Pia dieses Kleid vor ihren Blicken verbarg. Was hatte sie bei Kerzenschein mit dem Kleid gemacht oder vorgehabt? Und wenn das Dorf so heidnisch war, wie Pia selbst gesagt hatte, warum hatte sie dann überhaupt kirchlich geheiratet?

Jesper und Valter kamen stillschweigend zu dem Schluss, dass Pia ihre Verdächtigte, also die Gestalt aus der Vollmondnacht war. Zwar war sie hoffentlich genauso wenig eine echte Hexe wie Svea, aber sie hatte ein dunkles Geheimnis oder zumindest einen sehr wunden Punkt, wie aus dem Gespräch zwischen Malva und Svea hervorgegangen war. War es ihnen nur so vorgekommen oder hatten die beiden Frauen in gewisser Weise Angst vor Pia? Hatten sie nicht zudem einige Minuten zuvor oben im Schlafzimmer eine ganz andere Pia gesehen, eine die kaltblütig, jähzornig und furchteinflößend war? Was hatte Pia in einer dieser Launen wohl angestellt?

Außerdem hatte Pia selbst erzählt, dass sie Messertricks gelernt und beim Üben den Messerlehrer verletzt hatte. Wozu war diese Frau fähig? War ihre Tollpatschigkeit und Gutmütigkeit nur eine Tarnung? Und wo war eigentlich ihr Mann Per? Es war Sonntagabend. Wohin sollte er zu dieser Zeit fahren? Warum genoss er nicht den Abend mit seiner Frau und verzichtete auf das Essen im Krog? Hatten Per und Pia nicht in der Nacht, bevor Valter die Gestalt gesehen hatte, eine Auseinandersetzung im Krog gehabt? Wann genau hatte zuletzt jemand Per gesehen? Hatte Pia ihm ein Leid angetan? Am darauf folgenden Abend, als Jesper angekommen war, hatte der Nachbar die beiden im Schlafzimmer gehört, also konnte Per nicht tot sein, zumindest nicht in der Vollmondnacht. Was hatte Pia also in jener Nacht draußen gemacht? Und war das in der darauf folgenden wirklich eine heiße Liebesnacht gewesen oder konnte es nicht genauso gut ein Streit und ein darauf folgender Kampf gewesen sein, den Nils gehört hatte? Wer hatte eigentlich behauptet, dass Pias Gebäck ihrem Mann geschmeckt hatte?

Solche und viele andere Gedanken rasten durch die Köpfe der beiden Männer, doch ihnen fehlten hinreichende Indizien und Motive. Svea und Pedro zeigten keinen Argwohn, saßen recht arglos neben ihnen und schwatzten harmlos mit Pia.

"Valter, warum sind Sie denn so ruhig?", fragte Pia ihn.

"Ich bin nur etwas müde. Ich hab in der letzten Nacht nicht gut geschlafen", entschuldigte er sich und hatte somit einen guten Vorwand, bald mit Jesper aufzubrechen.

"Das kann ich mir gut vorstellen", bestätigte Svea. "Wie geht es denn Ihrem Rücken jetzt?"

"Rücken?" Alle vier sahen genauso überrascht drein wie Valter, der sich für einen Augenblick wunderte, wovon die

Rede war, bis ihm einfiel, dass er Rückenschmerzen gehabt hatte, die er auf wundersame Weise in der ganzen Aufregung vergessen hatte. Er fühlte in seinen Rücken, doch da war momentan kein Schmerz mehr. Perplex riss er die Augen auf.

"So hab ich das gern. Erst schreien sie Scharlatanerie und Stümperei und dann haben alle der Reihe nach Wunderheilungen. Typisch Städter!", witzelte die Heilerin.

"Wie ist das möglich?", wunderte sich Valter.

"Das möchten Sie doch in Wirklichkeit gar nicht wissen, weil es vollkommen Ihrem medizinisch-wissenschaftlichen Verständnis widerspricht. Aber wie ich Ihnen bereits sagte, führt nicht die sonst übliche Symptom-, sondern allein die Ursachenbekämpfung zu einer Heilung, und wenn ein Konflikt erst einmal bewusst gemacht wurde, können die körperlichen Symptome, die, wie ich Ihnen bereits sagte, nur Anzeichen oder Hinweise auf etwas tiefer Liegendes sind, auf ganz wundervolle Weise aufgelöst werden."

Valter wusste nicht, was er von Sveas Erklärung halten sollte, aber so lange die Schmerzen weg waren, war es ihm tatsächlich egal, wie es geschehen war. Wahrscheinlich war es wirklich nur die Wärmflasche und das Salicin gewesen. Aber hatte er davon mit dem Tee nachmittags wirklich genug eingenommen, um den Schmerz auszuschalten? Möglicherweise war Pia wirklich eine Hexe und hatte auf ihn geschossen, so wie es der althergebrachte Begriff Hexenschuss erklärte, und erst sein Einsatz für ihre Belange hatte ihn erlöst. Wie dem auch war, eines war für Valter Gewissheit, dass nämlich der Stein, den er in seiner Hosentasche bei sich trug, bestimmt nicht seine Schmerzen vertrieben hatte.

"Wo ist eigentlich Ihr Mann?", wollte Valter von Pia wissen, bevor sie aufbrachen. Ein trauriger Ausdruck huschte über ihr Gesicht.

"Per hat mir eine Nachricht auf dem Anrufbeantworter hinterlassen. Er muss heute wegen einem unvorhergesehenen und dringenden Fall eines Klienten länger arbeiten."

"Schon wieder?", staunte Svea.

"Nun ja, der Papiererbe in Örnsköldsvik, der gerade einmal Anfang zwanzig ist, macht einen Haufen Ärger."

Bald verabschiedete sich Valter gähnend und ging mit Jesper zurück zu seinem Haus, denn sie hatten genug gehört und nun einige wichtige Dinge zu bereden.

Spekulation

Valter und Jesper saßen im Wohnzimmer. Valter hatte sich der Vorsicht halber eine Tasse Weidenrindentee gemacht und nippte konstant daran. Er hatte sich auch noch einmal eine Wärmflasche in den Rücken gelegt, obwohl die Beschwerden nicht wieder zurückgekehrt waren. Die beiden mussten über den Abend reden und sich Gedanken machen, wie sie nun weiter vorgehen wollten.

Jesper pflichtete Valter in jedem Fall bei, dass Pias Auftritt auffällig und absonderlich gewesen war, doch er konnte und wollte nicht ganz glauben, dass Pia ihren Mann aus dem Weg geräumt haben könnte. Das war zu sehr aus der Luft gegriffen und die Unterstellung zu gewagt. Was für einen Grund sollte es dafür geben? Selbstverständlich war er genau dafür ins Dorf gekommen, um den Gründen nachzugehen, und er konnte sich durchaus gut vorstellen, dass die verschrobene Pia in ihrem Hochzeitskleid durch das Dorf schlich, aber nicht, dass sie jemandem absichtlich Leid oder Tod zufügte. In der Tat war es merkwürdig, dass sie ihr Brautkleid vor ihren Blicken versteckt hatte, aber auch das mochte einen ganz anderen Grund haben als den, den Valter sich ausmalte. Valter wollte möglicherweise mehr in der Sache sehen, als es war, und er unterstellte Pia sogar schwarzkünstlerische Fähigkeiten, weil sie ihn mit ihrem Blick gebannt hatte. Pias Verhalten hatte vielleicht etwas von einer gespaltenen Persönlichkeit, dachte Jesper und rieb sich den Bart, aber Enttäuschung konnte doch genauso gut zu einem extremen Stimmungsumschwung führen. Eine zornige Entladung von Frustration würde vermutlich jeder Psychologe geradewegs als gesund klassifizieren. Falls Per am morgigen Tag nicht wieder auftauchte, würde er sich eventuell Sorgen machen und in dieser Richtung nachforschen wollen. Aber bis dahin ging er davon aus, dass Pia diesbezüglich die Wahrheit sagte und er wirklich nur ausnahmsweise sonntags arbeitete. Jesper wusste nur zu gut, wie wild einige seiner Altersgenossen waren, obwohl sie noch nicht einmal Geld und Einfluss besaßen. Wie weit testete ein junger Millionenerbe dann erst seine Grenzen aus?

Jesper stand auf und ging grübelnd im Wohnzimmer auf und ab. Hatte sich Valter in eine Fantasie verrannt oder war nach wie vor etwas für eine Story drin? Zugegeben, Valter hatte die Gestalt höchstwahrscheinlich wirklich gesehen, aber wie viele andere Frauen im Dorf hatten ein weißes Hochzeitskleid in ihrem Schrank und mussten deswegen verdächtigt werden? Zudem spielten Hochzeitskleider auch nach der Heirat eine gewisse Rolle im Leben einer Frau, nahm Jesper an, was sowohl die nächtliche Gestalt als auch Pias Verhalten an diesem Abend gezeigt hatte. Jedoch wofür stand das weiße Kleid eigentlich? Es war ein Symbol für die Unschuld der Braut und eine stolze Präsentation von Schönheit und Besitz. Überdies war es der Inbegriff des glücklichsten Tages im Leben einer Frau. Zumindest wurde es kulturell als dieses hingestellt und dieses Ideal von Generation zu Generation fortgepflanzt. Wie viele Frauen hingen diesem kitschigen Bild nach, dass eine Frau erst wirklich glücklich war, wenn sie jemandes Frau war? Was wusste er andererseits von den Gefühlen und Bedürfnissen einer Frau? Er war ein Mann.

Es galt herauszufinden, welche Verbindung zwischen dem Kleid und der Gestalt herrschte und welche Motivation dahinter lag, statt die Rolle der Frau in der Gesellschaft zu hinterfragen.

"Was wäre, wenn Pia nicht die Gestalt ist?", überlegte Jesper laut, blieb stehen und heftete seinen Blick auf den älteren Mann. "Was, wenn Pia ein zweites Geheimnis hat? Was, wenn Pias Geheimnis nichts mit dem Kleid zu tun hat, sondern mit etwas, das sie in oder hinter dem Kleid versteckt hält?"

Valter schaute von seiner Tasse, in der er nach seinen eigenen Schlussfolgerungen suchte, die in eine ganz andere Richtung zielten, verwirrt zu Jesper auf. Was der Junge sagte, war definitiv zu beachten. Der voreilige Schluss, dass beides zu einer Geschichte gehörte, konnte sie sehr leicht auf eine falsche Fährte locken, so dass ihnen wichtige Details entgingen. Vielleicht war Jespers universitäre Ausbildung doch zu etwas zu gebrauchen.

"Sie haben Recht. Wir sollten beiden Sachen nachgehen und schauen, ob sie sich letzten Endes decken oder nicht. Wir sollten einerseits nach der Gestalt Ausschau halten, damit wir endlich in diesem Punkt weiterkommen, und uns andererseits in Pias Haus einmal genauer umsehen, um herauszufinden, was sie zu verbergen hat."

Auch Valter stand jetzt vom Sofa auf, wo er die Wärmflasche liegen ließ, und ging im Gegentakt zu Jesper im Raum hin und her. Sie gingen freilich aneinander vorbei, doch schauten sich die beiden nicht in die Augen, sondern zu Boden. Beide überlegten, wie sie das bewerkstelligen könnten, bis Jesper abermals innehielt.

"Wann können wir denn am besten bei Pia herumschnüffeln, ohne dass sie uns bemerkt?"

Valter blieb ebenfalls stehen. Er stand Jesper gegenüber.

"Entweder könnten Sie sich die Tage ins Haus stehlen, wenn ihr Mann tagsüber arbeiten ist und sie mit mir zusammen Kochunterricht nimmt, oder abends, wenn Pia und ihr Mann im Krog essen."

"Ich kann aber nicht warten, bis Pia irgendwann mal außer Haus ist. Wir müssten das schon bis morgen Abend erledigt haben."

"Also wäre es das Beste, wenn wir uns noch in dieser Nacht ins Haus schlichen", erörterte Valter, "in der Hoffnung, dass Pia und gegebenenfalls auch Per schlafen. Oder einer von uns lenkt sie morgen tagsüber ab, während der andere nachsieht."

"Eine Nachtaktion hätte ohne Zweifel den Vorteil, dass uns keiner der Nachbarn beim Eindringen ins Haus beobachten könnte und uns verrät."

Valter nickte, nahm den letzten Schluck Tee aus seiner Tasse und stellte sie weg. Beide Männer setzten sich wieder in Bewegung und schritten den Raum auf und ab. Sie setzten ihr Gespräch im Gehen fort, sich nun hin und wieder einen Blick zuwerfend.

"Während einer von uns in der Nacht der Gestalt auflauert, könnte sich der andere in Pias Haus schleichen und dort umsehen. Auf diese Art könnten wir an beiden Fronten noch in dieser Nacht zu Ergebnissen gelangen und morgen entsprechend weiterforschen", klügelte Jesper einen praktikablen Plan aus.

"Da ich mich in der letzten Nacht als nicht besonders verlässliche Wache herausgestellt habe und viel mehr Erfahrung im Bespitzeln habe als Sie, würde ich vorschlagen, dass ich mich bei Pia umschaue, während Sie hier bleiben und Ausschau halten."

Jesper pflichtete ihm bei, obwohl er selbst gerne spionieren gegangen wäre. Es stimmte allerdings, dass er darin keinerlei Erfahrung hatte. Aber irgendwann musste er ja damit anfangen und üben, wenn er dies in seiner großen Karriere, die er sich wünschte, zur Anwendung bringen konnte – selbst wenn diese Spitzelmethoden des investigativen Journalismus wenig in sein Konzept von Ethik passten. Galt die Privatsphäre bei jedem noch so unbegründeten Verdacht weniger als eine mögliche Enthüllungsgeschichte? Nun ja, dachte Jesper, er hatte sich diesen Beruf nun einmal ausgesucht und darum musste er sich dessen Regeln unterwerfen oder es jetzt und für immer sein lassen.

Jespers Skrupeln zum Trotz war es von Wichtigkeit, dass sie zu einem guten Ergebnis kamen, ohne aufzufliegen. Deswegen beugte er sich Valters Plan bereitwillig. Wenn sie wirklich am Ende eine Story hatten, würde seine Karriere einen großen Sprung nehmen, weil er mit dem großen Harbinger zusammen gearbeitet hatte. Diese Aussicht ließ Jesper weiter hoffen.

Nacht-und-Nebelaktion

Jespers Wecker klingelte nach zwei Stunden Schlaf um Mitternacht, der mit Valter besprochenen Zeit. Er warf seine Hand über den Wecker, um das penetrante Klingeln auszuschalten, rieb sich die Augen, gähnte und streckte sich. Er hätte sich liebend gerne umgedreht und wäre wieder eingeschlafen, aber die Pflicht rief ihn, also gab er sich einen inneren Ruck und stand auf. Er zog sich an, warf sogar seinen Mantel über, weil ihn die Müdigkeit frieren ließ, und kochte eine Kanne Kaffee.

Wie Valter in der vorherigen Nacht stand Jesper mit einem Becher Kaffee in der Hand am Fenster und langweilte sich. Die Kälte der Nacht ließ einen leichten Schleier von Nebel über die Wiesen ziehen und kleine Wolken verdeckten hin und wieder den Mond.

Jesper seufzte und sah immer wieder von der Stille draußen vor dem Fenster fort durch das Zimmer. Langeweile trieb ihn, durch die Schränke zu schauen, immer ein wachsames Auge nach draußen werfend. Er hatte Glück und fand Valters Stereoanlage, die vollständig angeschlossen war, und so schaltete er sie ein, stellte einen guten Radiosender ein und summte zu leisen Popmelodien, während er aus dem großen Verandafenster Ausschau hielt. Wenn er hinüber in die anderen Räume des Erdgeschosses ging, um in eine andere Richtung zu spähen, ließ er die Wohnzimmertür einen Spalt weit offen stehen, damit er die Musik überall hörte.

Trotz der Musik war seine Nachtwache eine eintönige und freudlose Angelegenheit, durch die er sich verbissen kämpfte. Zwei kleine Schalen Müsli aß er zwischendurch, mehr zur Beschäftigung und zum Wachhalten, denn aus Hunger. Immer wieder blickte er auf die Uhr in der

Hoffnung, dass die Zeit schnell verginge oder dass sich tatsächlich etwas draußen von Belang rührte. Wie Valter sah er ein paar wilde Tiere, aber keine Menschenseele, bis er um halb zwei den älteren Mann weckte.

Valter murrte ebenfalls beim Aufstehen, aber als Jesper ihm eine Tasse Kaffee reichte, sah die Welt für ihn gleich sehr viel freundlicher aus. Auch er zog sich an und machte sich fertig. Er probierte eine kleine Stabtaschenlampe aus, bevor er sie zu dem kleinen Fotoapparat in die Jackentasche steckte. Als er zuletzt die Jacke anzog, bemerkte er, dass der Stoff leidlich laut aneinander rieb. Darum tauschte sie gegen einen weniger verräterischen, dunklen Vliespullover und verließ das Haus, während Jesper weiterhin in die Nacht hinaus starrte.

Valter schaute sich sorgfältig um, um sicher zu gehen, dass auch bestimmt niemand unterwegs war oder ihn beobachtete. Er versicherte sich, dass auf der Rückseite wie auf der Vorderseite des Hauses kein Licht brannte, bevor er die Haustür der Skogs öffnete. In diesem Dorf war es herrlich einfach, in fremder Leute Häuser einzudringen. Sorgfältig schloss er die Tür ohne einen Ton hinter sich, horchte in die Stille des Hauses und zog dann die Taschenlampe hervor, um sich den Weg zu erhellen. Weil die Leuchtkraft der Lampe für seine an die Nacht gewöhnten Augen zu stark leuchtete und weil er keinen Bewohner alarmieren wollte, beschirmte er sie mit einer Hand. Seine vorrangige Aufgabe war es, in Pias Schrank nachzuschauen, ob sich dort Hinweise finden ließen. Ob er danach noch in anderen Räumen herumschnüffeln würde, konnte er danach immer noch entscheiden.

Trotz der Rückenschmerzen, die er am Tage gehabt hatte, schaffte er es, auf Händen und Füßen die Treppe hinaufzusteigen, denn dadurch verteilte sich sein Gewicht besser auf den Stufen und ließ sie weniger knarren. Ihm war einige Stunden zuvor aufgefallen, dass einige von ihnen unter seinem Gewicht quietschten. Er bewegte sich behutsam, aber nicht zu zögerlich, denn allzu schleichende und verstohlene Bewegungen weckten Schlafende eher als laute Geräusche. Oben im ersten Stock angelangt, schaute er erst durch die Schlitze unter den Türen, ob dahinter nicht inzwischen Licht brannte, bevor er aufstand und zum Schlafzimmer trat. Valter legte ein Ohr an die Tür und knipste die Taschenlampe aus. Dann drückte er die gut geölte Klinke herunter, um in den Raum zu schlüpfen.

Pia lag flach und ruhig atmend im Bett und schlief tief. Valter lehnte die Tür nur zu, so dass er sie nicht noch einmal öffnen musste, ließ sie dabei gleichzeitig so weit geöffnet, dass sie durch keinen Luftzug klapperte oder knallte. Die Vorhänge waren zugezogen, so dass es zu dunkel war, als dass Valter ohne Taschenlampe hätte gehen können. Er drückte die Lampe gegen seinen Pullover, ehe er sie einschaltete, damit er das Licht gut dämpfen konnte.

Valter ging mit sanften, aber zügigen Schritten zum Kleiderschrank und öffnete die beiden Türen, vor denen Pia gestanden hatte. Dort war ihr Hochzeitskleid, mittlerweile ordentlicher aufgehängt, als es zu der Zeit verstaut worden war, da Pia von der Gruppe überrascht worden war. Valter strich mit der freien Hand über den Stoff, der etwas kraus war. Seine Hand griff tiefer in den Stoff und suchte, ob sich darin etwas ertasten ließe, dann reichte er hinter das Kleid. Er suchte rechts und links neben dem Kleid, darunter und darüber, aber er konnte nichts Verräterisches finden. Valter durchsuchte auch die weiteren Kleiderschränke, aber außer weiterer Damen- und weit weniger Männergarderobe sah er nichts.

Er trat näher ans Bett heran und hielt einen Moment inne, denn Pia drehte sich im Schlaf auf die Seite und atmete einmal tief. Weil kein Grund zur Besorgnis bestand, zog Valter die Schubladen von Pias Bettschränkchen auf, doch zu seiner Unzufriedenheit befanden sich darin nur Flickzeug, Unterwäsche und eine Schmuckschatulle, in der nur ein paar unbedeutende Kettenanhänger und Ringe lagen.

Valter verließ das Schlafzimmer unbemerkt und ging hinunter zur Küche. Dies war mit ziemlicher Gewissheit Pias eigenstes Reich, in der Per kaum etwas zu schaffen hatte. Unter Umständen würde er dort noch eher etwas Auffälliges finden als im Schlafzimmer. Pia hatte schon ein bisschen aufgeräumt, nachdem Svea und Pedro sich verabschiedet hatten, doch die Küche war noch immer ein Saustall. Valter rümpfte die Nase, als er den angetrockneten Pfützen von Kartoffelstärke und den zu Boden gefallenen Kartoffelschalen auswich. Er ging systematisch alle Schränke und zuletzt den Abstellraum durch, trotzdem entdeckte er nichts, was nicht in eine Küche gehörte oder was auf kuriose Tätigkeiten hinwies. Valter trat auf Zehenspitzen aus der dreckigen Küche und ging hinüber zu Pias Poststube, deren Tür offen stand. Wie er vermutet hatte, waren in den kleinen Möbeln dort nur Arbeitsgerätschaften und -gebrauchsgegenstände.

Valter wandte sich gerade zum Gehen um, da sah er durch die unverhangenen Fenster ein Auto auf der Straße herankommen, welches schließlich vor dem Haus parkte. Das musste Per sein, der lange gearbeitet hatte, ganz wie Pia es gesagt hatte. Vermutlich war sie ehrlicher und unverdächtiger, als Valter ihr unterstellt hatte. Mit Per vor der Tür konnte Valter nunmehr nicht unbemerkt das Haus verlassen und es blieb ihm nichts anderes übrig, als sich hinter der Tür des Postzimmers zu verstecken. Dort war glücklicherweise genug Platz, so dass er sich an die Wand gelehnt auf den Boden setzen konnte.

Kaum hatte sich Valter niedergelassen, ging die Tür auf. Sich räuspernd trat Per ins Haus, verschloss die Tür und ließ den Schlüssel im Schloss stecken. Dann ging er hinauf in sein Arbeitszimmer und Valter konnte deutlich über sich hören, wie Per seine Aktentasche auf den Boden fallen ließ. Fürwahr gab sich Per keine große Mühe, ruhig zu sein, sondern polterte noch einige Zeit durch sein Arbeitszimmer, bis er später zwischen Schlafzimmer und obigem Badezimmer hin und her lief, um sich bettfein zu machen und zuletzt schlafen zu gehen.

Zwischenzeitlich war Valter sehr dankbar, dass er sich gesetzt hatte, denn Per beschäftigte sich noch fast eine Stunde. Hin und wieder setzte Valter sich um, weil sein Hintern weh tat oder seine Beine schmerzten, aber er hielt noch gut eine halbe Stunde länger aus, um Per Zeit zu geben einzuschlafen. Dann endlich erhob er sich ächzten, schloss die Tür auf und eilte zu sich nach Hause. Der kleine Umstand, dass Pia und Per die Unstimmigkeit der unverschlossenen Tür bemerken könnten, kümmerte ihn herzlich wenig. Vielmehr sorgte ihn, dass der Morgen bereits wieder graute.

Während Valter unterwegs war, wechselte Jesper gelangweilt die Zimmer für seinen Ausguck. Er hatte die Musik lauter gedreht, aber er durfte kein Licht anmachen, um die Aufmerksamkeit nicht auf sich zu ziehen und möglicherweise die Gestalt zu verschrecken. Dank seiner Bewegung, aber vor allem der Musik, womöglich auch dank seiner Jugend oder der zwei Stunden Schlaf, fiel es Jesper wesentlich leichter, wach zu bleiben. Zwar gähnte auch er immer wieder, aber er hatte nicht das Bedürfnis sich anzulehnen, was in der Nacht zuvor Valters Verhängnis geworden war. Unter Umständen war es auch, dass Jesper sich zwischenzeitlich Valters Nagelschere aus dem Bad nahm und im Mondlicht an den Fensterbrettern gemächlich seine Nägel schnitt, was ihn wach hielt.

Ungefähr eine Stunde, nachdem Valter losgegangen war, erwog Jesper, sich einen neuen Kaffee zu kochen, denn die erste Kanne hatte er bereits geleert. Er überlegte noch hin und her, als ganz überraschend und plötzlich eine Gestalt in einem weißen Kleid und mit Schleier über eine Wiese auf das Dorf zu spaziert kam. Die Erscheinung hatte, wie Valter es beschrieben hatte, etwas Ätherisches, Übernatürliches an sich, als wäre sie größer und schiene zu schweben. Und sie kam über jene Stelle, an der auch Valter sie gesehen hatte.

Jesper hielt den Atem an, während er die Erscheinung für einen Moment betrachtete. Der Anblick machte jeden Zweifel zunichte, den er an Valters Geschichte gehegt hatte. Der alte Mann hatte sich das alles nicht der Langeweile wegen ausgedacht. Jesper war zutiefst dankbar, dass er nicht just einen Augenblick zuvor in die Küche gegangen war, denn sonst hätte er die Erscheinung verpasst und umsonst gewacht.

Er ließ alles stehen und liegen, griff zu seinem Mantel an der Garderobe, warf ihn über und beeilte sich, durch den Türspion hinauf auf die Straße zu sehen. Unten auf der Straße ging die Gestalt am Haus vorbei ins Dorf hinein. Blitzschnell war Jesper klar, dass es sich nicht um Pia handelte. Es wunderte ihn, dass Valter echt in Erwägung gezogen hatte, sie könnte die Gestalt sein, denn ihre runde Figur wäre sofort zu identifizieren gewesen, selbst in einem wallenden Gewand. Erst als die Gestalt vorbeigegangen war, schlüpfte Jesper zur Tür hinaus, zog sie mit dem umgedrehten Schlüssel leise ins Schloss. Die Gestalt in flagranti zu stellen, kam ihm nicht in den Sinn. Stattdessen folgte er der Gestalt unauffällig in einiger Entfernung, damit er sehen konnte, hinter welcher Tür sie verschwand.

Ein Stück der Wahrheit

Jesper stand bereits wieder in der Küche, als Valter von den Skogs zurückkehrte. Er hatte die Musik ausgeschaltet, nachdem er zurückgekehrt war, damit er ungestört nachdenken konnte. Mittlerweile hatten eine Kiefer fast schon den gesamten Inhalt einer Schale Müsli zermahlen. Aber nicht nur die Mühle seines Kiefers arbeitete auf Hochtouren, sondern auch die seines Hirnkastens, denn er focht mit sich aus, was genau und wie viel er Valter verraten sollte von dem, was er beobachtet hatte. Dies könnte das erste Mal sein, dass sein Gewissen und sein gesunder Menschenverstand mit seiner Ethik der Ehrlichkeit in einen schweren Konflikt kamen.

Valter legte seine Ausrüstung und seinen Vliespullover im Flur ab. Seine Schuhe ließ er an. Indem er in die Küche trat und Jesper dort antraf, riss Valter die müden Augen auf und blickte ihn strafend an.

"Warum stehen Sie denn hier dumm rum? Warum essen Sie Ihr Frühstück nicht wenigstens an den Fenstern und halten Wache?"

"Hier sind doch auch Fenster", flachste Jesper, um von seinem Kopfzerbrechen abzulenken. Valter griente lahm.

"Ist noch Kaffee da?"

"Nein, der ist alle."

Valter konnte die Kaffeekanne in der Küche erst nicht finden, doch dann sah er das leere Gefäß auf der Spüle neben einer Tasse. Jesper hatte die Kanne ausgespült. Obwohl es natürlich nett war, dass er so ordentlich war, so ärgerte es Valter doch ein Stück weit, insofern es das Aroma der nächsten Kanne schmälerte. Ein paar Dinge musste der Junge noch über das Leben lernen.

"Dann mach ich mir halt einen Tee." Valter setzte Wasser auf und füllte ein Maß von Sveas Mischung in die kleine Teekanne, in der er auch die vorherigen zubereitet hatte, weil er durch den Ausguss einfach abseihen konnte.

"Und was hast du bei Pia herausfinden können? Du warst immerhin ganz schön lange unterwegs. Kann es sein, dass Sveas Tee dir richtig gut tut?", bemerkte Jesper mit einem scherzenden Unterton. Valter zuckte nur müde mit den Achseln.

"Ich habe anderthalb Stunden auf dem Boden gesessen und mich versteckt halten müssen. Da merkt man erst richtig, dass man keine zwanzig mehr ist."

"Hast du denn wieder Schmerzen?", erkundigte sich Jesper besorgt.

"Nein, das zum Glück nicht. Aber nach der ganzen Sache muss ich mir jetzt wohl langsam eingestehen, dass ich wirklich älter werde und mich zumindest ein kleines bisschen mehr schonen muss."

"Was hast du denn so lange dort drüben gemacht?"

"Als ich fertig war und das Haus verlassen wollte, kam Per nach Hause und hat noch lange gewerkelt. Ich hatte mich hinter der Tür des Postraums versteckt und es gab keine vernünftige Möglichkeit, mich unbemerkt aus dem Hau heraus zu lassen, also musste ich warten, bis er eingeschlafen war."

"Per lebt also noch und ist wohl auf? Das ist immerhin schon mal gut zu wissen. Hast du sonst irgendetwas herausfinden können?"

"Nicht viel. Kommen Sie, ich erzähl es Ihnen gleich drüben", seufzte Valter und befüllte mit dem kochenden Wasser die Kanne. Er stellte sie mit einem feinen Sieb und einer Tasse auf ein Tablett und trug es hinüber zum Verandafenster. Sie setzten sich einander gegenüber an den

Tisch. In der Morgendämmerung sah Valter müde und erschöpft aus.

"Das, was wir kurz in Pias Kleiderschrank erspäht haben, war wirklich ihr Hochzeitskleid. Es ist ergo recht gut möglich, dass sie diejenige war, die ich neulich nachts gesehen habe. Darüber hinaus konnte ich im Haus aber überhaupt nichts Verdächtiges finden."

"Ich glaube nicht, dass Pia Ihre Erscheinung war, oder es gibt zwei davon im Dorf", verriet Jesper zögernd. Er hatte noch immer keine Entscheidung getroffen, wie viel von der Wahrheit er Valter mitteilen sollte. Der ältere Mann sah ihn bei seiner Aussage überrascht an und flugs schien seine Ermattung ein Stück weit vor seiner entfachten Neugier zu weichen. Konnte er dieses Geheimnis wirklich lüften und Valter damit die Luft aus den Segeln nehmen, dieses Dorf besser kennen zu lernen? Was würde Valter denken, wenn er wüsste, was er herausgefunden hatte?

"Sie haben sie dann also vorhin gesehen?", fragte Valter eifrig und wissbegierig. Jesper zuckte innerlich zusammen und befürchtete, dass sein Kopf rot wurde. Würde Valter bemerken, dass er im Begriff war, nicht die volle Wahrheit zu sagen? Adrenalin strömte in sein Blut und sein Herz schlug schneller, als er antwortete.

"Ja, ich habe die Gestalt gesehen, genau so wie du sie beschrieben hast. Sie kam über jene Wiese ins Dorf zurück, doch als ich ihr folgen wollte, war sie leider bereits wieder verschwunden. Ich bin durchs ganze Dorf gelaufen, habe aber keine Spur mehr von ihr finden können", berichtete er Valter und schob seine stark schwitzenden Hände unter seine Oberschenkel. Er hoffte, dass Valter es als Niedergeschlagenheit interpretierte.

"Verdammt!" Valter schlug mit der Hand auf den Tisch, dass das Geschirr schepperte und Jesper erschrocken mit dem Stuhl zurückfuhr. Der Junge hatte es verpatzt, war sein erster Gedanke. Hätte er nur besser selbst hier gewartet und Wache gehalten. Er hätte die Gestalt mit Bestimmtheit nicht wieder entwischen lassen und weit mehr herausgefunden als der Junge. Valter fing sich in seiner Entrüstung jedoch sofort wieder und beruhigte sich. "Entschuldigung! Das geht nicht gegen Sie persönlich. Diese ganze Geschichte ist nur unheimlich frustrierend, weil sie so ungreifbar ist und zu nichts führt, obwohl definitiv irgendetwas Sonderbares dahinter steckt."

Jesper nickte taumelnd. Sollte er nicht doch besser vollständig offenlegen, was er gesehen hatte? Aber war in diesem Fall die volle Wahrheit überhaupt das Richtige? Die Wahrheit würde die Geschichte zu einem schnellen Ende führen, aber Jesper bezweifelte, dass dies wirklich im besten Sinne aller war. Es war nur schwer abzusehen, ob es nicht möglicherweise letzten Endes noch weitaus schlimmere Folgen mit sich bringen würde.

"Na ja, es ist immerhin eine Herausforderung und wir bleiben am Ball, aber jetzt bin ich müde und möchte endlich schlafen. Lassen Sie uns morgen planen, was wir weiterhin unternehmen werden", schloss Valter das Gespräch ab. Er goss den Tee durch das Sieb in die Tasse und nahm sie mit hinauf in sein Schlafzimmer. Auch Jesper legte sich sofort hin.

Valter weckte Jesper durch die Zubereitung des Frühstücks, welches er in den frühen Nachmittagsstunden zu sich nehmen wollte. Der kleine Ausflug in der Nacht und das lange Sitzen hatten Valter strapaziert und er hatte langen Schlaf überaus nötig gehabt, auch wegen der unzureichenden Erholung in der Nacht zuvor, als er sich auf der Fensterbank schlafend verlegen hatte. Nun fühlte er sich ein wenig frischer und ausgeruhter.

Jesper trat mit verquollenen, kleinen Augen in die Küche, reckte und streckte sich und gähnte herzhaft. Er hatte noch einige Zeit wach gelegen, weil er darüber nachdenken musste, was seine Beobachtung für Folgen barg. Valter hatte bereits Kaffee gekocht und so nahm er sich eine Tasse davon ab, nahm sich Brot aus Valters Tüte und belegte sich ein paar Scheiben mit Käse aus dem Kühlschrank.

In den wenigen Tagen, die Jesper bei Valter wohnte und sich als dessen Enkel ausgab, hatte sich eine stille Gewöhnung bei den beiden Männern eingestellt, als wohnten sie seit längerer Zeit in einer Wohngemeinschaft zusammen oder als wäre tatsächlich der Enkel beim Opa zu Besuch. Ein Stück der Betretenheit und des Gefühls einander zu stören, war einem alltäglicheren Beisammensein gewichen – bis zu einem gewissen Grad vergleichbar mit der Routine der Normalität, die sich bei eingespielten, langjährigen Partnern einstellt, wie ein aneinander angepasste Trott, der in mancher Hinsicht am anderen vorbei geht.

Ihre Nachforschungen hatte durch die Erkenntnisse der letzten Nacht eine Wendung genommen, die sie an einen Punkt brachte, an dem es ungemütlich wurde. Beide Männer wussten, dass an diesem Tag eine wichtige Entscheidung fällig wurde: Würden sie ihre Ermittlungen um jeden Preis fortsetzen, um der Wahrheit, der Jesper in der letzten Nacht näher gekommen war als Valter, mit all ihren Konsequenzen auf den Grund zu gehen? Oder würden sie im Lichte ihrer Kenntnisse die Recherche abbrechen, die Geheimnisse ruhen lassen und sich eine Spur erfahrener wieder anderen Dingen widmen, die einträglicher schienen? Für Valter stellte sich die Situation nach einigen Tagen der Nachforschungen anders dar als für Jesper. Für Valter ging es nunmehr nicht mehr darum, wirklich eine Hexe aufzuspüren oder einen vergleichbar berichtenswerten Schatten in irgendjemandes Leben zu enthüllen, sondern vielmehr darum, seine Reputation als Journalist zu bewahren. Gäbe er jetzt auf, bliebe selbst Marie, die das Geschäft kannte und zu Valter aufsah, nichts anderes übrig, als zu glauben, dass Valter seinen Schneid und sein Gespür verloren hatte und es tatsächlich das Beste für die Tiden war, dass Valter in den Ruhestand entlassen worden war. Calle würde sich an Valters Scheitern weiden und die Kunde seiner Verfehlung verbreiten, so dass letzten Endes alle im Land dachten, er wäre senil oder durchgedreht. Alles, wofür Valter stand und was er in seinem Leben erreicht hatte, bekäme einen schalen Beigeschmack und sein Stern verlöre auf immer seinen Glanz. Bei allem, was ihm lieb war, durfte er das nicht gesehen lassen!

Jesper sah die Sache ganz anders. Zwar wusste er nun, dass Valter sich die Erscheinung nicht ausgedacht hatte, um sich die Langeweile des frischen Lebensabends zu vertreiben, aber er kam nicht drum herum, die bisher angenommene Story als übertrieben und unrealistisch abzuschreiben. Zusätzlich wusste er im Gegensatz zu Valter mit ziemlicher Bestimmtheit, wer die Gestalt war. Auch wenn er ihre Hinter- und Beweggründe nicht kannte, bezweifelte er, dass das, was sie bei weiterer Untersuchung finden konnten, für einen Bericht reichte. Oder täuschte er sich wieder in seiner Einschätzung? Jesper war bereit, weitere vierundzwanzig Stunden zu opfern, bevor er Dienstagabend zurück nach Stockholm führe, um tags drauf wieder zur Uni zu gehen. Dass Jesper zu bleiben bereit war, lag weniger daran, dass er damit rechnete, die beiden Männer würden in der bleibenden Zeit eine Geschichte aufdecken, mit der er sich einen Namen machen konnte, sondern weil Valter ein großes Vorbild für ihn war, wenn nicht das größte. Aus diesem Grund wollte Jesper sich bemühen, Valter langsam zu der Einsicht zu führen, dass der ältere Mann nicht jedes Geheimnis anderer Leute aufzudecken brauchte. Auch musste er nicht seinem Stolz erliegen, indem er auf Teufel komm raus einem letzten Reißer hinterherhechelte, sondern sich gemächlich in die Dorfgemeinschaft eingliederte und die Leute im Dorf so nahm, wie sie waren, um einen neuen, ruhigeren Lebensabschnitt in ihrer Mitte zu beginnen. Dass man einfach ein glückliches Leben führte, war für Jesper das größte Geheimnis.

Getrennte Wege

Nach dem späten Frühstück ging Valter zu Pia, um sich seine Post abzuholen und vielleicht noch ein paar Fragen zu stellen. Es war nach zwei Uhr nachmittags und der Himmel war an diesem Montag besonders klar und blau, doch ein kühles Lüftchen wehte von der Ostsee herüber. Vom Strand her schallten vergnügte und quengelige Stimmen herüber. Es war zwar Wochentag, aber auch einer der letzten Ferientage. Mittwoch ging die Schule wieder los. Also kamen bei dem schönem Wetter Touristen und Einheimische, die weiter im Landesinneren wohnten, um an der Küste baden zu gehen und zu grillen – zudem hatte das Dorf einen wirklich schönen, hellen Sandstrand.

Valter klopfte an und trat ins Haus der Skogs ein, nachdem er Jesper einen Blick hinterher geworfen hatte. Jesper hatte sich alleine aufgemacht, um einer anderen Spur nachzugehen. Welche das war, hatte er nicht sagen wollen. Direkt vom Eingang aus rief Valter nach den Bewohnern. Per und Pia saßen im Wohnzimmer bei offenem Fenster und die Vorhänge an beiden Seiten wogten im Lüftchen. Pia sprang auf, begrüßte den Besucher und stellte die beiden Männer einander vor, denn Valter hatte ihren Ehemann an seinem ersten Abend im Dorf nur kurz gesehen, aber ihm keine besondere Aufmerksamkeit geschenkt. Per war ein kleiner, drahtiger Mann mit einer speckigen Glatze und einem kugeligen Bauch, der so aussah, als wäre ein Fußball unter das Hemd gerutscht. Mit seinem strengen und verkniffenen Mund sah er Valter wie ein Bankangestellter aus, obgleich er bekanntlich Rechtsanwalt war. Pia und Per waren ein merkwürdiges Gespann, das kaum zusammenpassen wollte, aber wie Elsa und Clarence taten sich manchmal Menschen zusammen, die sich in ihrer Andersartigkeit ergänzten. Ob zum Guten oder Schlechten ließ Valter einmal dahingestellt sein.

"Gut, dass Sie wieder mal vorbeischauen. Ich hab da noch Ihre Zeitung von heute und einen Brief für Sie, den ich Ihnen Samstag glatt vergessen habe zu geben. Also können Sie sich das vorstellen: eine Postfrau, die vergisst, ihre Post zu verteilen? Es gibt doch nichts Traurigeres als einen Brief, der vergebens darauf wartet, gelesen zu werden, oder?"

Unverkennbar war Pia wieder ganz die Alte ohne Punkt und Komma, vollkommen harmlos und gutmütig. Ohne sich wirklich im Reden zu stoppen, ging sie hinüber zum Postraum und Valter ging ihr ein paar Schritte hinterher, um seine Post in Empfang zu nehmen. Wie gewöhnlich war ihr Geplapper begleitet von einem unbedarften Lächeln oder mädchenhaften Kichern.

"Ich hoffe, Sie können mir den gestrigen Abend nachsehen. Also, ich stand ein bisschen neben mir. Das waren wohl ein paar zu viele Wendungen für mich. Ich hatte trotz unserem gemeinsamen Backen nicht damit gerechnet, dass Stina mein Essen wirklich mögen würde. Und dann wollte Malva einfach nicht einsehen, dass ich wirklich kochen kann. Das war schon gemein von ihr, finden Sie nicht auch? Aber Sie und Ihr Enkel sind wahre Helden. Ich weiß gar nicht, was ich nur ohne Sie machen würde. Ihr Enkel ist ein richtig Süßer, wissen Sie das? Wenn ich nur zwanzig Jahre jünger wäre! Aber lassen Sie das nicht meinen Mann hören. Nur den Bart, den würde ich ihrem Enkel abschneiden, wenn ich was zu sagen hätte. Aber das geht mich ja im Grunde gar nichts an. Und wir beiden sind dann demnächst sogar Komplizen im Kochkompott, äh, ich meine natürlich Kochkomplott? Ach, Sie wissen schon, was ich meine. Ich bin nur froh, dass mein Mann Sie jetzt kennen gelernt hat. Nicht, dass er auf die dumme Idee kommt, ich würde mich mit Ihnen treffen, um zu... na, Sie wissen schon... um mit Ihnen zu bumsen. Das würde tagsüber ohnehin zu schnell auffallen. So etwas müsste man schon nachts machen, wenn alle schlafen. Aber was rede ich mich schon wieder um Kopf und Kragen! Glauben Sie bitte ja nicht, dass ich mehr von Ihnen will, immerhin bin ich eine verheiratete Frau. Mit Ihnen zusammen Kochunterricht zu nehmen, reicht mir schon vollkommen."

Was sollte Valter nur darauf erwidern? Dankbarerweise war dies gar nicht nötig, denn Pia plauderte einfach weiter, obgleich Valter ihr nicht mehr zuhörte. Er dachte darüber nach, was die Postfrau soeben gesagt hatte. War das der Schlüssel zum Verständnis der nächtlichen Gestalt? Ging es um eine nächtliche Affäre und Valter und Jesper hatten die zweite Person übersehen?

"Entschuldigen Sie, dass ich Sie unterbreche", fiel Valter der Frau ins sinnfreie Wort. Er überlegte, aber ihm fiel nichts Raffiniertes ein, um das Gespräch beiläufig auf das Thema zu bringen, also preschte er vor. Es spielte ohnehin keine große Rolle. Wenn dies wirklich das nächtliche Geheimnis war, so würde das bestimmt keinen Leser der Tiden interessieren. "Sie sprachen von nächtlichen Affären. So etwas gibt es in diesem kleinen Dorf bestimmt nicht. Das kann man hier doch ohnehin nicht geheim halten, oder?"

"Woher soll ich denn davon wissen? Zu der Zeit schlafe ich für gewöhnlich", entrüstete sie sich spaßhaft und lachte laut. "Aber wenn Sie schon so fragen, ich hab da mal etwas munkeln hören, kann aber natürlich nichts mit Bestimmtheit sagen. Es ist immerhin nur ein Gerücht. Andererseits hält es sich schon seit einigen Jahren und man hat es mir von mehreren Seiten geflüstert, also kann es schon gut sein, dass da wirklich was Wahres dran ist. Bei so einem kleinen

Dorf kann es aber erwiesenermaßen auch vorkommen, dass einer ein Gerücht in die Welt setzt, das sich so weit herumspricht, dass es in aller Munde ist und trotzdem nicht stimmt. Aber ich habe auch sehr verlässliche Quellen, müssen Sie wissen. Was sollte ich Ihnen gleich noch erzählen? Ach so, ja! Also, ich kann mir das ja überhaupt nicht vorstellen. Was sollte sie nur an ihm finden? Wenn ich mir das allein vorstelle, wird mir schon ganz anders. Aber das muss ja jeder selbst wissen."

"Von wem ist eigentlich die Rede?", warf Valter ungehalten dazwischen, denn er konnte ihrem Gefasel nicht folgen.

"Aber das habe ich doch gerade gesagt. Ingrid und Jocke natürlich. Sie müssen auch schon ein bisschen zuhören, wenn Sie mich was fragen", schalt sie ihn mit ernstem Gesicht und ihre Nasenflügel plusterten sich auf, genauso wie der Rest ihrer Erscheinung. Dann lachte sie wieder, während sie von Jockes Krebs und seinem Raucherhusten erzählte.

Das machte Sinn, überlegte Valter, dass sie sich tagsüber und in der Öffentlichkeit wie Katz und Maus verhielten, während sie sich in der Nacht heimlich liebten. Das war die Eigenschaft von Affären. Ob sie sich bei einem der beiden zu Hause trafen oder außerhalb des Dorfes? War das mit dem Brautkleid so eine Art Rollenspiel? Aber selbst, wenn es so war, ergab das definitiv keine gute Geschichte, dachte Valter. Es gab so viele Leute mit ausgefallenen Vorlieben und selbst hohe Politiker oder Persönlichkeiten blieben davor verschont, dass man darüber in den Medien berichtete. Die einzige Ausnahme war unfraglich, wenn jemand homosexuell war. So viel Geschlechtsleben und Andersartigkeit durfte gerade noch erwähnt werden, wenn

147

es einem Gegner nutzte. Er hatte schon einige fähige Männer deswegen stürzen sehen.

Valter verabschiedete sich gemächlich von Pia und Per, der sich wegen der Sonntagsarbeit einen freien Tag gönnte, den er trotz des schönen Wetters vor dem Fernseher zu verbringen schien. Er plante, zu Ingrids Laden zu gehen und dort ein bisschen zu schnüffeln, auch wenn die Geschichte aussichtslos aussah.

Am Strand waren mehrere Gruppen, einige mit plärrenden Kindern, andere, die selbst kaum dem Kindesalter entwachsen waren und Alkohol tranken. Am vorderen Ende des Strandes stand Pedro mit seiner Staffelei und hielt die sommerliche Badeszene malerisch fest. Valter winkte ihm zu und warf einen Blick auf die Leinwand, konnte aber nichts mit dem naiven Kunststil anfangen. Deswegen ging er gleich weiter.

Im Gemischtwarenladen standen zwei junge Leute an der Theke und führten mit Ingrid eine Diskussion darüber, warum sie kein Eis verkaufte. Valter trat ein und grüßte sie.

Währenddessen war Jesper am Strand vorbei durchs Dorf zu Mårtens Werkstatt gegangen. Weil es ungewiss war, wie viel länger er im Dorf blieb oder ob er nicht gegebenenfalls an diesem Tag noch zurück nach Stockholm fuhr, wollte er auf jeden Fall jetzt das Schachspiel kaufen. Was er hatte, hatte er, und ob er es später seinem Vater zum Geburtstag schenkte oder doch lieber für sich selbst behielt, konnte er sich hinterher immer noch überlegen.

Er grüßte Pedro ebenfalls im Vorbeigehen und erfreute sich an dessen bunter, naiver Kunst. Der warme Tag war herrlich und die Menschen, die am Strand in Sonne und Meer badeten, waren eine fröhliche Kulisse für den Maler. Voller Elan schwang er in großen Gesten seinen dicken

Pinsel über die Leinwand. Nicht nur weil er der entzogene Beobachter war, wirkte Pedro fehl am Platz. Trotz der Sonne hatte er seinen Pullover nur über die Ellbogen gekrempelt, während die Schweden kaum mehr irgendetwas anhatten.

Die Tore zu Mårtens Tischlerei standen weit geöffnet und deswegen hörte Jesper trotz des Lärms am Strand von weit her seine Säge kreischen wie eine Art Willkommensgruß oder Wegweiser. Bis Mårten seinen eingetroffenen Kunden bemerkte, schnitt er behände und sicher Bretter zurecht. Doch dann schaltete er die Kreissäge aus, nahm den Gehörschutz von seinen Ohren und ging auf Jesper zu. Mårten war alleine.

"Guten Tag. Du kommst tatsächlich wieder? Das ehrt mich", begrüßte ihn der Schreiner.

"Das habe ich dir doch gesagt. Warum sollte ich nicht wiederkommen?", fragte Jesper erstaunt und reichte Mårten die Hand.

"Nach meiner Erfahrung haben junge Leute wie du nicht genug Geld, um sich meine Werkarbeiten zu leisten. Die meisten, die sagen, dass sie wiederkommen, überlegen es sich noch einmal und lassen sich nicht wieder sehen, weil sie ihr Geld lieber für etwas Billiges ausgeben. Leute in deinem Alter kaufen entweder spontan oder meist gar nicht. Du studierst, richtig?"

In der Tat hatte Jesper darüber nachgedacht, ob er so viel Geld zur freien Verfügung hatte, um das Schachspiel kaufen zu können. Die Chancen für einen großen Artikel und die dazugehörige Bezahlung hatte er sich schon längst von der Backe geputzt. Gleichwohl brauchte er zum einen ohnehin ein Geschenk für seinen Vater und zum zweiten gab er sein Geld lieber Mårten. Bei ihm war es offensichtlich, dass er viel Herzblut in die Anfertigung gesteckt hatte, um ein handwerkliches Kunstwerk zu erschaffen. Außerdem wusste Jesper auf diese Weise, dass sein Geld an den Erschaffer ging, anstatt sein weniges Geld in eine formlose, seelenlose Massenanfertigungsmaschinerie zu schmeißen.

"Ja, Journalismus. Woher weißt du das? Spricht sich so etwas so schnell herum hier im Dorf?", schmunzelte Jesper, der vergessen hatte, dass er dies noch niemandem im Dorf gegenüber geäußert hatte. Mårten sah ihn mit ausdruckslosen, möglicherweise leicht leidendem Gesicht an.

"Kuck dich doch nur an. Du siehst einfach durch und durch wie ein Student aus. Aber zugegeben, hier spricht sich alles sehr schnell herum. Genau darum wirst du ja dann auch schon längst erfahren haben, dass ich mich da lieber raushalte."

"Ja, das habe ich. Und ich muss gestehen, dass es mir leid tut, dass du so zurückgezogen lebst."

"Danke dir, aber das muss es nicht. Ich bin ganz zufrieden mit dem, was ich tue. Ich habe genug zu tun. Ich habe meine Ruhe und ich lebe ganz gut. Was könnte ich mehr vom Leben erwarten?"

Jesper merkte, dass dies ein wunder Punkt Mårtens war, weil es mit seinen schmerzlichen Erfahrungen verbunden war – welche auch immer das genau waren. Darum drängte er das Gespräch nicht weiter in diese Richtung, obwohl Jesper gerne erfahren hätte, was Mårten widerfahren war.

Ohne ein weiteres Wort gingen die beiden jungen Männer in den Verschlag zu der Stelle, wo die Spielwaren standen. Das Spielbrett, das Jesper glaubte, zurückgelegt haben zu lassen, stand wie zuvor zwischen den anderen und trug keinen Hinweis darauf, dass es reserviert war. Aber in einem so kleinen Betrieb brauchte man dies vermutlich kaum. Wie auch immer, dachte Jesper, es war noch da und er würde es jetzt kaufen.

"Was genau sind das für Hölzer?", wollte er wissen und hob je eine weiße und eine schwarze Figur auf, um sich abermals das Holz genau zu betrachten.

"Für das Brett und die weißen Figuren habe ich das hellste und makelloseste Fichtenholz genommen, dessen ich habhaft werden konnte. Für die schwarzen Figuren und die schwarzen Einlegearbeiten im Brett habe ich Eibenholz schonend gebeizt, damit es diese schöne, ebenhölzerne Farbe bekommt, und anschließend verarbeitet. Ich mag es, einheimische Hölzer zu verwenden. Es vermittelt mir ein Gefühl von Nachhaltigkeit und Verbundenheit mit meiner Heimat." Mårtens Augen sprühten vor Begeisterung. Jesper spürte die Leidenschaft, mit der sein Gegenüber mit Holz arbeitete. Er hatte noch nie jemanden kennen gelernt, der mit solch Freude und glühendem Enthusiasmus über seine Arbeit und seine Erzeugnisse redete. Sein Beruf schien ihn wahrlich zu erfüllen und Jesper spürte, wie die Begeisterung ihn ansteckte. Bei seiner derart kolossalen Inbrunst verwunderte es Jesper nicht, dass Mårten ununterbrochen arbeitete und werkelte, und doch trug es gleichzeitig die melancholische Handschrift der Verzweiflung. Jesper legte die Figuren nieder und zog sein Portemonnaie heraus.

"Gib mir nur 1300. Ich kann mir gut vorstellen, wie du als Student gerade so über die Runden kommst", rabattierte Mårten sein Werkstück bereitwillig.

"Nein, ich zahle den vollen Preis", sagte Jesper mit Bestimmtheit und drückte Mårten drei Fünfhundert-Kronen-Scheine in die Hand. "Ich schätze deine Arbeit sehr und ich bin mir sicher, dass es jede einzelne Krone wert ist. Außerdem wird es doch wohl mein ganzes, hoffentlich noch langes Leben lang halten, oder nicht?"

"Natürlich. Das Holz wird es dir besonders danken, wenn du es vielleicht alle paar Jahre mit ein bisschen Öl polierst, aber ich habe es so sorgfältig getrocknet und bearbeitet, dass es auch ohne das bei normaler Lagerung lange Zeit schön bleibt. Warte bitte! Ich gebe dir hundert Kronen zurück", sagte Mårten freundlich mit dem Auge zwinkernd und eilte zum Ende des Verschlags, wo eine Geldkassette stand. Nachdem er Jesper das Rückgeld gegeben hatte, schob Mårten die Figuren behutsam vom hohen Spielbrett herunter und drehte es um. Da erst erfasste Jesper, dass das Spielbrett zusammengeklappt werden konnte. Feine Scharniere aus Metall und ein kleiner Riegel zum Verschließen waren an die Seiten gearbeitet. Im Ganzen hatte Mårten so exquisit gearbeitet, dass kein einziger Rand auch nur ein winziges Stück überstand. Deswegen war Jesper nicht aufgefallen, dass es nicht nur als Spielbrett, sondern zugleich als Zierschatulle für die Figuren diente. Sorgfältig waren der Größe nach Vertiefungen in die beiden dicken Holzbretter geschnitzt, in die Mårten nun die stumpenförmigen Figuren einsortierte. Deswegen war das Spielbrett so ungewöhnlich hoch, erkannte Jesper nun verblüfft. Mårten klappte die beiden Hälften zusammen, verriegelte es, wickelte sie in ein Stück Papier und reichte ihm die Spieltruhe lächelnd. Jesper klemmte sie unter seinen Arm und bedankte sich, doch für Mårten war es der größte Dank, Jespers aus allen Himmeln gefallenen Blick auf die Verarbeitung zu erhaschen.

"Komm gern jederzeit wieder. Vielleicht auch nur für ein Pläuschchen."

"Das mache ich sehr gern", bekundete Jesper und verabschiedete sich von dem begabten Tischler, der ihm am Tor seiner Werkstatt für einen Moment hinterher schaute.

Das leere Haus

"Hallo Ingrid", grüßte Jesper, als er ihren Laden betrat. Sie schaute von den zwei mäkelnden Kunden zu ihm herüber. Er ging zwischen den Regalen zu Valter, der Lebensmittel auswählte und nicht auf ihn achtete. Die Strandpromenade entlang gehend hatte Jesper ihn bereits aus einiger Entfernung im Laden verschwinden sehen.

"Hallo Opa!" Valter schreckte kurz zusammen. Eine abgepackte Wurst glitt ihm aus der Hand und fiel zu Boden. Jesper bückte sich nach dieser und hielt sie Valter frech grinsend hin.

"Musste das sein? Haben Sie nichts Besseres zu tun als alte Männer zu erschrecken?"

"Das hast du gesagt!", wies Jesper darauf hin und Valters Gesicht verzog sich, gepackt von Entsetzen darüber, dass er sich selbst einen alten Mann genannt hatte. "Aber sag doch bitte du zu deinem Enkel", erinnerte er ihn.

"Und was hast du da? Ein Schachspiel?", lenkte Valter ruppig ab und wandte sich wieder den Regalen zu.

"Ein regelrechtes Kleinod sogar. Mårten, der Tischler, hat es handgefertigt. Ich zeig es dir nachher genauer. Eigentlich soll es ein Geschenk für meinen Vater werden, aber je mehr ich darüber nachdenke, desto lieber möchte ich es für mich selbst behalten. Na, mal schauen. Und was kochen wir zwei uns heute Abend Leckeres?"

Valter ging auf Jespers süffisantes Grinsen nicht ein. Er ärgerte sich, dass die Auswahl hier so beschränkt war. Wenn sie nicht nachforschen müssten, wäre er zu einem größeren Supermarkt in der Gegend fahren, überlegte er sich. Wenn er es die Tage tat, könnte er vorher nach Hudiksvall oder Sundsvall fahren, sich Pantoffeln kaufen und mit ein paar anderen Dingen eindecken, an die man hier im Dorf nur schwerlich heran kam.

Valter trug seine vier Artikel zur Theke, wo Frau Zwetsloot auf ihn wartete. Sie hatte mittlerweile die lamentierenden Kunden loswerden können.

"Das macht genau dreiundvierzig bitte."

Valter reichte ihr einen Fünfziger und Jesper trat hinter ihn. Ingrid händigte Valter das Rückgeld aus, dann fiel ihr Blick auf Jespers Kästchen.

"Wie ich sehe, haben Sie etwas bei Mårten gekauft. Wie geht es ihm?", erkundigte sie sich.

"Ganz gut, denke ich. Er arbeitet fleißig."

Valter stand daneben und fragte sich, ob wirklich er selbst in dieses Dorf gezogen war oder ob es nicht eher Jesper war, der hier wohnte. Wenn er sein Verhalten ganz objektiv mit dem des jungen Mannes neben sich verglich, so wirkte es, als lebte Jesper schon seit Jahren hier, mit einer solchen Leichtigkeit hielt er Konversation mit der Händlerin. Valter wirkte im Vergleich distanziert und desinteressiert wie ein Besucher. Er war doch früher nicht so schwerfällig gewesen, wenn es um Smalltalk gegangen war. Hatte er nicht mit Plattenmillionären, Dollarmilliardären und gar der Königin über Nichtigkeiten geplaudert? Woher kam neuerdings seine Zurückhaltung, seit er umgezogen war? Hatte er nicht einfach nur einen schlechten Start mit den Dorfbewohnern gehabt?

Zweifellos hatte er anfangs die Dorfbewohner komisch gefunden, möglicherweise sogar für doof befunden, aber nach einigen Tagen hatten sie sich doch letztlich als halbwegs normal herausgestellt. Er musste sie endlich als Menschen und nicht als Geschichten betrachten und sich ein bisschen mehr in die Gemeinschaft einbringen, ermahnte Valter sich selbst.

"Frau Zwetsloot, darf ich Sie etwas fragen?", wandte er sich also an Ingrid, als sie ihr freundliches Gespräch mit Jesper beendet hatte. Ihr Blick verlor etwas von seiner Freundlichkeit, als sie antwortete.

"Klar dürfen Sie das. Probieren Sie's mal!"

"Es ist mir zu Ohr gekommen, dass mein Haus seit langer Zeit leer stand. Können Sie mir erklären, warum es so lange Zeit niemand haben wollte?"

Vor den Augen der beiden Männer wich schlagartig die Farbe aus Ingrids Gesicht. Ihre Augen weiteten sich und sie stützte sich auf der Theke ab.

"Ist alles in Ordnung? Fühlen Sie sich nicht gut?" Valter schaute besorgt zu Jesper. Was war mit ihr passiert? Lag es an seiner Frage?

"Möchtest du dich setzen? Soll ich dir ein Glas Wasser holen?", erkundigte sich Jesper fürsorglich, sah aber ähnlich hilflos drein wie Valter.

"Nein nein, es geht schon wieder", beruhigte Ingrid die beiden Männer und sich selbst. Mit beiden Händen auf die Theke gestützt, den Kopf hängen lassend, atmete sie tief durch und fing sich wieder.

"Was ist denn los?" Jesper legte seine Hand auf Ingrids, um sie zu motivieren, ihn anzusehen.

"Es geht schon wieder", bekräftigt die Frau erneut, "ich dachte nur, ich wäre schon weiter."

"Wie meinst du das?"

"Können wir vor die Tür treten?", bat Ingrid, die sich unnatürlich aufrecht hingestellt hatte. Sie griff nach einer Zigarette unter ihrem Tresen und führte die Männer vor den Ladeneingang, um sich die Zigarette dort hastig anzuzünden. Sie tat einen tiefen, gierigen Zug. Dann warf sie die lange Zigarette zu Boden und zertrat sie.

"Ich rauche eigentlich schon lange nicht mehr", erklärte sie mit aufgesetztem Grinsen, das flugs verflog, als sie den Männern die Geschichte des Hauses schwermütig anvertraute.

"Ich bin in diesem Haus geboren worden und aufgewachsen. Meine ganze Familie hat in diesem Haus gelebt und nachdem alle verstorben waren, habe ich es nicht übers Herz gebracht, es einfach zu verkaufen. Drin leben konnte oder wollte ich andererseits auch nicht. Also stand es viele Jahre leer und ich habe versucht, es zu ignorieren. Vor ein paar Monaten sprach mich Malva darauf an, ob es nicht besser für mich wäre, wenn ich das Haus verkaufte und die Vergangenheit damit losließ, um einer umso glücklicheren Zukunft entgegen zu sehen. Malva hat ihren Mann im zweiten Weltkrieg verloren, weil er in Norwegen gegen die Nazis gekämpft hat. Sie kennt sich also damit aus, die Vergangenheit loszulassen, dachte ich mir. Und sie hatte Recht. Es war albern, nach so langer Zeit weiter an dem Haus festzuhalten. Ich habe lange mit mir gerungen. Schließlich glaubte ich, ich wäre so weit, und habe es zum Verkauf angeboten. Dass ich es mir so schnell anders überlegen würde, hatte ich nicht geahnt, aber da hatten Sie es dann auch schon prompt gekauft, Herr Harbinger. Verzeihen Sie mir bitte! Ich glaube, ich war schroff zu Ihnen, dabei können Sie ja gar nichts dafür. Entschuldigen Sie!"

Ingrids schmerzvoller Ausdruck war herzerweichend. Wie hätte er ihr nicht vergeben können? Zudem sah er einen Teil der Schuld bei sich, weil er den Menschen des Dorfes voreingenommen begegnet war. Valter und Ingrid gaben sich versöhnlich die Hand und lächelten sich zart an.

Nichtsdestotrotz ließ Ingrid die beiden allein vor ihrem Laden stehen, denn das Gespräch hatte viele Erinnerungen wachgerufen, die sie eigentlich gänzlich vergessen wollte. Aber nun war wieder alles aufgewühlt und sie brauchte ein bisschen Zeit für sich. Sie schloss hinter sich ab und hängte ein Schild ins Fenster, das sagte, dass sie in einer halben Stunde wieder öffnen würde.

Die beiden Journalisten kamen überein, hinüber zu den Felsen zu gehen und sich bei dem Sonnenschein an die Ostsee zu setzen. Sie wollten ein bisschen Abstand zu den Badegästen wahren und bummelten einen kleinen Umweg zu dem Haus, das nun Valter gehörte, um Jespers kostbares Schachspiel abzulegen, damit es nicht unterwegs Schaden nahm.

Entscheidung

Der bottnische Meerbusen lag vor ihnen und die Sonne hing ihnen von rechts im Rücken. Die Ostsee gluckerte zu ihren Füßen an den Felsen, auf denen glitzernde Reflektionen tanzten, zog sich indessen ein winziges Stück zurück zur Ebbe, so dass einige Muscheln und Wassermarkierungen auf den Felsen sichtbar wurden. Doch der Tidenhub der Ostsee war sehr gering und man konnte glücklicherweise jederzeit am Strand ins Wasser gehen. Das machte den Strandtourismus in Schweden erfreulich unbeschwert.

Valter beobachtete den jungen Mann neben sich. Er würde ihm gegenüber nun ehrlich sein müssen, um ihn nicht länger aufzuhalten. Auch wenn er dessen Gesellschaft inzwischen als angenehm empfand, konnte Valter ihn nicht von seinem Studium und dem Stadtleben fernhalten für eine verlorene Sache. Das war ihm gegenüber nicht fair. Vielleicht würde er niemals der beste Journalist werden, aber er hatte das Herz am rechten Fleck.

"Hören Sie zu, Jesper. Ich habe vorhin noch einmal mit Pia gesprochen und es ist zu vermuten, dass Ingrid eine heimliche Affäre hat. Sie haben die Gestalt mit eigenen Augen gesehen. Sie wissen also, dass sie echt ist, und es könnte sein, dass es Ingrid ist. Dennoch bin ich mittlerweile davon überzeugt, dass es sich nicht lohnt, dieser Sache weiter nachzugehen. Selbst wenn sich irgendwann irgendein konkreterer Anhaltspunkt finden lässt, so wird es doch bestimmt nicht reichen für eine Story, die irgendjemanden interessiert. Ich glaube, wir haben bereits in der Nacht genug herausgefunden, um sagen zu können, dass sich unsere Spuren in einer ganz anderen Richtung verlaufen, als ich ursprünglich angenommen habe. Ich denke, es wird Zeit, dass ich eingestehe, dass ich mit der ganzen Sache Ihre

Zeit unnötig vertrödelt habe. Es tut mir leid! Es war mein Fehler."

Jesper war sprachlos. Er hätte nicht damit gerechnet, dass Valter, der es als Chefredakteur kaum nötig hatte, sich überhaupt jemandem gegenüber zu rechtfertigen, jemals einen Fehler eingestand, geschweige denn sich für einen entschuldigte. Das hob Valter enorm in Jespers Achtung, die im Laufe der letzten Tage gelitten hatte, weil die vermeintliche Geschichte so dünn und ungreifbar war, dass sich schnell sogar der Verdacht aufgedrängt hatte, dass es nur eine Erfindung war. Zwar wusste Jesper das immerhin seit der letzten Nacht besser, dennoch war es aus zwei Sichtweisen ärgerlich, dass er seine Zeit hier verbummelt hatte: einerseits hatte er wichtige Vorlesungen verpasst und zweitens hatten sie keinen Artikel. In der Stadt hätte er bestimmt die eine oder andere Kleinigkeit aufdecken können. Da hätte ihm ein Spatzenbericht finanziell besser geholfen, als eine fortgeflogene Taubenstory. Sein Aufenthalt hier hatte aber auch seine guten Seiten, das gab er freimütig zu.

Seit der letzten Nacht wusste Jesper außerdem etwas anderes besser und er haderte nach wie vor mit sich, ob er Valter nun endlich sagen sollte, wer die Gestalt war oder zumindest, dass Ingrid es nicht war. Er beschloss, dass er sein Wissen lieber für sich behielt. Es nutzte Valter nichts und mochte lediglich sein Verhalten negativ beeinflussen. Unter Umständen fand Valter es ja in der nächsten Zeit selbst heraus, denn in diesem kleinen Dorf konnte man ohnehin ein Geheimnis kaum für lange Zeit geheim halten.

"Du brauchst dich doch nicht zu entschuldigen! So hatte ich wenigstens die Gelegenheit, dich ein bisschen kennen zu lernen. Immerhin bist du mein großes Vorbild.

Eigentlich bist du das Vorbild für eine ganze Generation von Journalisten, die dir nachfolgt."

"Das ist freundlich von Ihnen, dass Sie das sagen." Da war es wieder, das alte Speichellecken, dachte Valter.

"Kannst du wohl bitte aufhören, mich zu siezen?", flehte Jesper.

"Na, von mir aus", stöhnte Valter. "Aber was den ganzen Vorbildspuk angeht: Ich habe immer nur gemacht, was ich für richtig hielt, und meine Arbeit hat mir große Freude bereitet. Natürlich habe ich auch immer wieder gegen mein Gewissen handeln müssen und mich selbst in die Grauzonen der Legalität begeben, um illegale Machenschaften zu enthüllen. Aber im Großen und Ganzen habe ich immer nach bestem Vermögen versucht, an dieses scheue Tier von Wahrheit zu kommen. Und weißt du, was das Wichtigste ist, das ich bei dieser lebenslangen Suche nach Wahrheit entdeckt habe? Es gibt sie nicht, die eine einzige, endgültige Wahrheit! Es gibt nur einzelne Meinungen und Ansichten, die sich verändern und ganz schnell umschwenken, wenn man sich selbst nur ein klitzekleines Stück bewegt."

Valter machte eine Pause und seufzte. Jesper sah ihn verwirrt an und fragte sich, worauf der alte Mann hinaus wollte. Zwar hatte sich bei ihrer eigenen Recherche in den letzten Tagen ihr Verdacht ständig geändert mit jeder neu gewonnenen Information, aber warum erzählte er ihm das alles.

"Soweit ich beurteilen kann, bist du ein guter Junge", fuhr Valter fort, "und ich glaube, du wirst deinen Teil der Wahrheit finden. Aber bist du dir darüber wirklich im Klaren, dass deine Wahrheit vielleicht nur schwerlich in die moderne Medienbranche hereinpasst? Du hast Anstand und ein gutes Herz, aber der Journalismus ist ein Raubtierzirkus, in dem alles nach Gewalt und Korruption schreit. Bist du wirklich bereit, deine hohen Werte und Skrupel zu kompromittieren?"

Jesper saß wie vom Blitz getroffen. Hatte Valter tatsächlich gerade gesagt, was er glaubte, gehört zu haben? Glaubte Valter etwa, dass zu wenig Mumm in ihm steckte?

"Danke, dass du deine Gedanken so offen ansprichst. Ich bin mir darüber im Klaren, dass ich höhere moralische Werte habe als manch anderer in meinen Kursen. Und ja, ich gestehe, dass ich einige Grenzen lieber nicht überschreiten möchte, aber ich werde alles tun, was mir möglich ist, um unsere Welt zu verbessern. Ich glaube an die Ehrlichkeit und irgendjemand muss doch die Lügen aufdecken und sie dem Volk mitteilen, damit neue Entscheidungen getroffen werden können. Ich werde sicherlich kein Kriegsbericht-erstatter, aber mit Promiklatsch werde ich mich auch nicht begnügen."

"Es war nicht meine Absicht, dich zu beleidigen", beschwichtigte Valter, "aber ist dir bewusst, dass du in jene Schattenwelt abtauchen musst, um mit deiner Wahrheit emporsteigen zu können? In diese Schattenwelt gelangst du nur, wenn du selbst zum Teil ein Schatten wirst. Ist dir das mit allen Konsequenzen bewusst?"

"Wahrscheinlich nicht", gestand Jesper leichtfertig mit einem Schulterzucken ein, "aber ich denke, das ist etwas, das ich auf meinem Weg selbst herausfinden muss ob ich dazu bereit bin oder nicht."

"Selbstverständlich. Was ich damit vor allem zum Ausdruck bringen möchte, ist, dass du dich gerne jederzeit an mich wenden kannst, wenn du Fragen oder Bedenken hast und Hilfe oder Rat benötigst."

Valter legte väterlich seine Hand auf Jespers Schulter. Statt wie eine Last wirkte sie auf ihn wie ein befreiender, erhebender Griff. Es hatte sich gelohnt, hierher zu kommen, denn er hatte die Unterstützung und den wohlwollenden Beistands des großen Valter Harbingers für sich gewinnen können. War das nicht mehr, als er sich hätte träumen lassen können? Jesper bedankte sich. Er würde weisen Gebrauch von Valters freundlichem Angebot machen, denn einen Mentor brauchte doch fast jeder auf seinem Weg.

Valter und Jesper erhoben sich und gingen gemütlich den Weg zurück zum Dorf. Jesper mochte das Dorf und er hoffte, dass er vielleicht schon bald wieder hinaus zu Valter fahren würde. Aber jetzt war es an der Zeit, dass Jesper seine Sachen packte und zurück nach Stockholm fuhr. Vielleicht ginge er an diesem Abend sogar noch aus und lief mit etwas Glück einer Geschichte in die Arme, über die er einen Artikel schreiben konnte, um etwas Geld zu verdienen. Die Termine für Fußballspiele, Konzerte oder andere fest eingeplante Veranstaltungen waren bestimmt schon alle an die Kollegen verteilt, so dass er darin leer ausging. Immerhin hatte er sich etwas Wichtigeres in diesen Tagen verdient, etwas, das man selbst mit Geld nur schwerlich kaufen konnte.

Als sie zurück in Valters Haus waren, packte Jesper alle Klamotten in seine Reisetasche. Die wenigen Sachen waren schnell gepackt. Valter trug die Müslipackung zu ihm herüber und stellte sie neben die Tasche, damit Jesper sie nicht vergaß mitzunehmen, denn er würde es selbst nicht essen. Dazu legte er einen Zettel, auf dem er seine Anschrift und Telefonnummer notiert hatte, damit Jesper wirklich zu jeder Zeit mit ihm Kontakt aufnehmen konnte, wann immer er wollte oder musste. Seltsamerweise bedauerte Valter sogar, dass Jesper ihn wieder verließ. Das Haus würde leerer und einsamer sein ohne ihn, so sehr hatte er sich an die Gegenwart des jungen Mannes gewöhnt. Valter musste sich bei Pia erkundigen, ob Ingrids Familie in diesem Haus gestorben war, denn das fände er schon ein wenig gruselig.

Die beiden Männer gingen hinaus vor die Tür zu Jespers Auto, in welchem Jesper die Tasche verstaute. Sie wandten sich einander zu, um sich zu verabschieden.

"Pass auf dich auf, Jesper, und entschuldige, dass es nicht zu einer Geschichte gereicht hat, denn ich bin mir sicher, es hätte deiner Karriere einen guten Schubs gegeben, einen Artikel mit mir zusammen geschrieben zu haben."

"Das stimmt, Valter. Gerade jetzt, da Herr Fredriksson Chefredakteur ist, kann man sich sonst nicht mehr sicher sein, dass ein Artikel auch unter dem eigenen Namen veröffentlicht wird. Marie hat zwar ihre Hand für dich ins Feuer gelegt, aber wenn wir eine Geschichte gehabt hätten, hätte ich direkt zu Herrn Fredriksson gehen müssen. So hat er es mir aufgetragen. Und wer weiß, was er dann damit gemacht hätte."

"Wie meinst du das?", erkundigte sich Valter mit plötzlicher Gespanntheit.

"Es wäre nicht das erste Mal, dass er mir einen Artikel klaut."

Rattenfalle

"Calle hat dir bereits Artikel gestohlen?"

Valter konnte es nicht glauben. Jeder wusste, dass Calle nicht mit koscheren Methoden arbeitete und Storys gestohlen hatte, um sie unter seinem Namen zu verkaufen. Aber das war etwas, über das niemand offen redete, zumindest nicht ihm gegenüber.

"Erinnerst du dich an den Umweltskandal letztes Jahr, in dem der stellvertretende Bürgermeister bis zum Hals mit drinsteckte?"

"Wie könnte ich das vergessen, wo doch selbst das Trinkwasser für zwei Tage abgestellt wurde? Leider war das auch die Geschichte, mit der sich Calle letztendlich so verdient gemacht hat, dass ich ihn nicht weiter übergehen konnte, obwohl ich wusste, dass er falsch spielt."

"Genau das hat er auch mit dieser Geschichte", sagte Jesper knapp und bitter.

"Du willst doch nicht etwa andeuten, dass er diese Story von dir gestohlen hat", zweifelte Valter mit zusammengekniffenen Augen und Brauen, denn die Geschichte war ein enormer politischer Coup gewesen, den er Jesper einfach nicht zutrauen mochte.

"Doch, genau so war es", versicherte Jesper mit großen, erregten, aber unsicheren Gesten. "Das war eine meiner ersten Studienrecherche und ich bin durch reinen Zufall darauf gestoßen, habe den Artikel geschrieben und der Schwere der Anschuldigung wegen direkt mit dir besprechen wollen. Doch weil du außer Haus warst, konnte ich es nur durch deine Sekretärin auf deinen Schreibtisch legen lassen mit einer Notiz, dass du dich bei mir melden solltest. Am nächsten Tag, als ich die Zeitung aufschlug, las ich dann Fredrikssons Namen unter meinem Artikel." Jesper zitterte vor Zorn am ganzen Leib. Seine Hände waren zu weißen, harten Fäusten geballt. Valter war zutiefst entsetzt.

"Davon wusste ich nichts. Wenn ich mich recht erinnere, saß Calle an diesem Tag triumphierend in meinem Büro, als ich zurückkam, und wedelte mit dem Artikel vor meiner Nase herum. Dieses Arschloch hat an meinem Schreibtisch herumgeschnüffelt! Und jetzt sitzt er auch noch dahinter! Ich Esel hab das nicht bemerkt und verhindert!" Valter tat Jesper sehr leid und er fühlte sich mitschuldig. Er hätte Calles Quellen besser überprüfen sollen. Warum war er nicht vorsichtiger gewesen? Hatte Marie irgendwas damit zu tun? Hatte Calle sie vielleicht auf seine Seite gezogen? Nein, das war vollkommen ausgeschlossen, entschied Valter kategorisch. Marie war ihm immer treu ergeben gewesen und alles Übel ging allein von Calle aus.

Valter hob Jespers Tasche schwungvoll aus dem Wagen und trug sie entschlossen zurück ins Haus. Jesper folgte ihm sich abgespannt ergebend. Der ältere Mann ging in die Küche, um Kaffee zuzubereiten.

"Wir müssen etwas tun, um dieses Arschloch dranzukriegen! Calle, jetzt bist du ein für alle Mal am Arsch!"

Bei Tassen frischen, starken Kaffees standen die beiden Männer auf der Veranda und diskutierten ihre Möglichkeiten, wie sie gegen Calle vorgehen könnten. Es stand außer Zweifel, dass beide von ihnen aus eigenen, verschiedenen Gründen Calle nicht damit wegkommen lassen konnten, was er getan hatte. Jesper sollte auf jeden Fall Gerechtigkeit widerfahren, denn als Unterlegener hatte ihm damals niemand Glauben geschenkt, selbst Marie nicht, die sich sonst immer für Jesper eingesetzt hatte. Keiner hatte Jesper, dem grünen Studenten, dem Gutmenschen, zugetraut, solch einen Schwindel auffliegen zu lassen. Deswegen hatte jeder, obwohl sie es alle hätten besser wissen sollen, Calle gedeckt, weil er der bekanntere und einflussreichere von beiden war.

Nun endlich hatte Jesper Valter etwas in die Hand gespielt, um gegen Calle vorzugehen und ihn zu Fall zu bringen – wenn er es nur geschickt anstellte. Valter hatte in den letzten Minuten Jespers Wut ein wenig gestillt, die nach vielen Monaten des Brodelns wieder aufgekocht war, und ihm eine Revanche vorgeschlagen, mit der sie Calle effektiv mit seinen eigenen Waffen niederstrecken konnten. Sie würden Calle eine Falle stellen, in der er sich zweifellos durch seine Gier und Gefallsucht verfing. Mit einem Köder würden die beiden Calle zu dem Galgen locken, den Calle selbst gebaut, dessen Fallstrick er geknüpft hatte und an dem er sich letztendlich selbst erhängen würde. In seiner Überheblichkeit würde Calle darin eine Chance sehen, Valter erneut eins auszuwischen und einen weiteren karriereträchtigen Streich zu machen. Wie könnte Calle Argwohn hegen, wenn er wusste, dass auch der große Valter hinter der Geschichte stand. Ihm würde dies vielmehr als Erfolgsgarant erscheinen und ihn blenden.

Valter fühlte schon jetzt die sich langsam ausbreitende Genugtuung, diese Ratte derart in die Falle zu jagen, dass er sie trotz aller Offensichtlichkeit nicht erkannte, sondern sie ihm als goldener Palast erschiene, ein Versprechen des Ruhmes. Wie würde sich Jesper erst fühlen, wenn die geschändete Gerechtigkeit gerächt worden war?

Valter sah hinüber zur gemächlich untergehenden Sonne und nahm lächelnd einen großen Schluck des schwarzen Getränks. So wie es aussah, würde er nun doch noch seine Geschichte und das große Finale bekommen, obgleich in anderer Form, als er angenommen hatte. So sehr ihn auch die Vorfreude ergriffen hatte, bedauerte Valter, dass es nicht Marie war, die Calle von seinem unverdienten Thron hinunter stieß.

"Komm mit!", forderte Valter den jungen Mann auf. Sie ließen ihre Tassen auf der Veranda stehen und gingen hinunter zu Pias Postamt. Als sie eintraten, schaute Per schon wieder oder immer noch Fernsehen und Pia stand in der Küche und kochte irgendetwas Undefinierbares. Doch darum kümmerten sich die beiden Männer nicht weiter. Sie hielten sich nicht mit unnötigem Gerede auf, sondern erklärten Pia mit kurzen, sachlichen Worten, worum es ging. Dieses Mal war es an der Postfrau, ihnen zu helfen, und sie kam ihrer Bitte freudestrahlend nach, froh, gebraucht zu werden. Umgehend verabschiedeten sie sich wieder von ihr und gingen zurück zu Valters Haus. Während Jesper die Kaffeekanne aus der Küche und die beiden Tassen von der Veranda ins Wohnzimmer holte, ging Valter in seine Bibliothek und brachte eine alte Schreibmaschine mit, die er auf den Esstisch am Verandafenster abstellte.

"Mit dieser Schreibmaschine habe ich all meine Artikel geschrieben", sagte Valter voll nostalgischen Stolzes. Jesper begutachtete das alte Schätzchen mit einer Mischung von Ehrfurcht, die man einer Reliquie entgegenbringt, und Unverständnis, wie man auf dieser schwerfälligen Maschine arbeiten konnte. Er streckte seine Hand nach den runden Tasten aus und drückte ein paar von ihnen sanft herunter. Sie waren erstaunlich leicht im Anschlag und die Letter bewegten sich horizontal zur Papierwalze, weswegen die Maschine äußerst niedrig gebaut werden konnte.

"Meine Tante Astrid, die zwischenzeitlich im deutschen Reich gelebt hatte, schenkte sie mir zu meinem achtzehnten Geburtstag, als sie wieder zurück nach Schweden zog. Das war kurz nachdem Hitler zum Reichskanzler gewählt worden war und die ganze Welt besorgt auf Deutschland blickte. Sie dachte, es wäre genau das Richtige für mich, weil ich doch als angehender Reporter viel schreiben müsste. So sehr ich mich darüber freute, schämte ich mich doch etwas für dieses Geschenk, denn dieses gute Schätzchen hat damals zweihundert Reichsmark gekostet, was unglaublich viel war. Aber sie behielt Recht und dies war das beste Geschenk, das ich jemals in meinem Leben bekommen habe. Immerhin waren es sehr viele Geschenke im Laufe von fünf Jahrzehnten!"

Jesper wischte eine dünne Staubschicht von der Oberseite der Schreibmaschine, auf der in gut erhaltener, bronzefarbener Schrift 'KLEIN-ADLER ★ 2 ★' geschrieben stand. An den Ecken der Maschine und einigen anderen Stellen wie der langen Leerzeichentaste war der schwarze Lack abgeschlagen, aber ansonsten sah sie aus wie neu.

"So alt ist die schon? Die sieht so gut erhalten und schick aus!"

"Ich hab sie vor über fünfzig Jahren geschenkt bekommen. Die Produktion begann aber natürlich einige Jahre vorher. Die Klein-Adler war der neuste technische Schrei und überhaupt die erste Reiseschreibmaschine in Europa. Sie verkaufte sich ausgenommen gut. Dieses zweite Model stammt aus der Art-Deco-Zeit und viele Dinge aus dieser Zeit sind heute noch Designklassiker", erklärte Valter tief in Erinnerungen an diese Zeit zwischen den Kriegen, in der er aufgewachsen war, während er Papierbögen aus einem Schrank holte und ein Blatt davon in die Maschine einspannte.

"Jesper, kannst du blind tippen?"

Jesper schüttelte den Kopf. Er hatte zwar für die Uni und für die Tiden schon viel auf der elektrischen Schreibmaschine seiner Mutter geschrieben, suchte aber noch immer ständig nach den Buchstaben. Die Anordnung auf der Tastatur erschien ihm keineswegs logisch.

"Dann erinnere mich daran, dass ich dich für einen Schreibmaschinenkurs anmelde. Das wird dir die Arbeit wesentlich erleichtern."

Jesper setzte sich zu Valter an den Tisch und dann begannen sie einen Artikel zu schreiben, einen der völlig an den Haaren herbeigezogen war und den Calle dennoch nicht übergehen konnte. Jesper ließ all seine Fantasie und Valter seinen gesamten Erfahrungsschatz in ihren Bericht einfließen, damit es authentisch wirkte und dennoch jeder Wirklichkeit entbehrte. Aus solch einem Stoff bastelten sie ihre Rattenfalle.

Voller Krog

Valter und Jesper schrieben einige Stunden lang und
darüber wurde es dunkel. Sie lachten viel, verwarfen viel
und scheuten nichts. Wenn diese Geschichte wahr gewesen
wäre, hätten sie möglicherweise Chance auf einen Pulitzer-
preis gehabt. Doch was sie schrieben, war ein modernes
Märchen, und es diente nur einer indirekten Enthüllung,
die in ihrer Raffinesse aber möglicherweise selbst einen
Pulitzer wert war. Weil ihre Geschichte jedoch nicht wahr
war, hegte Valter stumme Zweifel, ob die Entlarvung Calles
der Tiden wirklich dienlich war oder ob ihr Artikel bei
Veröffentlichung und bei der darauf folgenden Diskussion
in der Öffentlichkeit die herausragende Reputation der
Zeitung zunichtemachte. Dies war immerhin eine ernstzu-
nehmende Gefahr, die Valter nicht genau ausloten konnte.
Doch fragte sich Valter wiederum, ob der verlogene Calle in
der Position des Chefredakteurs nicht die viel größere
Gefährdung für den Ruf seiner Tiden war. Und hatte er
nicht trotz seines Ruhestandes immer noch eine Verantwortung für sein Lebenswerk, jener Zeitung, die er seit
Ende des zweiten Weltkrieges völlig umgekrempelt, neu
gestaltet und zu höchstem Ruhm geführt hatte?

Währenddessen sie überlegten und schrieben, aßen die
beiden Männer einige Scheiben Brot, um das Knurren in
ihren Mägen zu stillen. Es war immerhin zwanzig Uhr
dreißig, als Valter das letzte Blatt Papier aus seiner Klein-
Adler zog und neben die Schreibmaschine legte. Dies war
der fertige Artikel, wie sie ihn einzureichen gedachten. Es
war nun höchste Zeit für sie, in Fridéns Krog einzukehren,
wo sie einige wichtige Dinge zu erledigen hatten – und
endlich eine warme Mahlzeit zu sich nehmen konnten.

Als sie im Krog eintrafen, war es halbwegs leer in dem Lokal. Wünschend, dass es später voll würde, nahmen sich die beiden einen Tisch an der langen Seite des Raumes und bestellten bei Klara für jeden ein Dünnbier und ein Stück spanisches Omelette von der Tageskarte. Klara versprach, dass das Gericht in zehn Minuten serviert werden könnte. Sie sahen beim Trinken und Essen zu, wie sich Fridéns Krog nach und nach füllte. Fünf Minuten vor neun betraten Pia und Per das Lokal und gesellten sich zu den beiden Männern, die gerade die letzten Bissen ihre Speisen verzehrten und etwas nervös dreinblickten. Pia wollte zu gerne wissen, worum es den beiden ging, doch sie wurde auf später vertröstet. Auch Svea und Pedro, Niklas mit seiner Mutter Sigrid, Nils und My, Karl mit seiner Frau Lina, Jocke und einige andere Gesichter, die Valter und Jesper bereits kannten, trafen gemächlich ein. Selbst Mårten fand sich ein, obwohl er sich in der Gesellschaft von Niklas und Sigrid unauffällig verhielt.

Um Viertel nach neun war der Hauptsaal des Krogs zum Bersten voll. Stühle und Tische waren zusammengerückt worden, so dass stehend viel mehr Leute hineinpassten. Dass dies ganz bestimmt nicht die erste Dorfversammlung war, erkannte Jesper an der guten Selbstorganisation. Der Raum war erfüllt vom Stimmengewirr der Menge, die sich fragte, warum die Versammlung von dem Dorfneuling Valter einberufen worden war. Die Lautstärke hielt an, bis Valter aufstand und sich laut räusperte. Weil ohnehin ein Großteil der Aufmerksamkeit der herbeigerufenen Bewohner ihm galt, wurde es rasch still und alle drehten sich zu Valter um, der auf einen Stuhl gestiegen war.

"Guten Abend zusammen und vielen Dank, dass Sie heute Abend meinem Ruf gefolgt sind. Einige werden mich noch nicht kennen, denn ich bin erst letzte Woche zugezogen. Also stelle ich mich kurz vor. Mein Name ist Valter Harbinger, ich war vier Jahrzehnte lang Chefredakteur der Tiden und bin nun zu meiner Pensionierung hierher gezogen."

Jesper beobachtete Valter genau, der es gewohnt war, vor großen Gruppen Reden zu halten und klar artikuliert sprach. Er war gespannt, wie Valter versuchen würde, die Dorfgemeinschaft für ihre Sache zu gewinnen. Sein Auftreten änderte sich und im Gegensatz zu seinem privaten Gesicht wirkte Valter nochmals ernsthafter und achtunggebietender.

"Ich habe Sie heute Abend durch Frau Skog – Pia – zu dieser Versammlung gebeten, weil ich ein Anliegen habe, dass dieses Dorf betrifft und über das ich nicht über Ihre Köpfe hinweg entscheiden kann. Worum geht es, das haben Sie sich sicherlich schon gefragt. Ich will es Ihnen kurz und bündig erklären.

Einige von Ihnen kennen bereits meinen Kollegen Jesper Elfstrand. Er kam vor einigen Tagen zu mir, um mich bei einer Reportage zu unterstützen. Hier ist bereits die erste Entschuldigung nötig, denn einigen von Ihnen habe ich Jesper als meinen Enkel vorgestellt. Dies diente nur der Tarnung. In Wirklichkeit ist Jesper ein junger Reporter der Tiden."

Einige fingen ob der Enthüllung an zu wispern und Karl, der Buchhalter, unterbrach Valter mit der ersten Zwischenfrage, auf die hin das Flüstern zu einem Tuscheln anwuchs.

"Warum musste er sich denn tarnen? Was hatten Sie zu verbergen?"

Valter und Jesper hatten im Vorfeld damit gerechnet, dass diese Frage kommen würde, deswegen hatten sie klare Abmachungen getroffen. Valter sah zu Jesper herunter, der ihm zunickte, um zu bekräftigen, dass es das Richtige war, an diesem Abend vollkommen ehrlich zu sein.

"Um offen mit Ihnen zu sein, hatte ich im Sinn, eine Reportage über das Dorf zu schreiben. Deswegen war es wichtig, dass Sie keinen Argwohn wegen Jespers Aufenthalt hegten. Dieser Artikel ist jedoch geplatzt und deswegen wollen wir heute Abend die Wahrheit sagen: Jesper ist nicht mein Enkel. Aber Jesper wurde von meinem Nachfolger, dem neuen Chefredakteur der Tiden, Herrn Fredriksson, letztes Jahr betrogen. Nun endlich hat Jesper sich mir diesbezüglich anvertraut und wir beide möchten Herrn Fredrikssons Betrug auffliegen lassen."

"Und was haben wir damit zu tun?", warf ein Mann lauthals ein, den Valter und Jesper noch nicht vorher gesehen hatten. Als Antwort erklärte Valter der im Krog versammelten Dorfgemeinschaft den Plan, wie sie Calle reinzulegen gedachten und worum es in ihrem Artikel ging.

"Das wird Ihnen doch niemand glauben", wendete der gleiche Herr ein.

"Darum geht es ja auch ein Stück weit", erläuterte Valter über das Murmeln in der Versammlung hinweg. "Dennoch hoffen wir, dass Calle geblendet davon, dass ich hinter dem Text stehe, ihn erneut klaut und unter seinem Namen veröffentlicht, denn dann können wir ihn drankriegen."

"Was wird denn aus uns, wenn Ihre Zeitung die Unwahrheit über unser Dorf verbreitet? Wird nicht das ganze Land auf uns schauen und machen Sie uns damit nicht zum Gespött?" Klara, die mit Anders und ihrer Schwiegermutter hinter dem Tresen zuhörte, war offenkundig besorgt um das Dorf und viele Stimmen schlossen sich ihren Bedenken an, so dass der Lärmpegel gewaltig anstieg. Valter versuchte, die Menge zu bezähmen und die Zweifel zu zerstreuen.

"Deswegen... So hören Sie doch! Deswegen haben wir diese unrealistische Geschichte gewählt, die sich leicht als Unfug herausstellen wird, sobald die Reporter von den anderen Zeitungen und vom Fernsehen hier eintreffen."

"Was?", schrie Pia mit einem Mal neben Valter auf. Ihr Kopf war rot, so aufgebracht war sie. "Sie rechnen damit, dass die Medien über uns herfallen? Warum sollen wir unseren Kopf für Sie hinhalten? Warum sollen wir Ihnen diesmal glauben, wo Sie uns doch schon vorher angelogen haben?"

Dieser Einwand von Pia weckte unter den Dorfbewohnern einen wilden Protest, der Jesper fürchten ließ, dass ihre Sache verloren war, sie niemals die Zustimmung des Dorfes kriegen würden und Valters Akzeptanz in der Dorfgemeinschaft für immer ruiniert war. Auch in Valter rührte sich für einen Moment diese Angst, die ihm selbst vollkommen neu war. Jesper war der einzige, der beobachtete, dass sich Valter für einen außerordentlich kurzen Augenblick wie ein gehetztes Wild umsah. Die anderen waren zu sehr mit sich selbst und der entbrannten Diskussion beschäftigt, um es ebenfalls zu bemerken. Valter pfiff ohrenbetäubend auf zwei Fingern, um die Kontrolle über die Situation zurück zu gewinnen und die Aufmerksamkeit wieder auf sich zu lenken.

"Jesper hat mich einsehen lassen, dass es ein Fehler war, Ihnen etwas vorzuflunkern, auch wenn es allgemeine Praxis im Journalismus ist. Aber ich bin mir sicher, dass Sie alle schon mal in Kleinigkeiten geflunkert haben. Das ist etwas durchaus Menschliches. Vor allem dürfen Sie diesen einen Punkt nicht außer Acht lassen: von nun an gehöre auch ich zum Dorf!"

Valter machte eine rhetorisch brillante Pause, die seiner Aussage einen stärkeren Nachdruck verlieh, als es tausend Worte vermocht hätten. Valter und Jesper konnten regelrecht sehen, wie die Implikationen seiner Aussage ins Bewusstsein der Versammlung sickerten.

"Ich bin gerade erst hergezogen und werde lange bleiben, so Gott will. Deswegen ist es auch in meinem Interesse, das Dorf zu schützen, und aus diesem Grund werde ich, weil ich derjenige mit der größten Medienerfahrung bin, für das Dorf sprechen, wenn die Reporter am Mittwoch kommen. Schon allein, weil ich der bekannteste Dorfbewohner bin, werden sich die Reporter hauptsächlich für mich interessieren. Zwar werden sie Ihnen auch die ein oder andere Frage stellen wollen, aber Sie brauchen überhaupt nichts zu machen oder zu sagen. Das ganze Spektakel wird nicht lange andauern, wenn ich es in die Hand nehme. Ich besitze mehr als genug Glaubwürdigkeit und wenn ich mitteile, dass der Artikel unwahr ist, werden die Reporter ganz schnell ihre Zelte abbrechen, um Calle auf den Zahn zu fühlen und ihn anschließend zu zerfleischen."

Die Stimmung unter den Bewohnern beruhigte sich ein Stück weit, denn jedem von ihnen war klar, dass Valter als ehemaliger Chefredakteur über genügend Einblick in den Medienapparat verfügte und hohes Vertrauen in seiner Zunft genoss.

"Aber was ist, wenn Ihr Plan nicht aufgeht?", zweifelte Anders dennoch. Aber bevor Valter darauf eingehen konnte, stieg Jesper auf einen Stuhl und sprach zur versammelten Gemeinschaft.

"Das meiste wird auf mich zurückfallen, wenn es Herrn Fredriksson nicht trifft", legte ihnen Jesper auseinander und ein Raunen ging durch die Menge. "Wenn der Artikel unter meinem Namen erscheinen sollte, wird aller Schimpf auf mich fallen und ich muss mir einen neuen Beruf suchen. Falls Calle unseren Bluff aufdeckt, wird meine Karriere bei der Tiden schlagartig beendet sein, aber ich werde immer noch wo anders arbeiten können. Und wenn der Artikel nicht erscheint, weil er Herrn Fredriksson nicht passt, tja, dann passiert eben gar nichts."

"Das würden Sie wirklich auf sich nehmen", erkundigte sich Pia leise und ungläubig, mit einem Hauch bewundernden Respekts. Die anderen Anwesenden erwarteten Jespers Bekräftigung mit anerkennender Stille.

"Ja, dieses Risiko nehme ich auf mich, um die Wahrheit zu enthüllen, dass er sich meine Arbeit zu eigen gemacht hat", versicherte Jesper ruhig und ernst. Als er gewahr wurde, dass restlos alle zu ihm hinaufsahen, senkte er seinen Blick und stieg vorsichtig vom Stuhl hinunter. Er hatte nichts mehr hinzuzufügen. Pia, die Jesper wie auch Valter für ihre Kochhilfe dankbar und etwas schuldig war, stieg an Jespers Stelle auf den Stuhl und wandte sich an die Dorfversammlung.

"Wir haben also Jespers und Valters Anliegen gehört. Was sagen wir nun dazu? Wollen wir ihnen unsere Unterstützung gewähren? Also ich denke, dass wir nichts zu verlieren haben. Schon allein der Punkt, dass sie sich vorher an uns wenden, um ihr Vorgehen mit uns abzustimmen, spricht meiner Ansicht nach dafür, dass wir den beiden vertrauen können. Sie sind von sich aus auf mich zugekommen, um die Versammlung einzuberufen. Also das heißt, dass sie sich bereits Gedanken um das Dorfwohl machen und nicht rücksichtslos ihr eigenes Ding durchziehen. Ich finde, das spricht sehr für die beiden. Wer wie ich dafür ist, dass die beiden ruhig der Gerechtigkeit willen ihre Ränke durchführen, der hebe jetzt die Hand!", forderte Pia auf und hob selbst den Arm in die Höhe. Dann geschah erst einmal nichts weiter.

Die Dorfbewohner schauten einander an, die Eventualitäten abwägend. Sie besprachen sich gedämpft miteinander. Aber hauptsächlich warteten sie die Reaktionen der anderen ab.

Valter und Jesper sahen erwartungsvoll in die Runde. Pia behielt ihre Hand in der Höh, zauderte jedoch, ob sie sie nicht wieder herunternehmen sollte. Sie wollte gerade zu ermunternden Worten ansetzen, da hoben Pedro und Svea ihre Hände. Als nächstes ging Mårtens Hand hoch. Niklas und Sigrid, bei denen er stand, folgten seinem Beispiel. Dann war auch Ingrids Hand oben und als die drei Fridéns daraufhin einstimmig ihr zustimmendes Zeichen gaben, entschlossen sich immer mehr, ebenfalls fürzusprechen. Bald waren fast alle Hände in der Höhe und somit mehrheitlich beschlossen, dass das Dorf Valters und Jespers Plan mittrug. Jesper und Valter lächelten sich zu und bedankten sich bei der Gemeinschaft. Ungeachtet der Zustimmung waren sich die beiden unsicher, ob noch etwas von der Versammlung erwartet wurde, weil sie die Gepflogenheiten bei solchen Verfahren noch nicht kannten.

Nachdem die Entscheidung gefällt war, lockerte sich die Stimmung auf und die Versammlung löste sich allmählich auf. Die Tische und Stühle wurden wieder aufgestellt. Einige Männer verschwanden im hinteren Raucherraum und einige Leute verließen das Lokal. Andere setzen sich an die Theke und ließen sich von den Fridéns etwas Frisches zapfen. Wieder andere kamen zu Valter und Jesper hinüber, um mit ihnen zu sprechen.

Mehr Wahrheit

Als Valter und Jesper nach einigen Getränken, weiterem Essen und einer längeren Diskussion beschlossen, das ziemlich leer gewordene Lokal zu verlassen, saß Mårten alleine bei einem Glas Rotwein an einem seitlichen Tisch in der Nähe der Tür. Er hatte seine kräftigen Arme vor der Brust verschränkt, war in Gedanken verloren, starrte in die Flamme der niedergebrannten Kerze. Jesper entschuldigte sich bei Valter und ließ den älteren Mann allein nach Hause gehen, während er sich zu Mårten gesellte.

"Glaubst du wirklich, dass ihr mit eurem Plan Erfolg haben werdet?", fragte Mårten sofort, nachdem Jesper ihn aus seinen Gedanken gerissen und sich zu ihm gesetzt hatte. Er war in einer recht trüben Laune. Im schummrigen Licht des Krogs wirken Mårtens Augen schwarz.

"Ich weiß es ehrlich nicht, aber ich habe schon ein wenig Angst, dass der Schuss nach hinten losgeht. So sehr ich Valter auch vertraue, komme ich nicht umhin, mich zu fragen, ob ich mich wirklich darauf einlassen soll. Aber um endlich zu meinem Recht zu kommen, gehe ich das große Risiko wohl ein. Teilweise habe ich jedoch den Eindruck, dass es Valter nicht nur um mein Recht geht, sondern dass er mich für eine persönliche Abrechnung benutzt", gestand Jesper freimütig.

Klara kam zu ihnen hinüber und fragte Jesper freundlich, ob er noch etwas zu bestellen wünsche. Er verneinte, weil er nicht vorhatte, lange zu bleiben. Mårten wartete, bis Klara wieder gegangen war, dann erhob er sein Glas und trank auf Jespers Erfolg.

"Weißt du eigentlich schon, was du machen wirst, wenn eure kleine Lüge auffliegt und deine Karriere so jung beendet ist?"

"Darauf habe ich noch keinen einzigen Gedanken verschwendet und möchte darüber auch nicht nachdenken. Ich gehe jetzt erst mal vom Besten aus und wenn es doch anders kommt, werde ich mich halt neu orientieren. Es wird so kommen, wie es kommen muss, und alles was ich tun kann, ist das Beste daraus zu machen. Vielleicht würde ich die Möglichkeit nutzen, Schweden endlich einmal zu verlassen, mir die Welt anzusehen und irgendwo neu anzufangen."

"Hast du Schweden etwa auch noch nie verlassen? Ich hatte vor ein paar Jahren darüber nachgedacht, ob ich meine Zelte hier abbrechen und in die Welt ziehen sollte, aber ich fühle mich hier viel zu stark verwurzelt. Ich würde die Ruhe, das Meer und die Wälder vermissen und was sollte ich in der Fremde machen, was ich nicht auch hier machen kann?"

"Man könnte zum Beispiel besseren und billigeren Wein trinken", lachte Jesper. Mårten reagierte nicht wirklich darauf, aber Jesper spürte, dass es ihm ein Stück weit gelungen war, die Stimmung aufzuheitern.

"Wie sind Valter und du eigentlich auf diese abstruse Geschichte gekommen, darüber zu schreiben, dass es hier okkulte Zirkel und Hexenzauberei mit Satansanbetung gäbe? Was für ein Journalismus ist das denn bitte und wer soll euch das abkaufen?" Mårten war gleichzeitig belustigt und besorgt.

"Das war ursprünglich Valters Idee und wir haben sie gemeinsam ausgeschmückt. Ich hatte es auch anfangs für ausgemachten Schwachsinn gehalten, bis ich letzte Nacht die merkwürdige Gestalt, von der Valter mir ursprünglich berichtet hatte, mit eigenen Augen sah." Jesper beobachtete Mårtens Reaktion ganz genau.

"Was für eine Gestalt soll das denn sein, die du gesehen haben willst? Hier im Dorf etwa? Hier gibt es bestimmt das ein oder andere Geheimnis, aber soviel ich weiß keine Zauberei oder so was." Ungläubigkeit war in Mårtens Gesicht geschrieben.

"Was für ein Geheimnis hast du?", fragte Jesper kühn, obwohl er wusste, dass es ihn nichts anging und dass er auf eine so dreiste Frage keine Antwort erwarten konnte. Mårten sah ihn mit großen, überraschten Augen an.

"Was meinst du?" Mårten lehnte sich defensiv zurück.

"Was ist dein Geheimnis? Warum sitzt du alleine hier und grübelst? Warum lebst du so zurückgezogen?"

"Kann man nicht einfach ein friedliches Leben führen, ohne verdächtig zu sein? Was für ein Geheimnis sollte ich schon haben?", fragte Mårten unschuldig und legte seine Hände auf die Tischkante.

"Sag es mir!", forderte ihn Jesper auf, sich etwas nach vorne zu ihm hin beugend.

"Da ist nichts. Wirklich!"

Mårten saß vor ihm mit unschuldiger Miene, doch Jesper konnte spüren, dass er nicht ehrlich war. Jeder Mensch, der so etwas von sich behauptete, war entweder unehrlich oder verschloss sich der Realität, um in einer Traumwelt zu leben.

"Du kannst mir nichts vormachen. Ich habe dich gestern gesehen. Aber wenn du mir nicht davon erzählen möchtest, so verstehe ich das und lasse dich jetzt lieber in Ruhe."

Jesper stand auf und ging zu Tür. Die Nachtluft, die ihn empfing, war kühl und erfrischend und vom fast noch vollen Mond erhellt. Mårten zückte seinen Geldbeutel, legte Klara das Geld für seinen Verzehr auf den Tisch und eilte Jesper hinterher.

"So warte doch! Wenn du wirklich willst, werde ich dir alles erzählen."

Mårten ging mit Jesper am Strand entlang zu einer Stelle weiter hinten, wo sie sich auf ein paar hervorstehende Felsen setzen konnten. Mårtens Blick ging hinaus zur See und er sammelte seine Gedanken.

"Das Haus, in dem Valter nun wohnt, gehörte früher der Familie Zwetsloot, den Eltern von Ingrid, der Händlerin."

"Das weiß ich bereits", unterwies Jesper ihn sanft und zog ein entschuldigendes Gesicht. "Das hat mir Ingrid bereits selbst erzählt."

"Oh, das weißt du schon? Was hat sie dir noch erzählt?", erkundigte sich Mårten erstaunt.

"Sie hat mir nur erzählt, dass sie Skrupel hatte, das Haus zu verkaufen, nachdem ihre Eltern gestorben waren."

"Na gut, dann fang ich besser von vorne an", kündigte der Schreiner an und setzte sich zurecht. "Die Familie Zwetsloot war seit vielen Generationen eine der wohlhabendsten und einflussreichsten in der Gegend. Ihnen gehörten die ertragreichsten Felder hier und sie waren immer sehr großzügig mit dem, was sie hatten. Sie ließen alle an ihrem Wohlstand teilhaben und verkauften ihre Waren günstig im Dorf. Sie gaben rauschende Feste und teilten mit denen in Not. Sie waren außerdem so etwas wie die Richter des Dorfes, so viel hielten die Leute hier von ihrer Meinung.

Ingrid war das frühe erste Kind von Thure Zwetsloot mit seiner Jugendliebe Elin Kjær und die Familie war sehr glücklich. Während in der ganzen Welt Krieg herrschte, lebte man ja hier im neutralen Schweden gut. Vierzehn Jahre nach Ingrid wurde Kjell, ihr zweites Kind, geboren. Thure und Elin hatten nicht mit so spätem Glück gerechnet und umso größer war ihre Freude. Kjell war ihr Liebling und – wer kann es ihr verübeln? – Ingrid fühlte sich vernachlässigt. Kjell war ein Raufbold und Taugenichts, bis er seine große Liebe fand. Die Liebe verwandelte ihn. Er begann zu arbeiten und war fröhlich und freundlich. Thure und Elin nahmen alles hin, was auch immer Kjell ausheckte, doch von Kjells Verbindung hielt Thure nur wenig. Er verlangte von Kjell, die Beziehung zu lösen und sich eine anständige Frau zu suchen. Kjell lachte nur und hörte nicht auf seinen Vater. Die Liebe war ihm wichtiger. Thure verkraftete nicht, dass sich jemand gegen seine Anordnungen stellte, denn trotz seiner Großzügigkeit war er ein stolzer Mann. Er gab niemals etwas uneigennützig. Er erkaufte sich damit Ansehen. Dass sein eigener Sohn seinen Respekt untergrub, indem er ungehörig war, machte ihn wütend und er warf Kjell gegen Elins Protest aus dem Haus. Er sprach kaum ein Wort mehr mit seinem Sohn, was die Ehe von Elin und Thure sehr belastete, denn Elin verstand die Wichtigkeit der Liebe. Ihr lag vor allem anderen am Herzen, dass ihre Kinder glücklich lebten.

Keiner im Dorf hatte Verständnis für Thures Ablehnung. Hier nahm man aber schon immer jeden so, wie er war – was bleibt einem in einer so kleinen Gemeinschaft auch anderes übrig? Deswegen hielten sich die meisten aus dem Zwist heraus. Doch weil Thule so eine zentrale Figur im Dorfleben war, sorgte der Streit zum ersten Mal seit Generationen dafür, dass sich das ganze Dorf daran entzündete.

Als Kjell nämlich ans Heiraten dachte, drohte Thure mit Enterbung, im bösen Blut sogar mit Mord. Die Leute im Dorf versuchten Thure zu beruhigen und von seinen Plänen abzubringen, aber das erzürnte ihn umso mehr, so dass er Kjell tatsächlich enterbte und die Preise im Laden erhöhte. Ingrid hielt sich bei allem heraus, aber Elin tat ihr Bestes, ihren Mann zur Räson zu bringen. Aber auch das machte ihn nur wilder. Also verschenkte sie hinter seinem Rücken immer mehr oder gab den Leuten das zu viel gezahlte Geld zurück.

Natürlich musste Thure das früher oder später herausfinden und er fühlte sich so von ihr verraten und im Stich gelassen, dass er sie schlug. Das war das erste und einzige Mal, dass das geschah, aber für beide – wie für alle anderen im Dorf – war das unverzeihlich. Thure wusste, dass er seinen guten Ruf damit ein für alle Mal verspielt hatte und brachte sich noch am gleichen Tag um. Die meisten werden dir erzählen, dass es ein Jagdunfall gewesen sei, aber es war ganz eindeutig Selbstmord.

Das ganze Dorf war in Aufruhr und die Polizei verdächtigte Kjell sogar des Mordes, aber ihre Ermittlung entlastete ihn zum Glück. Dennoch überlegte Kjell, seine Hochzeit zu verschieben, denn das ganze geschah zwei Wochen vor seinem großen Termin. Alle im Dorf redeten auf ihn ein, an dem Termin festzuhalten, so sehr standen sie hinter der Verbindung, doch er rief bei dem Priester an und verschob den Termin um einen Monat.

Bald nach Thures Tod schien sich alles wieder zu normalisieren. Ingrid kümmerte sich ums Geschäft und Elin um alle anderen Angelegenheiten. Auch der Rest des Dorfes schien den Vorfall schnell zu vergessen. Alles lief gut und die Vorbereitungen für die Hochzeit wurden zwei Wochen nach der Beerdigung wieder aufgenommen. Elin hob die Enterbung auf und bot Kjell an, ins Haus der Familie zurückzukehren, was er jedoch ablehnte. Kjell wurde in seiner Freude über die bevorstehende Hochzeit so übereifrig, dass er eine Band aus Oslo engagierte, obwohl Nils' Mutter, die damals noch lebte, Musik machen und singen sollte. Und ob Sie es glauben oder nicht, er kaufte sogar das

Brautkleid, obwohl der Bräutigam es eigentlich nicht vorher sehen sollte.

Das Dorf war geschmückt, Anders hatte größere Mengen Spirituosen bestellt und Malva war in den Vorbereitungen für das Smorgasbord. Alle erwarteten den großen Tag, doch ein Sturm zog auf und machte dem glücklichen Paar einen Strich durch die Rechnung."

"Hat man die Hochzeit denn nicht einfach noch einmal verschoben?" Jesper legte seinen Kopf schräg. Bislang hatte er Mårtens Bericht gut folgen können, nur warum ein Sturm die Hochzeit zu verhindern vermochte, konnte er sich nicht vorstellen.

"So weit kam es gar nicht, denn in der Nacht fuhr Kjell leichtsinnig zum Fischfang hinaus und kam nie wieder. Kurz darauf verstarb auch Elin, an Bauspeicheldrüsenkrebs."

Mårten, der Jesper die ganze Zeit über angesehen hatte, wandte sich traurig dem Meer zu.

"Aber was hat das alles mit dir zu tun?", fragte Jesper ernsthaft, weil er sich keinen Reim auf den Zusammenhang machen konnte.

"Kjells große Liebe war ich!"

Das ganze Ausmaß

Mårten stahl einen kurzen Blick auf Jesper, um zu sehen, wie dieser auf seine Eröffnung reagierte. Jesper nahm dessen Geständnis locker auf und ein trauerndes Glänzen des Mondes in Mårtens Augen wahr. Zum einen war Schweden ohnehin tolerant, gerade unter Studenten, auch wenn die Aids-Debatte Homosexuelle nicht besonders gut aussehen ließ. Zum anderen hatte Jesper Mårten in der vorherigen Nacht im Brautkleid durch das Dorf nach Hause gehen sehen. Er hatte sich also in den zwanzig Stunden seitdem einige Szenarien ausgemalt, warum Mårten das getan hatte.

"Es tut mir leid um deinen Verlust!"

Die kräftige Gestalt des Schreiners erbebte still und sein leidgetrübter Blick hing über den Wassern, die Kjell begraben hatten.

"Bist du in Ordnung?", erkundigte sich Jesper, der Mårtens Trübsal spürte.

"Es geht schon", beruhigte Mårten ihn. "Ich versuch mich nur zusammenzureißen, damit ich nicht wie so ein kleines Mädchen flenne. Ich habe niemals wirklich mit einem Fremden darüber gesprochen. Eigentlich hab ich niemals mit irgendjemandem darüber gesprochen. Es war immer allen klar, was geschehen war und wie ich fühlte, und keiner hat jemals Fragen gestellt oder wie ihr komische Geschichten drum herum erfunden. Hexen! Ihr seid mir welche!" Er kicherte flüchtig über diesen Gedanken. Doch weil Komik und Tragik Geschwister sind, brachte das Ruckeln des Kichern ähnlich einer geschüttelten Flasche abgestandenen Sprudels tief liegende, noch immer in ihm verborgene Blasen der Klage an die Oberfläche, wo sie als Schluchzen zerplatzten.

Seine Liebe musste noch immer gigantisch sein, dachte Jesper, den es ein wenig nervös machte, Zeuge des Gefühlsausbruchs zu sein. Jesper war hin und her gerissen, ob er es unmännlich finden sollte, dass Mårten offen weinte. Ein gewisser, anerzogener Teil von ihm spottete bereits über die Heulsuse, aber sein großes Gespür für Menschlichkeit ließ ihn wissen, dass dieser Gefühlsausdruck ganz natürlich und über jede Wertung erhaben war. Immerhin waren es gerade die Gefühle, die Menschen Leben verliehen. Trauer, wie jedes andere Gefühl, war nicht unmännlich, nicht weibisch, sondern menschlich.

"Sollen wir ein Stück gehen", fragte Jesper, um Mårten von der See wegzubringen, die wie ein großes Denkmal an seinen Geliebten erinnerte.

"Nein, wirklich, es geht schon!", beruhigte Mårten dieses Mal sich selbst. "Aber danke!"

"Wie lange ist das her, wenn ich fragen darf?"

"Fast genau acht Jahre", antwortete er und wischte sich mit dem Ärmel seines Strickpullovers durch sein Gesicht.

"Dann warst du ja ganz jung", sprang es aus Jespers Mund vor lauter Überraschung.

"Wir kannten uns natürlich schon unser ganzes Leben. Er war drei Jahre älter als ich und wir haben zusammen mit den anderen Kindern unseres Alters gespielt. Als er in die Pubertät kam, hat er sich immer öfter geprügelt – nicht mit mir, aber mit fast allen anderen Jungen. Ich hab Gewalt schon immer gehasst und mich von ihm fern gehalten. Er hat mir später erzählt, dass er so zornig war, weil er nicht verstand, warum er anders fühlte als die anderen. Darum wollte er umso männlicher und stärker als die anderen wirken, damit es niemandem auffiel.

Wegen seinem Verhalten hatten wir einige Jahre nur ganz wenig Kontakt miteinander, denn ich hatte schon ein wenig Angst vor seiner Gewalt, wenn ich ehrlich bin. Ich konnte ja nicht ahnen, dass ich der Grund dafür war. Ich hatte mir auch nie irgendwelche Gedanken darüber gemacht, ob ich Männer oder Frauen liebte. Dafür war ich wohl entweder zu jung oder zu naiv. Umso überraschter war ich, als wir unsere Liebe zueinander entdeckten."

Jesper fragte sich plötzlich, ob er die Geschichte wirklich weiterhören wollte, als Mårten eine Pause machte. Mårten sah die Vergangenheit ganz deutlich vor seinem inneren Auge und gab ein kurzes kehliges Geräusch von sich, dass ein Lachen oder ein Weinen oder beides zusammen sein konnte.

"Ich war damals fünfzehn", setzte Mårten seine Erzählung fort, "und saß auf dem untersten Ast der großen Eiche, von wo aus der Weg zu Sveas Häuschen führt. Ich erinnere mich noch genau, dass ich dort oben saß und ein Buch las. Es waren die Streiche von Michel aus Lönneberga und ich liebte sie, weil sie mich jedes Mal zu Lachen brachten.

Wie ich also dort oben saß, las und lachte, schlich sich Kjell heran, packte mich an den Fesseln und zog mich jäh vom Baum, so dass ich hart zu Boden fiel. Mir taten die Knie und die Hände weh, doch er stand über mir und lachte gemein. Das war das erste Mal, dass er etwas in der Form mit mir gemacht hatte. Ich war benommen und perplex, doch die Mischung aus meiner Überraschung und Schmerzen und seinem Lachen machten mich fuchsig, so dass ich das zerfledderte Buch aufhob und nach ihm warf. Er lachte nur umso lauter. Ich war damals noch richtig schmächtig, aber ich stand auf und boxte ihn vor die Brust, so fest ich nur konnte. Er keuchte und stieß mich. Ich stieß ihn zurück und dann rauften wir uns, bis Sveas Mutter vom Lärm aufgeschreckt den Weg herunter kam und er davonlief. Meine Mutter sah am Abend die blauen Flecke und wollte wissen, was passiert war. Ich sagte ihr, ich wäre vom Fahrrad gefallen." Mårten lachte.

"Einige Wochen vergingen, in der Kjell mir aus dem Weg ging. Dann eines Morgens lag ein Päckchen auf unserer Türschwelle, an mich adressiert. Ich öffnete es und fand darin ein neues Michel-Buch, das mir, so dachte ich mir sofort, Kjell als Wiedergutmachung hingelegt hatte.

Wieder einige Tage später lief ich durch die Wiesen hinterm Dorf, als Kjell auf mich zu kam und etwas hinter seinem Rücken hielt. Ich dachte, er hielt einen Knüppel, um mich richtig zu verdreschen. Deswegen lief ich, so schnell mich meine Beine trugen, vor ihm weg.

Zu Hause in Sicherheit fragte ich mich, was ich ihm getan hatte, dass er es auf einmal auf mich abgesehen hatte, und ich hatte Angst. Gleichzeitig dachte ich mir, dass ich zuerst zuschlagen musste, wenn ich nicht wollte, dass er mich windelweich schlug wie manch anderen, größeren Jungen.

In den nächsten Tagen verfolgte er mich mit einiger Entfernung, wenn ich durch die Wälder lief, kam aber nicht näher an mich heran. Ich fragte mich, was er im Schilde führte, also versteckte ich mich hinter einer Biegung, nahm ein Stück Holz und hielt es hinter meinem Rücken versteckt. Als er um die Ecke kam, sah ich, dass auch er wieder etwas verbarg. Ich sprang auf ihn zu und schlug ihn mit meinem Stock zu Boden. Er jaulte und sah mich böse an. Ich funkelte grimmig zurück, damit er nicht merkte, wie viel Angst ich wirklich hatte. Ich schrie ihn an, warum er mir folgte, was er von mir wollte und warum er mich nicht einfach in Ruhe ließ. Er sagte kleinlaut, dass er das auch nicht wisse, und stand auf. Doch statt eines Knüppels lagen nur vier, fünf verstreute Wiesenblumen auf dem Weg. Verwirrt starrte ich auf die Blumen und er sagte, dass er sie für mich gepflückt hätte, um sich zu entschuldigen. Ich sagte ihm einfältig, dass man doch nur Frauen Blumen schenkte, und er erklärte mir, dass man jedem, den man gern hat, Blumen mitbringen könnte.

Es mutet mir noch immer merkwürdig an, dass ich seine Aussage einfach hinnahm, ihm aufhalf und schweigend mit ihm weiter durch den Wald ging. Er fasste mich bei der Hand und seit jenem Tag waren wir unzertrennlich. Logischerweise wunderten sich alle über Kjells Sinneswandel und darüber, dass er unversehens wieder mit mir Umgang pflegte, und eigentlich wussten bald alle im Dorf, wo der Hase lang lief."

"Du sagtest vorhin, dass Herr Zwetsloots Kjell hinausgeworfen hat. Da muss er ja um die achtzehn gewesen sein. Wo ist er denn hingezogen?"

"Na, zu mir natürlich! Meine Eltern liebten ihn und behandelten ihn, als wäre er mein großer Bruder. Ich lernte schon von klein auf bei meinem Vater das Tischlern. Kjell war, wie ich schon sagte, ein Taugenichts, der sich langweilte, also überredeten meine Eltern und ich ihn, wenigstens das eine oder andere auszuprobieren, was er dann auch tat. Es war alles nichts für ihn und er hielt nie etwas lange durch, bis er schließlich bei den Fischern endete."

"Entschuldige, wenn ich das alles wieder aufwühle, aber Ingrid deutete an, dass du auch deine Eltern verloren hast."

"Jetzt willst du aber alles wissen, oder?" Mårten quälte sich zu einem leichten Grinsen und Jesper lächelte spitzbübisch.

"Nun ja, nicht umsonst arbeite ich für die Zeitung", entschuldigte er seine Neugier.

"Dann komm! Wir gehen jetzt ein Stück. Mir ist ein bisschen kühl und ich kann nicht mehr sitzen."

Sie erhoben sich beide und gingen die Strandpromenade entlang in die Richtung von Valters Haus.

"Du verlangst ganz schön viel von mir, dass ich dir das alles erzählen soll. Aber nun gut, ich hab schon zu viel erzählt, um jetzt aufzuhören.

Kjell lebte mittlerweile vier Jahre bei uns und meine Eltern waren fast genauso glücklich wie ich, dass ich einen so guten Freund hatte. Mit neunzehn machte ich meine Gesellenprüfung und um das zu feiern, wollten meine Eltern mich auf meinen ersten Urlaub außerhalb von Skandinavien schicken. Wir hatten nie genug Geld, um zu reisen, aber mein Vater hatte regelmäßig ein bisschen gespart. Davon wollten sie mir nun ein großzügiges Geschenk machen. Ich sagte ihnen, dass ich so jung sei, dass ich die große weite Welt bestimmt noch zu sehen bekäme und dass sie statt meiner verreisen sollten. Ich fand, dass sie es sich verdient hatten, und ich konnte es nicht erwarten, ganz alleine mit Kjell zu sein. Sie überlegten es sich sehr lange, ob sie so viel Geld ausgeben sollten, wo sie doch ihr ganzes Leben ohne große Reisen ausgekommen waren.

Am Ende entschlossen sie sich dafür, eine vierwöchige Reise zu machen, um sich die wichtigsten kulturellen Stätten und Zivilisationen am Mittelmeer anzuschauen. Beginnen sollte ihre Reise in Ägypten: Tal der Könige, die großen Pyramiden, die Sphinx, Kairo; mit dem Schiff nach Tel Aviv und weiter nach Jerusalem und Bethlehem. Für die zweite Woche ging es mit dem Flugzeug nach Athen für die Akropolis und ein wenig Badeurlaub. In der dritten Woche war Italien geplant: Flug nach Rom und mit dem Zug nach Florenz, Venedig, Mailand. Mit einem Abstecher über die Schweizer Alpen sollte es schließlich für ein paar Tage nach Paris und in die Normandie und Bretagne gehen.

Vollmondbraut

Es war bestimmt keine günstige Reise, aber es sollte die eine große Reise ihres Lebens werden, und deswegen ließen sie sie sich auch was kosten. Die Reise ging Ende August los, als die Hauptferienzeit zu Ende ging, und wir waren alle sehr aufgeregt – zugegeben, aus unterschiedlichen Gründen. Kjell und ich brachten sie mit dem Auto zum Flughafen nach Stockholm. Sie riefen aus Kairo, Jerusalem und Athen an. Sie klagten zwar über die Hitze und den vielen Staub, aber es gefiel ihnen sehr. Sie liebten die Pyramiden und das warme Mittelmeer auf Peloponnes. Rom erreichten sie nicht mehr und das Ionische Meer ist nun ihr Grab."

"Oh mein Gott, was ist passiert?" Jesper war schockiert. Alle Menschen, die Mårten nahe gestanden hatten, waren in der See ums Leben gekommen. Was für ein grausames Schicksal, dachte Jesper und konnte nun halbwegs erahnen, was für ein umso größerer Schlag es gewesen sein musste, als Kjell einige Jahre darauf ebenfalls umkam.

"Die amerikanische Linie, die meine Eltern eine Woche vorher von Tel Aviv nach Athen genommen hatte, flog von dort aus weiter über Rom nach New York. Als sie am achten September in Athen die kleine Boing bestiegen, schien alles in Ordnung zu sein, aber kurz nach dem Start explodierte eine Bombe an Bord und das Flugzeug stürzte ins Meer. Alle achtundachtzig Menschen an Bord starben und darunter meine Eltern, die nie einer Fliege etwas zuleide getan hatten. Wir hörten davon in den Nachrichten und wollten nicht glauben, dass es wahr war. Warum sollte es ausgerechnet meine Eltern getroffen haben? Wir hofften und beteten, dass sie das Flugzeug verpasst hatten, aber es kam kein Anruf von ihnen, um uns wissen zu lassen, dass sie wohlauf waren. Einige Tage später kam jedoch ein Anruf vom Außenministerium, der meine schlimmsten Befürchtungen bestätigte.

191

Ich machte mir schreckliche Vorwürfe, weil ich sie in den Urlaub geschickt hatte. Warum hatte ich ihr Geschenk nicht angenommen und war in die USA geflogen oder sonst wohin? Warum waren sie nur zu dieser Reise aufgebrochen und nicht lieber zu Hause geblieben? Aber wer konnte auch ahnen, dass ein Terrorist eine Bombe in dieses kleine, unbedeutende Flugzeug von Athen nach Rom schleusen würde? Wäre Kjell nicht bei mir gewesen, ich weiß nicht, was ich gemacht hätte. Und dann musste dieser Arsch zwei Jahre später in der Nacht vor unserer Hochzeit bei Sturm hinaus zum Fischen!"

Der junge Schreiner blieb stehen, drehte sich von Jesper weg, barg sein Gesicht in seinen von der Arbeit rauen Händen und weinte, überwältigt von den Erinnerungen an höchste Freude und tragischstes Leid. Jesper stand daneben und war sich unschlüssig, wie und ob er ihn trösten konnte, ob er ihn in den Arm nehmen sollte oder nicht.

Hexentanz

Es dauerte einige Zeit, bis sich Mårten wieder beruhigt hatte. Jesper legte zwischenzeitlich seine Hand auf seine Schulter, um zu zeigen, dass er nicht alleine war. Mårten schüttelte die Hand von sich ab und wollte lieber einen Augenblick allein gelassen werden mit seinem Schmerz. Deshalb stand Jesper nur an der Seite und wartete geduldig. Er konnte sehr gut mit Mårten mitfühlen. Es war der Lauf der Natur, dass Generation auf Generation folgte und Kinder ihre Eltern zu Grabe trugen. Nichtsdestotrotz hatte das Schicksal dem Tischler grässlich mitgespielt. Es war eine schrecklich schwere Last, die Mårten zu tragen hatte. Darüber hinaus fühlte sich Jesper miserabel, weil er im Grunde seines Herzens froh war, dass es jemand anderen getroffen hatte und ihm selbst solch ein Los erspart geblieben war. Mårtens Leid wünschte er niemanden. Es schien immer die Falschen zu treffen. Gleichzeitig bewunderte er Mårten für seine Stärke, dies alles zu tragen, weiterzumachen und sogar Freude in Bereichen wie seine Arbeit zu finden.

Mårten wischte sich die Augen und drehte sich schließlich auf dem Absatz seiner Schuhe zu Jesper zurück. Er sah erledigt und doch erleichtert aus.

"Weißt du, was mir gerade durch den Kopf gegangen ist?", fragte Mårten rhetorisch. Jesper schüttelte den Kopf. "Dieses dumme Hochzeitskleid hat dich doch überhaupt erst zu dieser lächerlichen kleinen Geschichte gebracht. Wäre es nicht viel glaubhafter, wenn du deinem Redakteur zu eurer Story Beweisfotos dazulegen könntest?"

Jesper kratzte sich am Kopf.

"Das wäre vermutlich gar nicht schlecht. Aber wie soll ich an so etwas herankommen. Und du hast mir noch gar nicht erklärt, was es mit dem Kleid eigentlich auf sich hat."

"Du musst dich schon entscheiden: Fotos oder Geschichte? Es ist schon spät und wir haben nicht für alles Zeit." Mårten lächelte doch tatsächlich wieder verschmitzt.

"Fotos wären prächtig, aber du hast doch nicht zufällig welche im Schuhkarton unter deinem Bett, oder? Und du hast auch nichts Dummes vor, oder etwa doch?"

"Wir werden dir Fotos machen, da kann dieser Ekeltyp in deiner Redaktion nichts anderes tun, als dir glauben. Zu irgendwas muss dieses Kleid doch taugen und wenn auch nur dafür, deinen Typ aufs Kreuz zu legen."

Jesper sah ihn leicht verwirrt an, weil er keine Vorstellung davon hatte, was für einen Plan Mårten ausheckte. Mårten glaubte jedoch, dass Jesper eine versteckte Doppeldeutigkeit in seinem letzten Satz verstanden hatte.

"Ähm, ich meinte das nicht… so…", stammelte Mårten entschuldigend.

"Ich weiß", nickte Jesper.

"Gut, dann hol also endlich deine Kamera und ich bereite den ganzen Spaß vor."

"Was hast du vor? Wir haben doch sicherlich schon ein Uhr durch."

"Lass dich überraschen. Wir treffen uns in einer Viertelstunde vor Valters Haus." Mårtens Augen leuchteten. Was immer er im Schilde führte, Jesper war froh, dass Mårten fürs erste wieder an lustige Dinge denken konnte.

Während Mårten zurück ins Dorf ging, schlenderte er zu Valters Haus hinüber. Er würde nicht lange brauchen. Einen Moment erwog Jesper, Valter zu wecken und mitzunehmen, aber als er das Haus erreichte und es dunkel und schlummernd vorfand, gedachte er Valters Rücken und seiner schlecht geschlafenen Nächte. Er ließ Valter lieber die Nacht durchschlafen. Folglich trat er kurz aus und holte dann seine Fotokamera aus dem Auto.

Er saß am Straßenrand und pfiff leise vor sich hin, während er wartete. Nach zehn weiteren Minuten sah Jesper einige Gestalten auf ihn zukommen, die sich im Dunkel der Nacht klar abzeichneten: ein halbes Dutzend lachende Gestalten in weißen, weiten Brautkleidern. Jesper stand auf und staunte nicht schlecht, zu was für Späßen die Leute in diesem Dorf zu dieser Zeit noch aufgelegt waren.

"Hallo Jesper", winkte Pia ihm von weitem zu. Wie er es sich bereits gedacht hatte, war sie trotz des weiten, fließenden Kleides wegen ihrer kleinen, knubbeligen Figur eindeutig zu identifizieren.

"Sie sehen fantastisch aus, meine Damen", freute sich Jesper und zwinkerte Mårten zu, als die sechs vor ihm standen und ihre Kleider im Mondlicht vorführten. Neben der großen, markanten Gestalt von Mårten und der rundlichen von Pia reihten sich Klara Fridén, Karls Frau Lina und jene Frau nebeneinander, die den Korb Beeren gepflückt hatte und ihm nun als Siri vorgestellt wurde. Außerdem war Ingrid herbeigeeilt, um Jesper einen Gefallen zu tun.

"Ich dachte, du wärst nicht verheiratet", wunderte sich Jesper.

"Bin ich auch nicht. Das ist das Kleid meiner Mutter, eines der wenigen Dinge, die ich aufgehoben habe in der Hoffnung, es irgendwann einmal selbst tragen zu können. Solch eine Aktion hatte ich dabei allerdings nicht im Sinn", kicherte sie.

"Und du bist eine ganz schön heiße Braut, Mårten!", komplimentierte Jesper im Scherz und Mårten lachte verlegen. Es war ansteckend, wie amüsiert die sechs waren, obwohl Mårten die fünf Frauen mit Bestimmtheit aus dem

Bett geholt hatte. Selbst Mårten war vergnügt, so als hätte das Gespräch vorher gar nicht stattgefunden.

"Ich bin auch froh, dass ich meins endlich mal wieder tragen kann", erklärte ihm Pia und drehte sich vergnügt im Kreis, dass sich ihr Kleid wie ein Schirm hob. "Huh, jetzt ist mir aber schwindelig. Also ich muss sagen, dass ich befürchtet hatte, es nie wieder zu tragen, und dabei gibt es mir so ein herrlich gutes Gefühl. Ich fühle mich so hübsch, so feminin, so begehrenswert damit. Es erinnert mich immer daran, dass es so viel Glück und Liebe und Freude im Leben gibt. Ihr müsst wissen, dass ich es manchmal, wenn ich mich schlecht fühle, aus dem Schrank heraushole, um mich an meine Hochzeit zu erinnern und daran, wie glücklich ich damals war. Man vergisst seine Freude leider immer viel zu schnell, obwohl sie so wichtig und schön ist. Wenn wir doch nur immer so glücklich sein könnten, wie in diesen seltenen Augenblicken!" Sie seufzte und die Runde mit ihr.

"Aber nun kommt, Mädels! Wir haben noch was zu erledigen", trieb Mårten die Frauen an und stampfte mit schweren Stiefeln unter dem filigranen Stoff voran. Es sah wunderlich aus. Auf dem kurzen Stück bis zur Wiese vor dem Dorf ließ sich Mårten zu Jesper zurückfallen.

"Was machen denn die Hexen bei Vollmond in deiner Fantasie, Jesper?"

"Ich weiß nicht so genau. Ich habe kein besonders bildliches Vorstellungsvermögen, um ehrlich zu sein. Ich bin eher der Wortmensch."

"Dann lass uns einfach mal machen", mischte sich Klara ein. "Wir sind ziemlich gut im Improvisieren. Nicht wahr, Hexenschwestern?"

"Magisch!", bestätigte die ältere Siri und wedelte pseudomystisch mit ihren Armen herum. Sie musste selbst lachen.

Auf der Wiese angekommen begannen die sechs Gestalten sofort mit ihrem Spuk. Sie tanzten verschleiert einen Hexenreigen nach dem anderen, hielten spiritistische Zirkel ab, riefen Waldgeister an, banden schwarzkünstlerische Blumenkränze und hatten einen Heidenspaß dabei.

Jesper beobachtete die lachenden Gestalten aus einiger Entfernung und hielt seine Kamera bereit, um ein gutes Foto nach dem anderen zu schießen. Er musste sich konzentrieren und darauf achten, dass man genug erkennen konnte, ohne dass es gestellt aussah, und dass man dennoch nicht genug erkennen konnte, um Personen oder den Ort zu identifizieren. Außerdem musste er sich zurückhalten, nicht einfach nur lustige Schnappschüsse zu machen, um den Spaß einzufangen, denn er hatte nur einen Vierundzwanzigerfilm eingelegt. Unterdessen die sechs Gestalten tanzten, frohlockten und Unfug trieben, bedauerte er zutiefst, dass er als unbeteiligter Betrachter von der Gaukelei ausgeschlossen war.

"Sieht das gut aus?", rief Mårten zu ihm herüber.

"Prima."

"Können wir nachher zum Abschluss ein Gruppenfoto machen? Ich hätte gern ein Andenken an diese Nacht."

"Ich hab eh nur noch zwei Bilder über", erklärte Jesper und ging hinüber zu den anderen.

"Dann stellt euch mal auf und kuckt böse!"

Die sechs Gestalten stellten sich zusammen, hoben ihre Schleier von ihren Gesichtern und grinsten in Jespers Kamera.

"Darf ich auch einen Abzug davon haben?", bat Siri.

"Ich auch", stimmte Klara zu.

"Aber zeigt das bloß nicht Karl! Der wird nicht besonders begeistert sein, wenn er das sieht."

"Das ist eine hervorragende Idee, Lina", stichelte Ingrid.

"Oh, das ist eine tolle Idee. Das will ich auch", klatschte Pia. "Vielleicht kann ich ja alle Abzüge haben und sie in meinem Bladet abdrucken."

"Untersteh dich!", ermahnte Mårten sie. "Das soll unser Geheimnis bleiben!"

"Vielleicht können wir das irgendwann einmal wiederholen", schlug Klara vor.

"Vielleicht können wir dann von nun an mit Mårten zusammen Kjells Todestag feiern. Dann könnten wir daraus ein kleines, geheimes Fest machen. Er hätte sich sicherlich darüber gefreut. Warum sonst hat er dir dieses lächerliche Kleid geschenkt?" Ingrid trug ihren Vorschlag zögerlich vor, denn sie wollte die Stimmung nicht durch die Erwähnung Kjells zerstören. Sie sah zu Mårten hinüber.

"Würdet ihr?", lautete seine scheue Gegenfrage und die Antwort war ein einstimmiges, leichtmütiges "Ja".

Die Frauen gingen aneinander gelehnt oder ineinander verhakt zurück zum Dorf. Jesper ging neben der ziemlich eigentümlichen Gestalt von Mårten her.

"Jetzt möchte ich aber endgültig wissen, was es mit dem Kleid auf sich hat", verlangte Jesper zu wissen.

"Das hat er dir nicht erzählt?", drehte sich Klara zu ihnen um. Die fünf Frauen blieben stehen und schauten ihn staunend an.

"Nein, hat er nicht."

Ingrid und Pia nahmen Jesper in ihre Mitte, hakten ihre Arme in seine ein und führten ihn weiter.

"Wir haben ja immer gewusst, was zwischen Mårten und Kjell lief und haben sie damit aufgezogen", weihte ihn Ingrid ein.

"Also, du musst wissen, dass wir immer gefragt haben, wer von den beiden der Mann und wer die Frau ist, weil das Kjell immer so herrlich auf die Palme gebracht hat. Und zur Hochzeit hat er sich dann gedacht, dass er die Rollen besser ein für alle Mal klarstellt. Also hat er Mårten das Kleid geschenkt", erläuterte Pia.

"Das war alles nur Scherz", verteidigte sich Mårten und die Frauen schmunzelten wissend.

Als sie zum Dorf hereinkamen, verabschiedeten sich Pia, Ingrid, Siri, Klara und Lina und wünschten Jesper eine gute Nacht. Mårten blieb noch einen Augenblick bei ihm stehen und er bedankte sich für die Fotosession.

"Ach was, ich muss dir danken! Du hast das Dorf ganz schön umgekrempelt in den paar Tagen deiner Anwesenheit. Weißt du was?", fragte Mårten erneut rhetorisch und knuffte Jesper in die Seite. "Ich mag dich!"

"Ich bin nicht…", druckste Jesper konsterniert.

"Ich weiß!", lachte Mårten.

"Ich mag dich auch", gestand Jesper und ging zum Haus hinauf.

Martin Wolkner

Rückkehr zur Tiden

Rücksicht auf den schlafenden Jesper nehmend gönnte sich Valter in aller Frühe ein kleines Frühstück in der Küche. Anschließend ging er in den Garten, um nachzusehen, ob er in der Ecke, in der er ein paar Tage zuvor gearbeitet hatte, nicht noch etwas retten konnte. Ein einziger Blick verriet ihm, dass kaum mehr Hoffnung mehr bestand. Zwar würden aus den kargen Stämmen wieder neue Blättchen sprießen, aber die Natürlichkeit war ein für alle Mal zerstört. Noch an diesem Nachmittag, wenn Jesper nach Stockholm unterwegs wäre, wollte er endlich in die Stadt fahren und dort einkaufen.

Valter nahm einen Spaten aus dem Schuppen zur Hand und grub die Wurzelballen der kahl gestutzten Pflanzen aus. Wo vor seiner Ankunft wild wachsende, gesunde Sträucher gestanden hatten, waren nun tiefe Krater in der Erde, die er später neu füllen würde.

Valter ließ seinen Blick hin und her schweifen und kam zu dem Entschluss, den einen Teil seines Gartens vollkommen neu anzulegen und seinen zweigeteilten Garten im Spannungsfeld zwischen künstlich-gepflegt und natürlich-verwildert zu halten. So würde er nur die halbe Arbeit haben, aber doppelte Freude daraus ziehen können, indem er nicht einen großen Kompromiss einging, sondern die beiden gegensätzlichen Pole nebeneinander stellte, um sie zu versöhnen. Er würde eine Zeit lang daran arbeiten und begutachten, ob es ihm gefiel. Er könnte später, wenn er sah, dass es nicht harmonierte, immer noch den gepflegten Teil sich selbst überlassen oder sich des wilden Teils annehmen und diesen nach seinem Willen umformen.

Valter holte eine Harke aus dem Schuppen und kehrte die Pflanzenteile zusammen, die nach seiner Säbelei einige

Tage zuvor noch immer verteilt lagen. Er schippte sie auf den Kompost, der in einem hinteren Winkel des Gartens eingezäunt war, und warf die Strauchgerippe obenauf. Er war gerade mit seiner Beschäftigung fertig geworden, da trat Jesper mit einer Tasse Kaffee auf die Veranda und begutachtete Valters Werk.

"Hübsch hast du es dir gemacht", witzelte er, als er die Löcher auf der einen Seite sah. Die eine Hälfte war ein ganz normaler, üppiger Garten, die andere glich einem Schlachtfeld nach dem ersten Weltkrieg. Valter kam zu ihm auf die Veranda.

"Und du? Hattest du einen schönen Abend mit Mårten?", stichelte Valter zurück und wischte sich den Schweiß von der Stirn. Jesper gefiel die Unterstellung in Valters Witz nicht und er beschloss, den größten Teil von Mårtens Geschichte für sich zu behalten.

"Er hat mir geholfen, Fotos für unseren Artikel zu machen", erwiderte er lediglich.

"Fotos? Was für Fotos?"

Jesper erzählte Valter in groben Begriffen von dem nächtlichen Fotoshooting mit Mårten und den Frauen. Valter hörte ihm mit anerkennendem Gesichtsausdruck zu.

"Das könnte wirklich das fehlende Puzzleteil für unsere Geschichte sein. Du wirst dir die Abzüge doch aber genau anschauen, bevor du sie Calle mit dem Artikel gibst, oder?"

"Ganz bestimmt. Ich werde auch jetzt gleich schon aufbrechen, damit ich die Abzüge noch selbst im Labor machen kann."

Sie gingen ins Haus. Jesper packte seine Tasche wieder zusammen, steckte Artikel und Kamera ein und ließ sich von Valter zum Wagen begleiten. Als Jesper im Auto saß und losfahren wollte, gab Valter ihm letzte Anweisungen, wie er sich Calle gegenüber verhalten sollte. Jesper nickte es stumm ab. Er hatte seine eigenen Vorstellungen, immerhin hielt er seinen beruflichen Kopf in die Schlinge.

Valter blieb an der Straße stehen, bis Jespers Wagen im Wald verschwand, und ging zurück ins Haus. Jesper drehte sein Radio auf und gab auf der Landstraße, die später zu einer Autobahn wurde, Gas. Er konnte es nicht erwarten, zurück in die Stadt zu kommen. Weil es Dienstagmittag war, hielt sich der Verkehr in Grenzen und die paar Sonntagsfahrer, die seinen Weg kreuzten, konnten ihn nicht aufhalten. Vor allem wurde der Verkehr auf der Autobahn ab Uppsala dichter, bis er Stockholm erreichte. Er fuhr in die Innenstadt hinein auf die Insel Kungsholmen, kurvte durch die Straßen und fand schließlich einen Parkplatz in der Nähe vom Kronobergsparken in der Mitte der Insel. Er ging zu Fuß vorbei am Landstingshuset, dem Stadtteilrathaus, zum Norr Mälarstrand am südlichen Rand der Insel, wo sich die Redaktion befand.

Den Fotofilm und den Artikel in der Tasche betrat er das Gebäude und zeigte am Eingang seinen Hausausweis vor. Die Redaktion brummte wie ein schwirrender Bienenstock und Leute gingen ein und aus. Es war nervtötend und doch auch aufregend, hier zu arbeiten.

Zu seinem Glück hatte Jesper in der Uni einen praktischen Kurs zur Fotografie belegt, so dass er imstande war, seinen Film selbst zu entwickeln. Dies war jetzt von Vorteil, weil die Fotos nicht durch die Hände eines anderen gingen. Er stieg hinauf in den ersten Stock, wo sich das Fotolabor befand. Er betrat den düsteren Zwischenraum, wo er seine Jacke an die Seite legte. Den Artikel behielt er selbstverständlich bei sich. Nichts durfte heute dem Zufall oder Unbeteiligten überlassen werden. Er betrat den rot beleuchteten Entwicklungsraum mit seinen Chemikalien, Bädern und Geräten, wo ein Fachkollege damit beschäftigt war, größere Mengen Fotofilm zu entwickeln. Sie grüßten sich und tanzten danach wortlos umeinander herum, während sie ihre Arbeit verrichteten.

Jesper nahm den empfindlichen Film aus der Hülle, zerteilte ihn achtsam, zog ihn durch die Entwicklungs- und Fixierbäder und hängte die Streifen zum Trocknen auf. Es gab zwar auch einen großen Raum mit modernen Maschinen, die die Arbeit übernahmen, aber es gab einige Kollegen, die es bevorzugten, Filme von Hand zu entwickeln. Und dann gab es wieder andere wie Jesper, die sich nicht in der Hauptproduktionszeit dazwischen drängeln wollten. Die alte Handarbeit hatte etwas Beruhigendes und Belohnendes an sich, wenn man in dem schummrigen Licht die Auslese seiner Aufnahmen traf.

Jesper hielt die ersten fertigen Negativstreifen hoch. Gegen das Licht auf sie schauend versuchte er eine erste Auswahl zu treffen, aber es war nicht allzu deutlich zu erkennen, ob die Bilder etwas taugten. Deswegen zog er zwischenzeitlich von den ersten vier Negativen Bilder auf Fotopapier ab, um sie trocknen zu lassen, und in der Tat zeigten sich auf den Abzügen, dass die Fotos ziemlich gut waren, wenn man bedachte, dass sie nur bei Mondlicht aufgenommen worden waren.

Nachdem Jesper sämtliche Fotos fertig entwickelt und abgezogen hatte, tütete er die Negative getrennt von den Abzügen ein und verließ das Fotolabor. Er nahm seine Jacke und ging in den Flur zu einem Fenster, um eine Auswahl der Bilder zu treffen, die er Kalle Fredriksson zu geben gedachte. Mit der Erinnerung an den Spaß, den seine sechs Modelle in der Nacht zuvor gehabt hatten, war es gar nicht so einfach für ihn, objektiv zu sein. Er sortierte immer wieder ungeeignet erscheinende Bilder aus, so dass der Packen schrumpfte, bis nur noch drei Fotos übrig blieben.

Das waren eben jene, die am rätselhaftesten und zauberischsten wirkten.

Es war unterdessen bereits halb fünf und der Redaktionsschluss für die Frühausgabe rückte immer näher. Deshalb sputete Jesper sich, zum Büro des Chefredakteurs zu kommen. Er ging die Treppe hinauf in den sechsten Stock. Unterwegs traf er Lova, eine junge Redakteurin für die Gesellschaftsseiten. Sie war noch mehr in Eile als Jesper und sie grüßten sich nur flüchtig, obwohl sie sonst recht freundlichen Umgang pflegten. Im Großraumbüro grüßte er ein paar Menschen, doch die meisten schauten nicht einmal auf, als er vorbeiging.

Der Schreibtisch der neuen Sekretärin des Chefredakteurs war ausgewechselt und der Bereich verändert worden. Jesper vermochte sich daraufhin gar nicht auszumalen, was Herr Fredriksson erst mit dem alten Büro von Valter angestellt hatte, in dem Jesper einmal zuvor gewesen war und das ihn mit seinem urigen, alten Charme verzaubert hatte. Die Einrichtung war bis auf ein paar Gebrauchsgegenstände so alt, dass er davon überzeugt war, dass Valter, als er Chef wurde, überhaupt nichts geändert hatte.

Vor Fredrikssons Büro saß eine junge Frau, kaum so alt wie Jesper, mit langen blonden Haaren, einer Stupsnase und einer schlanken, doch drallen Figur. Jesper konnte sich gut vorstellen, nach welchen Qualifikationen sie eingestellt worden war.

"Entschuldigung, ich möchte zu Herrn Fredriksson", sprach er sie an, die in einem Stapel Papieren blätterte. Sie sah zu ihm hoch und gab den Anschein, bei wichtiger Arbeit gestört worden zu sein.

"Hast du einen Termin oder so?"

"Nein, habe ich nicht", erwiderte Jesper unwirsch, "aber es geht um die Frühausgabe und da ist es recht unüblich, einen Termin auszumachen."

"Äh ja, aber Herr Fredriksson ist gerade in einem wichtigen Telefonat und möchte nicht gestört werden. Du müsstest also so lange warten oder so."

"Wie lange wird es ungefähr dauern?", wollte Jesper wissen.

"Woher soll ich denn das wissen?", entgegnete sie schnippisch und wendete sich wieder ihren Unterlagen zu. Jesper blieb so lange vor ihr stehen, bis sie wieder aufblickte.

"Ja? Was kann ich sonst noch für dich tun?"

"Kannst du Herrn Fredriksson wissen lassen, dass ich hier warte?"

"Ich werde sehen, was ich machen kann", sagte sie unfreundlich und ging ihre Papiere weiter durch.

Gegenüber vom Schreibtisch der Sekretärin stand ein neues Sofa, dass es zu Valters Zeiten nicht gegeben hatte. Ganz offensichtlich rechnete Calle damit, dass Leute, die ihn sprechen wollten, warten mussten. Vielleicht war das eine Taktik von ihm, um sich wichtig vorzukommen, oder eine sehr bewusste Demonstration seiner Macht. Wem gegenüber hatte er es nötig, seine Macht zu demonstrieren: seinen Untergebenen oder sich selbst?

Jesper setzte sich auf das Möbel, während er wartete, und versuchte, seinen Unmut zu bändigen, damit er Herrn Fredriksson gelassen entgegentreten konnte. Obwohl er versuchte, diese Gedanken aus seinem Kopf zu vertreiben, ging er mehrfach das bevorstehende Gespräch mit dem Chefredakteur in verschiedenen Abwandlungen durch. Doch jedes Mal scheiterte er letzten Endes an dessen Arroganz.

Er versuchte sich auch dadurch abzulenken, dass er die junge Sekretärin bei ihrer Arbeit studierte. Sie blätterte durch ihre Akten, man vor, mal zurück, überflog einige Zeilen, machte sich kurze Notizen, doch ihre Auge waren blank und zeigten kein Verständnis. Es sah eindeutig so aus, als kehrte sie wieder und wieder zu den gleichen Textstellen zurück. Im Ganzen wirkte sie zwanghaft aktiv und sprunghaft. Ein Mal blieb ihre Hand, die den Kugelschreiber hielt, über dem Notizzettel schweben, senkte sich erneut ab und begann irgendwelche Muster zu malen. Ihr Blick schweifte von den Ordnern zu ihrer Hand und sie selbst war äußerst erstaunt darüber, was ihre Hand tat. Ein anderes Mal legte sie die Akten nieder, griff in ihre Handtasche, die sie hinter ihrem Schreibtisch abgestellt hatte, klappte einen Handspiegel auf und zog ihren Lippenstift nach – bis sie erschreckt zusammenfuhr und ihren Make-up-Kram schleunigst zur Seite legte, als ihr auffiel, dass er noch immer wartete und sie sehen konnte.

Nach zwanzig Minuten steckte Herr Fredriksson seinen Kopf zur Tür heraus und gab seiner Sekretärin Anweisungen. Er hatte die Tür beinahe schon wieder geschlossen, als er sie wieder öffnete und Jesper auf dem Sofa musterte.

"Was machst du denn hier?", fragte er überrascht und kam einen Schritt weit aus seinem Büro heraus. Jesper erhob sich.

"Ich wollte mit dir sprechen wegen dem Artikel."

"Artikel?", überlegte Herr Fredriksson kurz. "Ah, der Artikel! Fräulein Brännström, warum hast du mir denn nicht Bescheid gesagt?"

"Aber du hast mir doch gesagt, ich sollte dich während des Telefonats mit deiner Mutter nicht stören", verteidigte sie sich.

"Aber das gilt doch nicht für so wichtige Sachen wie Redaktionsbelange. Die Ausgabe muss fertig werden und einige Dinge, wie die Angelegenheit von Herrn Elfstrand, müssen sofort geklärt werden", wies er sie mit nörgeligem Ton zurecht. Sie setzte ein schmollendes Gesicht auf, welches Calle überging. Gleichzeitig setzte er ein entschuldigendes, falsches Lächeln auf, als er Jesper zu sich ins Büro bat.

"Du warst also oben bei Herrn Harbinger und hast etwas herausfinden können, sonst wärst du ja wohl nicht bei mir", schlussfolgerte Herr Fredriksson, als er Jesper einen Platz vor dem breiten Schreibtisch angeboten und sich selbst in den luxuriösen Chefsessel dahinter gesetzt hatte. Er hatte nichts in dem Büro geändert, bemerkte Jesper erfreut. Noch nicht.

"Was hast du denn herausgefunden?"

Statt vieler Worte zog Jesper den Artikel und die Fotos hervor und beugte sich weit nach vorn über den Schreibtisch, um sie Herr Fredriksson zu überreichen. Dieser nahm sie entgegen, ohne seine Überraschung verbergen zu können, denn er hatte nicht damit gerechnet, dass die Nachforschungen zu irgendeinem Ergebnis kämen. Die Geschichte war eigentlich zu lächerlich.

Calle Fredriksson nahm als erstes die drei Fotos zur Hand und betrachtete sie eingehend. Dieses Mal blieb sein Gesicht unbewegt, doch Jesper nahm an, dass dies nur sein Pokergesicht war und er begonnen hatte, sein kleines Spiel zu spielen. Er legte die Fotos zur Seite und begann den Artikel zu überfliegen. Gleich zu Anfang stieß er sich augenfällig an der reißerischen Überschrift, sagte aber nichts, sondern brummte nur ein paar Mal vor sich hin.

"Das ist deine Geschichte?" Wollte Herr Fredriksson von ihm wissen. Er schien ungehalten zu sein. Jesper nickte bestätigend und ernst.

"Und Harbinger kennt die Story auch?"

"Er hatte doch mit dir gesprochen und dir gesagt, worum es ging", rechtfertigte Jesper und flunkerte weiter: "Wir haben zusammen recherchiert und zufällig bin ich dahinter gekommen, was in dem Dorf wirklich abgeht. Herr Harbinger ist mit mir ein paar strittige Punkte durchgegangen, um den Artikel wasserdicht zu machen, und heute Morgen habe ich in aller Eile den Artikel dann geschrieben."

"Die Geschichte ist der totale Schrott!", lautete Calles vernichtende Kritik. "Das kann ich doch niemals veröffentlichen, ohne die Tiden dem nationalen und internationalen Spott auszuliefern. Die Tiden ist eine seriöse Zeitung und das hier halte ich von Ihrer Story!"

Mit diesen Worten nahm er den Artikel, zerknüllte ihn, hob theatralisch den Mülleimer über die Schreibtischkante und warf das Papierknäuel hinein.

"Und nun mach, dass du hinauskommst! Du hast genug von meiner kostbaren Zeit vergeudet! Und komm am besten niemals wieder!", brüllte Herr Fredriksson.

Jesper stand enttäuscht, entrüstet und entgeistert auf, verließ das Büro, ohne Herrn Fredriksson, seiner stumpfsinnigen Sekretärin oder irgendeinem anderen Kollegen in die Augen zu sehen. Er fuhr nach Norden zu seiner Wohnung im Stadtteil Vasastaden, zog den Telefonstecker heraus und schloss sich in seine Wohnung ein.

An der Uni

Jesper erwachte am Mittwochmorgen sehr früh durch seinen Wecker. Er hatte sich den ganzen Abend lang den Kopf darüber zerbrochen, was er nun machen sollte. Hatte Herr Fredriksson ihn wirklich für immer hinausgeworfen, so dass er nun die respektable Stelle bei der Tiden los war? Musste er sich bei einer anderen Zeitung eine neue Stelle suchen und würde Calle ihn bei den Konkurrenzzeitungen schlecht machen? Würde man ihm denn bei seinem miesen Ruf überhaupt Glauben schenken oder Jesper vielleicht doch eine Chance geben? Er müsste auf jeden Fall noch einmal im Laufe des Tages mit Marie reden. Möglicherweise konnte sie die Sache wieder geradebiegen.

Unausgeschlafen und verstimmt machte Jesper seine Morgentoilette und fuhr ohne einen Biss zum Frühstück mit seinem Auto zur Journalisthögskolan, das im Gebäude der Zeitung Svenska Dagbladet untergebracht war, obwohl die Hochschule seit sieben Jahren in die Stockholm Universitet eingegliedert war. Sein erster Kurs begann um acht Uhr dreißig, was für Studenten wie ihn eine unmenschliche Zeit war. Gähnend fuhr er durch den Arbeitsverkehr in den westlichen Teil der Stadt, suchte sich im Stadtteil Marieberg auf der Insel Kungsholmen einen Parkplatz so nah am Institut, wie er konnte, und eilte die Gjörwellsgatan hinunter zur Hausnummer 28, dem vierzehnstöckigen, zwanzig Jahre alten Hochhaus des Dagbladet.

Er betrat das Gebäude mit einigen Minuten Verspätung. Ein paar wenige Studenten eilten wie er zu den Übungs- und Seminarräumen im zweiten und dritten Stock, aber zu der Zeit herrschte nicht sehr viel Betrieb am Institut. Die Tür zu dem Raum, in dem sein Seminar stattfand, stand noch offen. Er ärgerte sich ein bisschen, weil er sich unnötig gehetzt hatte, und gleichzeitig war er froh, dass sich sein Dozent noch mehr verspätete als er. Denn dadurch fiel Jesper nicht negativ auf. Er betrat den Raum und sah sich um. In den hinteren Reihen erhoben sich blitzschnell zwei Arme und winkten ihm zu, als Sandrine und Birger ihn bemerkten. Sie hatten ihm wieder einmal einen Platz freigehalten. Das taten sie ständig und gerne für ihn, weil er des Häufigeren zu spät kam. Trotz seiner schlechten Laune freute er sich auf seine beiden Freunde.

Birger hatte er mit Beginn des Studiums vor einem Jahr kennen gelernt und war sofort einer seiner besten Freunde geworden. Es traf sich gut, dass sie lediglich zwei Straßen voneinander entfernt wohnten. Sandrine war eine französische Austauschstudentin, die vor einem Jahr nach Stockholm gekommen war, um hier Journalistik zu studieren, nachdem sie am Département d'Études Nordiques der Pariser Sorbonne nordgermanische Sprachen studiert hatte. Birger und Jesper hatten sich nach einem halben Jahr des gemeinsamen Studiums mit ihr angefreundet und konnten es gar nicht glauben, dass sich jemand außerhalb Skandinaviens für ihre unbedeutende Sprache interessierte, ja sogar seine warme Heimat verließ, um zu ihnen in den Norden zu kommen. Aber sie waren glücklich um diesen Umstand, denn Sandrine hatte diesen französischen Charme und die langen, vollen, rot-braunen Locken zu ihnen gebracht, mit denen sie alle hier bezirzte. Auch Jesper hatte sie eine Zeit lang verlockt, aber nach einer dreimonatigen Affäre hatte er mehr als genug hinter dem Vorhang ihres Charmes gesehen, um dem Einfluss ihres Zaubers zu widerstehen und sich einzugestehen, dass sie nur als Freunde, nicht als Liebende miteinander harmonierten. Sandrine war ein wenig flatterhaft, aber als Freundin war sie wirklich gut.

Die drei Freunde begrüßten sich herzlich, wenn Jesper auch seinen Verdruss nicht vor seinen Freunden verbergen konnte. Birger fragte ihn, warum er die letzten Vorlesungen verpasst hatte. Sie hätten arge Mühe gehabt, ihn in die Kurslisten einzutragen und seine Unterschrift zu fälschen. Birger grinste, als er das sagte. Er mochte es zu betuppen, aber gerade nur so viel, dass es nicht auffiel und sich in einem unbedeutenden Rahmen hielt. Seine Uniarbeiten hingegen hatte er sämtlich selbst ohne fremde Hilfe geschrieben, weil diese von Bedeutung waren.

Jesper war ihnen aufs Äußerste dankbar, doch alles, was er ihnen zu diesem Zeitpunkt erzählen wollte, war, dass er sich um seinen Großvater hatte kümmern müssen. Er würde ihnen in ein paar Tagen die Wahrheit sagen, wenn sich die Wogen wieder geglättet hatten.

Birger und Sandrine erzählten von den verpassten Kursen, bei denen er in Wirklichkeit gar nicht viel verpasst hatte, weil nur organisatorische Belange besprochen worden waren. Schnell wechselte das Thema zu ihren Wochenenderlebnissen. Birgers wichtigste Neuigkeit war, dass er sich eine Karte für die bald beginnende neue Eishockeysaison gekauft hatte, um das erste Spiel seines Lieblingsvereins AIK zu sehen, der in der Vorsaison Landesmeister geworden war. Wie konnte er auch ahnen, dass es ihr letzter Meistertitel sein sollte und sie bald aus der Elitserie, der höchsten Liga, absteigen würden? Sandrine hatte einen neuen Kerl kennen gelernt, für den sie Feuer und Flamme war. Jesper fragte sich, wie lange es dieses Mal anhalten würde.

Åsa, ihr Dozent, kam zwanzig Minuten verspätet. Er betrat den Raum und schloss die Tür hinter sich. Die Gespräche wurden deutlich leiser, was Birgers, Sandrines und Jespers Aufmerksamkeit nach vorne zum Pult lenkte. Der Dozent grüßte die Kursteilnehmer, entschuldigte sich für seine Verspätung und begann mit dem doppelstündigen Unterricht. Jesper versuchte es zu unterdrücken, aber mehrmals in der verbleibenden Stunde gähnte er weit und auch die vorgehaltenen Hände konnten nicht verhindern, dass Åsa dies bemerkte. Aber Åsa war ein kumpelhafter, jung gebliebener Typ, der es wohlwollend zur Kenntnis nahm. Vermutlich erinnerte er sich noch gut an seine eigene Studentenzeit, zumindest konnte er selbst gut nachvollziehen, dass den Studenten so frühe Kurse nicht passten, war es ihm doch selbst ein Dorn im Auge. Aber was sollte er machen, nun da er als Dozent Geld dafür bekam? Am Ende der Kurszeit, als er den Unterrichtsstoff des Tages sehr knapp abgehandelt hatte, brachte Åsa das Gespräch auf den Grund seiner Verspätung.

"Ich möchte noch kurz darauf zu sprechen kommen, was mich heute Morgen aufgehalten hat. Wer von euch hat heute schon in die Zeitung gekuckt?"

Viele Hände gingen hoch. Zeitung war der Hauptgegenstand ihrer Studien und viele besaßen ein Zeitungsabo. Einige nahmen sich Zeit zum Zeitunglesen bei einem kleinen Frühstück oder in Bus und Bahn auf dem Weg zum Institut. Wieder andere hatten morgens andere Sorgen und genug damit zu kämpfen, aufzustehen und wach zu werden. Der Morgen reduzierte für Jesper und seine Freunde vieles auf das Wesentliche und sie hatten keine Ahnung, worauf Åsa hinaus wollte.

"Wer von euch hat denn eine Zeitung dabei und wollte sie später lesen?"

Schlagartig wurden die Anwesenden munter und kramten Zeitungsexemplare aus ihren Taschen. Einige brachten gleich zwei oder drei verschiedene Zeitungen zum Vorschein. Jesper gähnte wieder. Was sollte das? Wollte Åsa sie testen, wie ernst sie den Journalismus nahmen? Wollte er etwas an ihnen demonstrieren? Hatten sie das wirklich nötig, da immerhin das zweite Studienjahr längst begonnen hatte?

"Es gab vorhin eine hitzige Diskussion zwischen mehreren Kollegen und mir, was die heutigen Meldungen angeht. Wohin steuern die Medien? Was haben wir in den nächsten Tagen zu erwarten?"

"Was meinst du?", fragte eine Studentin.

"Meinst du das Massaker in Sydney, was kaum Erwähnung findet?", fragte ein anderer.

"Oder dass Wham! nicht mehr auf Platz eins ist?", witzelte Birger und Sandrine kicherte.

"Ihr Schweden 'abt eine furschtbare Geschmack", stellte Sandrine mit ihrem starken Akzent fest.

"Ihr Franzosen seid auch nicht besser. Außerdem ist Wham! doch überall auf Platz eins."

"Wham!? Non non, nischt in Frankreisch. Niemals!", entrüstete sie sich.

"Ich rede nicht von Wham!", erklärte Åsa mit wichtiger Miene, als er Birgers und Sandrines Spaß überhört hatte, "sondern von diesem furchtbaren Artikel in der Tiden auf Seite drei. Euch mag das vielleicht nebensächlich vorkommen, was die da behaupten, aber es steht stellvertretend für das, was der moderne Journalismus für ein Gebaren an den Tag legt, und für das, was wir zukünftig erwarten können. Das ist zumindest meine Sicht der Dinge und ich hoffe, dass wir euch etwas Besseres lehren als das, was der neue Chefredakteur mit der Tiden macht. Er lässt das wohl wichtigste Blatt der Nation zu einem Käseblättchen verkommen, nur um sich selbst zu profilieren. Hier geht es nicht mehr um eine Ethik von Wahrheit und Aufklärung. Wo kommen wir hin, wenn jede Zeitung das Gebaren eines Boulevardblatts annimmt? In was für eine Spirale der Sensation begeben wir uns damit? Wo endet das?"

"Meinst du den Satansartikel?", fragte jemand, der in der ersten Reihe saß. Jesper zuckte zusammen und spitzte seine Ohren. Konnte es sein, dass Herr Fredriksson ihren Artikel dennoch gedruckt hatte?

"Genau den meine ich. Herr Fredriksson ist uns noch gut bekannt durch den Umweltskandal vor einem Jahr, der ihm wohl kürzlich den Chefposten eingebracht hat. Zu Recht hätten wir vorher gesagt. Doch jetzt, da er das Sagen hat, wird die ganze Zeitung eine einzige Propagandaplattform für ihn. Zuerst das Selbstlob letzte Woche zu seiner Beförderung und nun diese lächerliche Behauptung, die vermutlich jedwedes realistisches Fundament entbehrt. Ich sehe das in einem globalen Zusammenhang. Was passiert gerade im Rest der Welt? Berlusconi untergräbt mit seinen Fernsehsendern das staatliche Monopol und wird, sollte er nicht bei dem erwarteten Urteil diesen Monat dazu gezwungen sein, die landesweite Gleichschaltung seiner Sender zu unterlassen, seinen Einfluss zu seinem eigenen Nutzen ausbauen. Ein so großer Einfluss in der Hand eines einzigen wird unweigerlich dazu führen, dass er die Meinungsbildung eines ganzen Landes übernimmt. Einen ähnlichen Fall haben wir ja bereits mit Murdock, der schon in den frühen Siebzigern seine Vormachtstellung in der australischen Presselandschaft ausnutzte, um einem Prime-Minister-Kandidaten zum Sieg zu verhelfen. In den letzten Jahren kaufte sich Murdock nun auch nach und nach im australischen Mutterland England ein. Wer weiß, was als nächstes Folgen wird! Vermutlich auch das Fernsehen. Diese privaten Monopole bergen die Gefahr der Meinungsmache zu privatem Nutzen. Diese Möglichkeit besteht seit jeher in der Berichterstattung, wurde aber durch die Medienvielfalt im Schach gehalten. Die Privatmonopole bergen die Gefahr, dass Medienmogule nicht über Geschehnisse berichten, sondern diese global lenken, und zur wichtigsten Politikschmiede nach den Banken werden. Davon sind wir hier in Schweden noch weit entfernt, zum Glück. Außerdem fehlt uns der global-politische Einfluss, um uns als Ziel solcher Machtkonzentration wirklich interessant zu machen. Dennoch sehe ich hier eine ähnliche Tendenz, die mit Herrn Fredriksson einen Präzedenzfall setzen wird: der Aufstieg oder Fall privater Medieninteressen."

"Was glaubst du denn, was hinter diesem Artikel steckt und was Fredriksson damit bezwecken will?", fragte wieder der Student aus der ersten Reihe.

"Ich nehme ganz stark an, dass es stichhaltige Beweise gibt, die seinen Artikel untermauern. Zumindest hoffe ich das ganz stark, denn alles andere wäre kalkulierter Selbstmord für den Autor."

Während Åsa dies sagte, zuckten Jespers Mundwinkel nervös. Nach der bisherigen Diskussion zu urteilen, war der Artikel erschienen, aber unter Herrn Fredrikssons Namen. Allerdings schürte Åsas letzter Satz Jespers Angst, dass der Chefredakteur ihren Bluff durch die Veröffentlichung auffliegen ließ, indem er Valter und Jesper als Autoren nannte. Aber hätte Åsa dann nicht Jesper schon direkt angesprochen? Es schnürte ihm die Kehle zu. Zwar würde Calle als Chefredakteur eine Mitverantwortung tragen müssen, die er jedoch großteils durch Unwissenheit der Falschheit der Informationen von sich weisen könnte.

"Was erwartest du denn, was in den nächsten Tagen passiert?", fragte eine Studentin, die vor Jesper saß. Er konnte seinen Impuls, aufzustehen und wegzulaufen, gerade eben kontrollieren.

Martin Wolkner

"Was glaubt ihr denn, was jetzt passieren wird?", gab Åsa die Frage an den Kurs weiter.

"Andere Zeitungen und das Fernsehen werden sich auf die Geschichte stürzen, um Fredriksson als Lügner zu entlarven", war die schnelle Einschätzung von Birger, der damit nun ernsthaft in die Diskussion einstieg. "Aber so oder so hat die Tiden gewonnen, weil sie im Gespräch ist und die Auflage steil nach oben gehen wird."

"Das stimmt zwar, Birger, aber du darfst nicht außer Acht lassen, dass der Ruf der Tiden auf dem Spiel steht. Kurzfristig magst du sicherlich Recht haben. Aber wie sieht es danach aus? Wird die Glaubwürdigkeit einer der wichtigsten Zeitungen des Landes darunter leiden? Wird sie ihren Rang verlieren? Welche und wie viele Köpfe werden eventuell rollen?"

"Åsa, ich hab den Artikel noch nicht gelesen. Könnte mich mal jemand aufklären, wer genau was geschrieben hat?" Jesper sprach mit nervös-brüchiger Stimme und sein Gesicht war käseweiß.

"Herr Fredriksson höchstpersönlich hat eine Story über Hexen und Satanskulte in den nördlichen Dörfern geschrieben. Er behauptet, dass unter der sittlichen Oberfläche auf dem Land ein neuer Okkultismus aufblühen und überhand nehmen wird, der am Ende die christlichen Grundwerte untergräbt. Irgendwoher hat er sogar ein verschwommenes Bildchen, was überhaupt nichts aussagt", klärte der Student in der Reihe mit gerümpfter Nase auf und Jesper fiel der riesige Stein vom Herzen. Calle war letzten Endes in seiner Gier wirklich auf Valters und seinen Köder hereingefallen und würde nun bluten. Jesper seufzte erleichtert auf. All seine Sorgen der letzten Nacht waren zwar für die Katz gewesen, weil nun doch alles wie geplant seinen Lauf nahm, aber besser so, als dass seine schlimmsten Befürchtungen wahr geworden waren.

"Was aber, wenn Herr Fredriksson Recht hat?", warf ein verängstigter Student ein.

"Dann müssten wir ihm dafür danken, dass er es uns aufgezeigt hat und Gegenmaßnahmen ergriffen werden können", antwortete der junge Mann aus der ersten Reihe sarkastisch und fragte dann in die Runde: "Aber wer von euch glaubt denn, dass an den Behauptungen auch nur ein Bruchteil wahr ist?"

"Warum sollte Fredriksson seine neue Chefposition so leichtfertig in Gefahr bringen? Er würde doch niemals so leichtfertig ungesicherte Artikel veröffentlichen. Wie Åsa schon sagte, wäre das beruflicher Selbstmord. So dumm kann doch niemand sein, der so weit oben steht", stand eine ehrgeizige Studentin, die Birger, Sandrine und Jesper nicht ausstehen konnten, für Herrn Fredriksson ein.

"Und wenn ihn der Ehrgeiz übermannt hat? Hochmut kommt bekanntlich vor dem Fall", meinte Birger.

"Was, wenn jemand Herrn Fredriksson eine Falle gestellt hat, um ihn zu stürzen?"

"Wie kommst du auf die Idee, Jesper?", interessierte sich Åsa für Jespers Idee.

"Ach", erklärte Jesper lässig, "wenn jemand so schnell wie Herr Fredriksson aufsteigt, dann bleiben Neider wohl nicht aus. Außerdem wundern sich sicherlich viele, wie er überhaupt so schnell aufsteigen konnte."

"Was möchtest du damit andeuten? Wie wir wissen, arbeitest du ja selbst bei der Tiden. Was hast du dort aufgeschnappt? Und stellst du Fredrikssons Kompetenz wirklich in Frage nach dem Coup der Verstrickung des Bürgermeisters in den Umweltskandal? Was weißt du, was wir noch nicht wissen? Klär uns auf!"

Åsa trat näher an die Tischreihen des Kurses heran und stützte sich auf die vordersten Tische ab. Auch die anderen Kursteilnehmer sahen sich nun alle zu Jesper um, was ihm Unbehagen bereitete. Aber er hatte seinen Mund nun einmal aufgemacht und sollte nun dazu stehen, überlegte er sich. Jetzt, da sich alles nach Plan entwickelte, konnte er ja wohl die Wahrheit sagen. Zu verlieren gab es nun nichts mehr. Und hatte er sich nicht gerade deswegen eingesetzt und diese Intrige mitgeplant, um endlich die Anerkennung für seine Arbeit zu empfangen, die ihm zustand?

"In Ordnung. Wenn du es unbedingt wissen möchtest", legte Jesper mit einem mulmigen Gefühl im Bauch dar, "ich war es, der den Umweltskandal aufgedeckt hat. Herr Fredriksson hat mir die Story geklaut, und deswegen habe ich ihm diese Geschichte vorgelegt, damit er sich in seinen Lügen verfängt und ihm Gerechtigkeit widerfährt."

Der ganze Kurs war ruhig, nachdem er diese Bombe von Enthüllung gezündet hatte. Alle sahen ihn mit einer Mischung aus Ungläubigkeit, Misstrauen und Entsetzen an. Sie mussten glauben, dass er seinen Verstand verloren hatte. Selbst Sandrine und sein bester Freund sahen ihn mitleidig an. Keiner glaubte ihm. Hörte sich seine wahre Geschichte zu unwahrscheinlich an? Hatte er zu lässig und unernst geklungen?

"Guter Scherz! Ihr Scherzbolde aus der letzten Reihe!", winkte Åsa ab und ging zurück zu seinem Pult, um seine Sachen zu packen. Der Kurs begann erleichtert zu kichern. "Kommt doch bitte in meine Sprechstunde für eure Referate. Und wer seine Hausarbeit aus dem letzten Semester noch abgeben muss, dem empfehle ich, das in den nächsten zwei Wochen zu machen. Guten Tag!"

Vor dem Sturm

Nachdem Åsa den Raum verlassen hatte, gingen auch Birger und Sandrine auf den Flur für ein paar Minuten Pause. Sandrine steckte sich eine Zigarette an und zog genüsslich daran. Birger faltete die Zeitung auf, die er abonniert hatte. Er und Sandrine lasen zusammen darin und kommentierten fachlich, was sie lasen. Sie interessierten sich nicht wirklich für die Veröffentlichung von Calle Fredriksson.

Jesper ging zur journalistischen Bibliothek, um sich die Tiden anzuschauen. Zwar hatte er als Mitarbeiter ein kostenloses Abo, doch hatte er sein Exemplar zu Hause im Briefkasten liegen lassen, weil er seine Ruhe haben wollte nach der Abfuhr am Abend zuvor. Jetzt sah die Sache jedoch ganz anders aus. Einige seiner Mitstudenten standen bereits um einen Tisch beim Zeitungsständer und blätterten in der Tiden. Er stellte sich dazu und überflog über jemandes Schulter hinweg den Artikel, den er sehr gut kannte. Fredriksson hatte ihn eins zu eins übernommen, jedoch einige Stellen herausgekürzt, damit er neben den anderen Berichten auf die Seite passte. Fredrikssons Name stand tatsächlich als Verfasserangabe unter dem Titel. Sogar eines von Jespers Fotos hatte er übernommen, obwohl Jesper ihm nicht die Negative gegeben hatte. Das war besonders nachlässig von Calle, weil sich dadurch umso leichter beweisen ließ, dass Jesper und Valter ihn hereingelegt hatten.

Unter seinen Mitstudenten gab es Aufschreie und Proteste, weil der Artikel so absurd war. Sie fragten sich mit skeptischem Ton, ob Herr Fredriksson eine Schraube locker hätte oder ob der Artikel wirklich der Wahrheit entsprechen könnte. Jesper stand zufrieden daneben und lachte in sich hinein. Wenn die Studenten sich in dieser Form an der Story entzündeten, wie würde dann erst die Reaktion der Medienwelt und Öffentlichkeit daraufhin ausfallen?

Er musste Valter anrufen und mit ihm das weitere Vorgehen absprechen. Wann zum Beispiel sollten sie Marie benachrichtigen? Ein Blick auf seine Uhr verriet ihm, dass er vorher jedoch zurück zu seinem Zehn-Uhr-Kurs musste. Er löste sich aus der weiter gewachsenen Traube um den Lesetisch und ging zurück zum Kursraum, vor dem Birger und Sandrine nach wie vor in der Zeitung blätterten. Sandrine hatte eine zweite Zigarette bereits zu einem kurzen Stummel heruntergeraucht.

"Und wie liest sich dein Artikel?", flachste Birger, der Jespers Bekenntnis auch für einen Jux hielt. Jesper griente nur dämlich zurück. Vielleicht hätte er sich schon vor einem Jahr seinem besten Freund anvertrauen sollen, überlegte er. Doch damals waren sie in ihrem ersten Studienjahr und Jesper war sich nicht sicher gewesen, wie sehr er seinem neuen Freund vertrauen konnte. Jetzt musste Jesper die Geduld aufbringen und warten, bis sich sein Blatt vollständig gewendet hatte und die ganze Wahrheit an den Tag gekommen war. Dann würden Birger und die anderen ihm endlich glauben.

Der Dozent für Medienrecht kam den Flur entlang auf sie zu. Sandrine drückte ihre Zigarette im Aschenbecher aus, Birger faltete die Zeitung zusammen und die drei gingen zurück an ihre Plätze. Obwohl Jesper wusste, dass Medienrecht ein wichtiger Aspekt ihres Studiums war und es ihm hätte helfen können, sich gegen Fredrikssons Plagiat, dem Diebstahl an seinem geistigen Eigentum, zur Wehr zu setzen, langweilte ihn der zweistündige, staubtrockene Juristikkurs mit seiner Paragraphenreiterei. Die verknöcherte Art des Juraprofessors half nicht, den Unterricht spannender zu machen.

Als um Viertel vor zwölf der Kurs beendet war, verabschiedete sich Sandrine für eine Verabredung. Birger wollte in den zwei Freistunden gern mit Jesper zu Mittag essen gehen. Jesper sagte Birger zu, vertröstete ihn jedoch um zwanzig Minuten, weil er vorher zum nächsten Münzsprecher gehen und Valter anrufen wollte. Aus diesem Grund setzte sich Birger in den Bibliothekssaal, um sich die Zeit dort lesend zu vertreiben, während Jesper hinaus auf die Straße eilte. Er machte einen Zwischenstopp bei einem Kiosk, um sich einen Schokoriegel zu kaufen und dabei Kleingeld zum Telefonieren zu bekommen.

Es dauerte einige Freizeichen lang, bis Valter am Telefon war. Er hatte gedankenverloren, aber mit freudigem Lächeln über seiner Ausgabe der Tiden gebrütet und nicht sofort das Telefon bemerkt. Er trug bereits seine neuen Pantoffeln, die er von seinem gestrigen Einkauf aus Sundsvall mitgebracht hatte. Unterwegs hatte er einen Baumarkt und einen Blumenhandel gesehen, bei denen er in Zukunft seinen Gartenbedarf decken konnte. Außerdem hatte er einen größeren Supermarkt nahe der E14 aufgesucht. Nun war auch sein Kühlschrank gut befüllt.

"Hier ist Jesper", sagte die Stimme am anderen Ende der Leitung, als Valter ans Telefon ging.

"Hallo, Jesper. Das hat ja alles gut geklappt, nicht wahr?"

"Ja, der Artikel mit einem Foto ist heute herausgekommen", begann Jesper seine recht ausführliche Beschreibung dessen, was am vorherigen Nachmittag vorgefallen war. Ab und zu ließ er sich von einer Passantin oder einem vorbeibrausenden Auto ablenken oder musste Münzen nachwerfen.

"Das hast du gut gemacht", lobte ihn Valter. "Hier ist noch alles ruhig, aber ich nehme mal an, dass die ersten Reporter in den nächsten Stunden eintreffen werden. Ich werde mich um sie kümmern. Vielleicht wird heute Abend im Fernsehen bereits von einem Skandal die Rede sein. Wir werden dafür sorgen, dass Calle den morgigen Tag nicht übersteht."

"Was hältst du davon, wenn wir jetzt Marie mit einbeziehen, damit sie eine Erklärung für die morgige Ausgabe und die Geschäftsführung auf die herannahende Katastrophe vorbereitet? Glaubst du, dass Marie Chefredakteurin werden könnte, wenn Herr Fredriksson weg ist?", fragte Jesper und fuhr mit dem Finger über die Anzeige des Münzsprechers.

"Ich hatte ihr sowieso von Anfang an gewünscht, dass sie Chef wird. Wenn Calle weg vom Fenster ist, bleibt glücklicherweise nur noch sie übrig, die man auf den Chefsessel befördern kann. Ich werde mich sogleich mit ihr in Verbindung setzen und mit ihr die Details für die Mitteilung besprechen."

"Ich wollte abends hochkommen", kündigte Jesper an.

"Ich glaube, dass das nicht nötig ist", unterbrach Valter ihn. "Wenn ich den Reportern sage, dass es nichts zu berichten gibt und dass das alles unwahr ist, dann werden die recht schnell wieder abhauen. Bleib ruhig in der Stadt und spar dir die vielen Autostunden. Ich sollte besser Schluss machen und mit Marie reden. Wie es aussieht, trudeln die jetzt langsam ein."

Valter sah, wie ein dunkles, langes Auto die Straße ins Dorf hinein rollte, welches er bereits nach nur einer Woche hier als dorffremd identifizieren konnte.

"Dann melde ich mich heute Abend zumindest noch einmal", erklärte Jesper.

"In Ordnung."

Valter legte schnell auf und in Jespers Hörer tutete es. Er legte ebenfalls den Hörer nieder, nahm das überzählige Geld an sich, das der Telefonautomat ausspuckte, und holte Birger in der Bibliothek ab. Gemeinsam gingen sie zu einem Imbiss um die Ecke, um sich für die nächsten Vorlesungen zu stärken. Um diese Zeit saßen viele Studenten und Angestellte in dem kleinen, preiswerten Lokal und verbrachten dort ihre Mittagspausen. Jesper und Birger bestellten ihre Gerichte stehend und warteten gute zehn Minuten, bis ein kleiner Tisch in einer Ecke für sie frei wurde.

"Ich finde, du solltest dir eine neue Freundin zulegen", empfahl Birger seinem Freund frech grinsend.

"Wie kommst du denn auf die Idee?", verlangte Jesper zu wissen. Er verstand nicht, warum Birger das gerade jetzt sagte.

"Wir müssen dein Selbstbewusstsein mal ein bisschen aufmöbeln und dich auf andere Gedanken bringen. Das, was du dir vorhin da für eine Geschichte ausgedacht hast, war ziemlich peinlich. Außerdem hab ich dich am Wochenende angerufen, um dich mit raus zu nehmen. Ich bin sogar bei dir rumgekommen, aber du warst nicht zuhause. Wo hast du dich nur rumgetrieben?"

"Ich war ein paar Tage draußen auf dem Lande", war Jespers knappe Erklärung.

"Ist alles in Ordnung bei dir? Ich mach mir langsam Sorgen um dich. Auf dem Lande! Ist das auch der Grund, warum du nicht in der Uni warst. Was hast du denn in der Einöde gemacht? Und ich will die Wahrheit wissen!", äußerte Birger in halbernster Drohgebärde.

"Es geht mir gut. Du musst dir keine Sorgen um mich machen! Ich fühle mich heute nur ein bisschen ausgelaugt, weil ich nicht gut geschlafen habe", beruhigte Jesper seinen Freund und stützte seinen Kopf auf die Hand. "In den nächsten Tagen wird sich alles einrenken und ich werde mich wieder ausschlafen."

"Was brütest du aus?", fragte Birger, doch die Kellnerin mit den hängenden Wangen brachte ihr Essen, was ihn so weit ablenkte, dass Jesper das Thema wechseln konnte.

"Kann ich heute Abend zu dir zum Fernsehkucken kommen?" Jesper hatte in seiner kleinen Wohnung kein Fernsehgerät und war auf die Gastfreundschaft von Birger oder eines anderen Freundes angewiesen, wenn er etwas sehen wollte.

"Aber klar doch! Gibt es was Bestimmtes, das du kucken willst? Und bringst du ein paar Flaschen Bier mit? Ich hab alles aus meinem Kühlschrank am Wochenende gekillt."

Überschlagende Ereignisse

Während Jesper und Birger nach ihrer Pause im kleinen Vorlesungssaal saßen und gewissenhaft lernten, ging Marie Lökholm zu den Büros der Geschäftsführung, die sich ein Stockwerk unter dem Büro des Chefredakteurs befanden, und setzte die Herren davon in Kenntnis, dass der Artikel des neuen Chefredakteurs der Tiden falsche Informationen verbreitete und einen gewaltigen Skandal heraufbeschwor, der die Zeitung stark an Glaubwürdigkeit einbüßen lassen könnte. Die Geschäftsführer wollten nicht recht glauben, dass Herr Fredriksson einen schlecht recherchierten, unhaltbaren Bericht veröffentlicht hatte, obwohl sie sich selbst sehr über den Inhalt gewundert hatten. Selbstverständlich lasen sie ihre Zeitung mit Argusaugen. Sie fragten Marie, woher sie ihr Wissen bezog, und sie antwortete, dass Valter in jenem Dorf wohnte, von dem hauptsächlich in dem Artikel die Rede war. Marie sagte ihnen selbstverständlich nicht alles, was sie von Valter erfahren und mit ihm besprochen hatte. Aber sie versprach den Geschäftsführern, dass sie der Sache nachgehen und diese so schnell wie möglich aufklären würde, so dass möglicherweise noch in der Ausgabe für den nächsten Tag, spätestens jedoch zum Freitag eine Richtigstellung oder Entschuldigung abgedruckt werden könnte. Sie schlug vor, dass bis dahin keine Erklärung von Seiten der Tiden abgegeben werden sollte.

Gleichzeitig kümmerte sich Valter um die ins Dorf einfallenden Reporter. Schnell sprach es sich unter den Fernseh- und Zeitungsleuten herum, dass der große Valter Harbinger im Dorf wohnte, nachdem Valter mit dem ersten von ihnen gesprochen hatte. Infolgedessen hielten die großen Aufzeichnungswagen der Fernsehberichterstatter

und die Autos der Zeitungsjournalisten direkt am Dorf-
eingang vor Valters Haus, so dass teilweise die Straße
komplett blockiert war und Anwohner nicht ins Dorf hinein oder heraus konnten. Mit einer süffisanten Souveränität
und mit unerschütterlicher Geduld erklärte Valter den
Scharen von Journalisten immer wieder in die Bleistifte und
Kameras, dass der Bericht von Calle Fredriksson ausge-
machter Unsinn war. Außerdem stellte er geschickt und
unterschwellig Calles Zurechnungsfähigkeit in Frage. Er
war mit einem legeren, aber sehr kleidsamen Jackett aus
dem Haus gegangen, welches ihm die nötige Seriosität und
Stattlichkeit verlieh, um selbst im Fernsehen über jeden
Zweifel erhaben zu wirken. Er hatte sich einige gute Worte
ausgedacht, die zitierfähig waren und Leser wie
Fernsehzuschauer überzeugen würden.

Die Vorwürfe von Frau Lökholm an Herrn Fredriksson
konnte die Geschäftsführung bestimmt nicht einfach stehen
lassen. Allein für das Wohl der Zeitung mussten sie sich
selbst davon versichern, dass ihr neuer Chefredakteur
wusste, was er tat, zumal ihnen der Inhalt von Calles Artikel
von alleine fragwürdig vorgekommen war. Zu diesem
Zweck bestellten sie Calle zu einem kurzen Gespräch am
Nachmittag in den Konferenzraum. Dort saßen die beiden
Geschäftsführer und ihnen gegenüber Herr Fredriksson mit
vor Stolz geschwollener Brust. Er musste ihnen Rede und
Antwort stehen, doch wich er mit geschickten Worthülsen
und Bekundungen dem Kern ihrer Fragen aus. Siegessicher
versprach er, dass seine Quellen äußerst verlässlich wären
und kein Grund zur Sorge bestünde. Mit jubelnder Freude
über seine hintertriebene Schläue belog er nun auch
selbstherrlich die Geschäftsführer. Hätte er bloß geahnt,
dass einige hundert Kilometer nördlich Valter einen Nagel

nach dem anderen in den Sarg seiner Karriere trieb, wäre Calles eitler Stolz gegebenenfalls im Angesicht der Wahrheit zu kriecherischer Wiedergutmachung zerstäubt. Mit einem Geständnis zu diesem Zeitpunkt hätte er seinen unumgänglichen Fall letztmöglich mindern können, aber seine hochmütige Eitelkeit verblendete ihn so sehr, dass er sein nahendes Unheil nicht mehr erahnen konnte. Ein Geständnis wäre der Fallschirm zu seinem Stoß von den höchsten Gipfeln gewesen. Er ergriff ihn nicht. Umso härter würde sein Aufprall sein.

Nach ihrer letzten Vorlesung des Tages von zwei bis vier Uhr nachmittags fuhr Jesper seinen Freund Birger nach Hause, stellte seinen Wagen zwei Straßen weiter ab und legte sich zu Hause angekommen für eine Stunde ins Bett, um ein bisschen Schlaf nachzuholen. Trotz seiner Euphorie brannten seine Augen und er fühlte sich schlapp. Ein Nickerchen würde ihn erfrischen. Bevor er sich hinlegte, schaltete er kurz das Radio ein, um die Nachrichten zu hören. Von Calles Artikel war zu der Zeit noch keine Rede.

Schnell war der Wissensdurst der Reporter gelöscht und einige von ihnen marschierten mit Notizblöcken, Foto- und Filmkameras bewaffnet weiter ins Dorf, um andere Bewohner zu den Behauptungen der Tiden zu befragen und sich selbst einen Eindruck davon zu machen, was in dem Örtchen wirklich vor sich ging, vielleicht sogar etwas Exklusives herauszufinden, worüber die Konkurrenz nicht berichten würde. Nach ein paar Gesprächen mit der eigenwilligen Frau im Postamt, einer Händlerin, einem fremdländischen Maler, der am Strand seine Staffelei aufgebaut hatte, und ein paar anderen Bewohnern wurde ihnen schnell klar, dass es wirklich nicht viel zu berichten gab, und so packten sie flugs ihre Sachen zusammen und ließen das Dorf in Frieden zurück.

Was Valter und Jesper im Vorfeld nicht bedacht hatten, war, dass einige Menschen, die in der näheren Umgebung des Dorfes wohnten, herüber zur Küste kamen, um sich selbst ein Bild davon zu machen, ob an Calles Artikel etwas Wahres dran war – was sie sich aber eigentlich nicht vorstellen konnten. Allerdings waren dies nur wenige, vor allem ältere Menschen, die ihr ganzes Leben in der Gegend gewohnt hatten und nicht zur Arbeit gehen mussten. Es waren überraschend erfreuliche Begegnungen, vor allem für Pia, die bei den Gesprächen viele Neuigkeiten für ihr Bladet und private Geschichten aus der Vergangenheit sammeln konnte, aber auch für Valter, der ein paar nette Bekanntschaften mit Gleichaltrigen aus der Umgebung schloss.

Während Valter sich mit den letzten Reportern unterhielt und Jesper beruhigt schlief, weil der Plan aufgegangen war, setzte sich Marie hin, um den groben Entwurf des ersten Teils ihrer Enthüllungsstory zu notieren, die Valter und sie als Eilmeldung für die Donnerstagsausgabe entworfen hatten. Dies ermöglichte es ihr, nach den Fernsehnachrichten die Schnellste zu sein, damit ihre Meldung in der Tiden erschien. Ganz bestimmt würden ihre Kollegen sich nicht die Schadenfreude nehmen lassen, zuzusehen, wie Calle in den kommenden Tagen den Mediengeiern zum Fraß vorgeworfen und als Lügner zerfleischt wurde. Sie würden gewiss in vorderster Reihe mit auf Calle einprügeln. Am Freitag schließlich sollte Jesper triumphierend die ganze Wahrheit enthüllen und sie alle als strahlende Gewinner hervortreten.

Nach ihrer Skizzierung begab sich Marie an ihre Arbeit für die anstehende Dienstagsausgabe, denn der Redaktionsschluss rückte allmählich näher. Hunderte und aberhunderte Tagesmeldungen von abonnierten Presseagenturen mussten gesichtet, aussortiert, eigene Berichte geschrieben und der Aufbau der Seiten festgelegt werden. In der Redaktion lief die Arbeit in den frühen Abendstunden auf Hochtouren.

Zum frühen Abend waren die Reporter längst wieder auf dem Heimweg. Wie versprochen hatte die gewichtige und vernünftige Aussage Valters seine Berufskollegen überzeugt, dass es außer der Aufdeckung einer Falschmeldung nichts im Dorf zu holen gab. Das telegene und autoritätsvolle Auftreten Valters hatte aber nicht nur seiner eigenen Zunft, sondern auch den Dorfbewohner einen gewissen Respekt eingeflößt. Zudem förderte der Artikel nicht nur die zwischendörfliche Zusammenkunft, sondern belebte auch die innerdörfliche. Die Dorfbewohner teilten nun das Geheimnis, dass der Artikel eine erfolgreiche Falle war, ein Geheimnis, das man vor den Zeitungsschnüfflern fernhalten musste bis zu Jespers letztlicher Enthüllung. Löblicherweise hatte selbst Pia es geschafft, dieses Geheimnis vor der Presse zurückzuhalten.

Anders trug einen Fernseher in den großen Speisesaal, damit das Dorf sich dort abends versammeln konnte, um die Nachrichten gemeinsam anzuschauen und im Anschluss zu diskutieren. Er stellte ihn auf die große Theke, auf der er etwas verloren wirkte. Von der gegenüber liegenden Seite des Raumes würde man auf dem kleinen Bildschirm nicht mehr viel erkennen können, aber das war ohnehin eher nebensächlich.

Als Jesper von seinem Wecker erwachte, ärgerte er sich, dass er den Wecker auf der Türschwelle abgestellt hatte.

Sich selbst gut genug kennend hatte es natürlich den Grund, dass er auf diese Art auf jeden Fall aufstehen musste, um das nervtötende Geschepper abzuschalten. Wenn er nur eine Stunde schlief, war die Versuchung zu groß, sich wieder umzudrehen und den ganzen Abend zu verschlafen. Auf diese Weise war er jedoch gezwungen aufzustehen.

Er rollte sich schwerfällig aus dem Bett, robbte zum Wecker, erhob sich mit Hilfe des Türrahmens und torkelte anschließend ins Bad, um sich ein bisschen Wasser ins Gesicht zu spritzen. Aber auch das änderte nichts daran, dass er sich äußerst benommen und keinesfalls erfrischt fühlte, wie er es sich von seinem Nickerchen erhofft hatte. Er war einfach kein geborener Mittagsschläfer, erklärte er es sich selbst, als er sich kurz die Zähne putzte. Oder musste man es sich angewöhnen?

Unterdessen gönnte sich auch Valter ein wenig Ruhe, indem er sich in Fridéns Krog setzte und bei Anders eine opulente Portion Kroppkakor bestellte, gefüllte Kartoffel- klöße, die hier in Nordschweden Palt genannt wurden. Der Teig der Klöße bestand aus roh geriebenen statt gekochten Kartoffeln, wie er es aus Südschweden kannte. Ein Teil der Kroppkakor war mit Speck und Zwiebeln und ein anderer Teil mit Pilzmus gefüllt. Zur Entspannung genehmigte er sich dazu zwei Pintchen Vodka.

Nach und nach füllte sich der Krog mit den Dorf- bewohnern, von denen viele zum Speisen kamen. Um kurz vor halb acht kamen alle anderen, die in der Gemeinschaft die Nachrichten verfolgen wollten. Auch bei denen, die tagsüber Arbeiten mussten, hatte sich herumgesprochen, dass sich die Presse auf die erfundene Geschichte gestürzt und Valter sie hervorragend abgespeist hatte.

Jesper kochte sich einen kräftigen Kaffee und räumte in der Zwischenzeit ein paar Teile Geschirr aus dem Wohnzimmer zurück in die Küche, die er vor seiner Fahrt zu Valter dort stehen gelassen hatte. Mit einer großen Tasse Kaffee intus verließ Jesper das Haus, kaufte um die Ecke von seiner Wohnung ein paar Flaschen Bier für Birger und besorgte in der nahen Pizzeria zwei Salamipizzen, wie Birger und er es nachmittags verabredet hatten.

Sandrine und Leia, eine von Sandrines schwedischen Freundinnen, saßen bereits in Birgers Wohnzimmer bei einer Flasche höherprozentigem Cider und glucksten. Jesper hatte nicht damit gerechnet, dass es eine Party würde. Als Birger jedoch augenzwinkernd mit seiner neu erstandenen Videokassette von 'Die Rückkehr der Jediritter' durch die Luft wedelte und bemerkte, dass Leia doch die Prinzessin sei, ging Jesper ein Licht auf. Es handelte sich um einen billigen Verkupplungsversuch, den Birger mit Sandrines Hilfe in Szene setzte und den er wohl oder übel über sich ergehen lassen musste. Jesper seufzte, weil er davon ausging, dass sie unter diesem Umständen auch die Pizzen nicht zu zweit, sondern zu viert teilen würden. Birger hatte eigentlich nie etwas anderes im Haus.

Kurz nach sieben Uhr ging es in der Redaktion der Tiden drüber und drunter, weil ein großer Artikel geplatzt war und nun die Seiten umgestellt werden mussten. Marie und ihre Kollegen hatten alle Hand damit zu tun, den Schlusstermin einzuhalten, damit sich dadurch nicht das Korrekturlesen, Seitensetzen und die Vorbereitung der Druckplatten unnötig nach hinten schoben.

Calle lief wie ein Gockel durch die Räume der Redaktion, überblickte die Arbeit, gab ungenaue Anweisungen, wer was zu tun hatte, und gefiel sich in der

Rolle des Herrschers, der seine Untertanen befehligte. Marie beobachtete ihn aus den Augenwinkeln. Hätte die Vorfreude auf die bevorstehende Schadenfreude sie nicht frohlockt, so hätte sie das kalte Kotzen bei Calles Gehabe bekommen.

Der Krog hatte sich gut gefüllt. Immer mehr Tische und Stühle wurden wie zwei Tage zuvor an die Seite geräumt. Valter hatte den Eindruck, dass sogar noch mehr Leute anwesend waren als zur Versammlung am Samstagabend. Wohl jeder wollte wissen, wie die Geschichte ausging.

Valter hatte versucht, sich an diesem Abend mehr im Hintergrund zu halten, doch Pia und Per hatten sich sofort zu ihm an den Tisch gesetzt, als sie gegen sieben hereingekommen waren. Auch Ingrid hatte sich zu ihnen gesellt und war dieses Mal aufrichtig freundlich zu ihm. Später waren in kurzem Abstand Lina mit ihrem Mann Karl, Jocke, Svea mit ihrem venezolanischen Freund und einige andere näher an Valter und seine Gesellschaft herangetreten und hatten sich fröhlicher als jemals begrüßt. Sie räumten auch seinen Tisch an die Seite, nachdem Klara Valters Geschirr abgeräumt hatte. Ohne genau zu wissen, wie es eigentlich passiert war, befand sich Valter inmitten dieser Leute und fühlte sich wie ein integraler Punkt, als wäre er schon seit einer langen Ewigkeit ein wichtiger Teil der Dorfgemeinschaft gewesen.

Klara und Anders brachten die letzten Getränkebestellungen herum, dann legten sie ihre Tablette hinter der Bar ab und stellten sich zu der Gruppe um Valter. Die lebhaften Unterhaltungen fanden ein jähes Ende, als die Nachrichten begannen und alle ihre Aufmerksamkeit auf den Fernseher richteten, dessen Lautstärke Anders mit der Fernbedienung zur Höchstleistung aufdrehte.

Um Punkt halb acht begann die Nachrichtensendung 'Rapport' auf SVT1, dem ersten öffentlich-rechtlichen Sender. Viele Hunderttausend Menschen sahen sie sich an, genauso wie die drei jungen Menschen um Jesper in Birgers Wohnung und die Dorfbewohner zusammen mit Valter in Fridéns Krog. Auch die Angestellten der Tiden sahen im großen Redaktionsraum die Nachrichten. Sie taten es gewohnheitsmäßig nebenbei, schließlich waren die Nachrichten ihr Arbeitsgebiet und sie mussten auf dem neusten Stand bleiben, was die allgemeine Berichterstattung anging. An diesem Abend blieben sie jedoch stehen, ließen ihre Arbeit ruhen und gingen näher an den Fernseher, der in einer Ecke unter der Decke angebracht war. Sie wollten den Worten des Nachrichtensprechers lauschen, der in der anfänglichen Zusammenfassung der Tagesmeldungen eine über ihren Chefredakteur ankündigte.

Den ganzen Tag über hatte niemand in der Redaktion offen über den Artikel von Calle gesprochen, aber hinter vorgehaltener Hand hatte es viel Getuschel gegeben und die Stimmung war seltsam und angespannt. In den Mündern eines jeden warteten frotzelnde Worte auf Erlösung. Marie fühlte sich entfernt an eine bevorstehende Meuterei erinnert. Es war offensichtlich, dass die Journalisten es nicht hinnehmen würden, von Calle vorgeführt und der Lächerlichkeit preisgegeben worden zu sein. Alle wussten, dass Calles Artikel mit seiner Absurdität das Maß der Glaubwürdigkeit weit unterschritten hatte, und jeder wünschte sich, dass dieses bereits das frühe Ende von Calles Karriere bedeutete.

Jesper saß auf Birgers Couch neben Leia. Daneben saß Sandrine und erzählte von ihrem neuen Kerl. Vor ihnen auf dem Tisch lagen die beiden Pizzakartons. Sie waren leer und nur ein paar Käse- und Tomatensoßenreste in den Schneidefurchen deuteten darauf hin, dass sie etwas zu essen enthalten hatten. Jespers Magen fühlte sich so an, als hätte er nicht einen Bissen davon abbekommen.

Die Tür wurde aufgeschlossen und Birger kam mit drei weiteren Pizzakartons auf der Hand herein. Damit er das Essen auf dem Tisch ablegen konnte, faltete Jesper die beiden leeren Kartons zusammen und legte sie unter den Tisch auf die beiden anderen Kartons, die noch von ihrem letzten gemeinsamen Videoabend stammten. Birger kam gerade pünktlich zurück. Während er Schlüssel und Jacke weglegte, lief der Abspann der letzten Sendung. Birger scheuchte die drei auf seinem Sofa zur Seite und quetschte sich neben Jesper, so dass Jesper ganz nah an Leia gedrückt saß. Birger grinste ihn breit an, öffnete die Karton, so dass duftender Dampf von den drei unterschiedlich belegten Teigfladen aufstieg. Kurzerhand griffen alle vier zu, wenngleich Birger der einzige war, der zufrieden schmatzte, als die Nachrichten begannen.

Alle in der Redaktion drehten sich um, als Calle Fredriksson mit Lovisa, der anderen falschen Schlange bei der Tiden, an die Menschentraube vor dem Fernseher herantrat. Nicht nur vermuteten viele, dass Calles Methoden nicht ganz sauber waren, auch glaubten viele zu wissen, dass Lovisa eine Affäre mit Calle hatte, die aber nur so lange halten würde, wie Calles Ruhm bestand. Sie war schon immer sehr opportun gewesen. Für einen Moment achteten die Mitarbeiter der Tiden nicht auf die Nachrichten, sondern auf das herannahende Paar. Wie bei einer überlagerten Projektion sahen sie in ihm den Taschenspieler, der sich den Thron erschlichen hatte, und in ihr die löwinnengleiche

Hure, die kurz vor der Verwandlung zum Henker stand und Calle zum viereckigen Richter führte.

"Stockholm. Ein Artikel in der Tiden sorgte landesweit für Entrüstung. Der Chefredakteur der Zeitung, Calle Fredriksson, behauptet darin, dass es im Norden des Landes eine wachsende heidnische, sogar satanistische Tendenz gäbe, die eine Gefahr für die christlichen Werte des Landes darstellt. Mit einem verschwommenen Foto versucht Fredriksson zu belegen, dass in heidnischen Riten Kinder missbraucht und Tiere blutig geopfert werden. Der Vorwürfe des Artikels beziehen sich hauptsächlich auf ein kleines Dorf in der Provinz Gävleborgs län. Wir haben einen Reporter dorthin geschickt, um mit den Bewohnern zu sprechen", sagte der Nachrichtensprecher und der Bericht wurde eingeblendet.

"Ich befinde mich in dem Dorf, von dem die Tiden berichtet, es sei die Hochburg der Hexen", begann der Reporter von Sveriges Television. "Natürlich lässt sich für einen Außenstehenden nicht so einfach überprüfen, was sich unter der freundlichen Oberfläche des Dorfes verbirgt. Deshalb waren wir froh, hier auf einen alten Bekannten zu treffen."

Der Kameramann schwenkte das Bild vom Reporter zu Valter. Unter seinem Gesicht wurde eine kompakte Erklärung eingeblendet, um wen es sich bei dem Interviewten handelte.

"Herr Harbinger, Sie waren fast vierzig Jahre lang Chefredakteur der Tiden und wohnen seit einiger Zeit hier im Dorf. Was können Sie uns zum Artikel von Herrn Fredriksson sagen?", sprach der Reporter in sein Mikrofon, bevor er es Valter unter die Nase hielt.

"Die Behauptungen entsprechen nicht der Wahrheit. Hier gibt es keine der erwähnten heidnischen Kulte. Herr

Fredriksson war auch niemals selbst in diesem Dorf. Ich habe mit den Einwohnern, die ich ziemlich gut kenne, gesprochen, und keiner von ihnen hat Herrn Fredriksson noch sonst einen Journalisten hier gesehen. Mal abgesehen von mir natürlich", fügte Valter grinsend hinzu.

"Wie können Sie sich da so sicher sein?", fragte der SVT1-Reporter.

"Glauben Sie mir: hier, wo jeder jeden kennt, fallen Fremde sehr schnell auf."

"Und woher stammen dann die Informationen von Herrn Fredriksson?"

"Diese Frage müssen Sie ihm selbst stellen. Ich kann nur sagen, dass ich ihn noch nie für einen fähigen Journalisten gehalten habe."

"Wie meinen Sie das? Immerhin war er es, der den großen Stockholmer Umweltskandal aufgedeckt hat."

"Damals stimmten seine Behauptungen bezüglich des stellvertretenden Bürgermeisters zum Glück, aber er wollte – oder konnte – mir nicht genau sagen, woher seine Informationen kamen. Nach der heutigen Ente bin ich mir gar nicht mehr sicher, ob er sich seine Informationen wirklich selbst beschafft."

"Sprechen Sie von Plagiat? Sie wissen, dass das eine harte Anschuldigung ist", fragte der Reporter und Valter zuckte nur bei einem vielversprechenden Grinsen mit den Schultern. Damit endete der Bericht und der Nachrichten-sprecher schloss das Thema kurz ab, bevor er sich der nächsten Meldung zuwandte.

"Herr Harbingers letzte Unterstellung konnten wir nicht überprüfen. Die Tiden lehnte jeglichen Kommentar ab, kündigte jedoch hausinterne Ermittlungen bezüglich der Vorwürfe an."

Hinrichten nach den Nachrichten

Die Dorfgemeinschaft gratulierte Valter lautstark zu seinem Sieg, denn mit den Nachrichten, die gerade gesendet worden waren, war es nicht mehr zu ändern, dass Valters und Jespers Plan aufgegangen war und Calle Fredriksson dem Untergang geweiht war. Er hatte sich in seinen eigenen Lügen verstrickt. Die Bewohner des Dorfes nahmen die Neuigkeiten zum Anlass für eine spontane Feier; einerseits um Valters Erfolg zu feiern, andererseits um ihn endgültig als neues, vollwertiges Dorfmitglied in ihrer Mitte willkommen zu heißen, und nicht zuletzt, um einfach einen Grund zum Feiern zu haben. Zugegeben waren sie nicht nur für Valter und Jesper froh, dass ihr kleiner Hinterhalt funktioniert hatte, sondern auch für sich selbst. Denn auch wenn sie dem Plan Rückendeckung gegeben hatten, so hatte doch in ihnen die Furcht geschlummert, dass am Ende ihr Dorf der Verlierer des ganzen Vorhabens werden könnte und aller schandhafter Ruf an ihnen hängen blieb.

Für ein, zwei Stunden wurde im Krog bedachtsam getrunken, zu der Musik getanzt, die Anders aufgedreht hatte, geredet und gelacht. Im Laufe der Zeit schrumpfte die Menge mehr und mehr, weil am nächsten Tag gearbeitet werden musste und die Bewohner dementsprechend Bettruhe suchten. Valter ging um kurz nach zehn und verabschiedete sich freundschaftlich von den verbliebenen Gästen des Krogs. Auch er sehnte sich danach, sich lang zu machen, zur Ruhe zu kommen und auszuschlafen. Er war lange auf gewesen. Die Aufregung am Nachmittag hatte ihn zwar an alte Zeiten erinnert und ihn sich jünger fühlen lassen, doch insgesamt hatte es ihn ermüdet.

Valter trat an Klara heran und verlangte seine Rechnung. Sie ging für einen Moment hinter den Tresen, besprach etwas mit Anders und kam kurz darauf mit der Rechnung zu ihm zurück. Als Valter einen Blick darauf warf, traute er seinen Augen kaum: der Preis lag deutlich unter dem, was in der Karte gestanden hatte. Er sah Klara verwundert an und sie explizierte ihm, dass Dorfbewohner zwanzig Prozent weniger zahlten als Fremde. Die niedrigeren Preise deckten lediglich die Einkaufskosten für die Speisen und die Lebenshaltungskosten der Familie Fridén, ohne dabei wirklich Profit zu erwirtschaften. Auf diese Weise brauchten die Dörfler nicht regelmäßig kochen. Sie konnten sich das Essengehen dennoch leisten und der Krog war regelmäßig voll. Das war der Kompromiss, mit dem alle zufrieden waren, und Valter wäre ja nun jetzt auch ein volles Dorfmitglied, deswegen sollte auch er nicht mehr als nötig zahlen.

Nach den Nachrichten hatte sich Jesper entspannt zurückgelehnt. Auch ihm war sofort klar, dass alles wie am Schnürchen lief und für ihn gut würde. Birger und Sandrine, die noch Jespers Worte während des Seminars im Kopf hatten, sahen sich überrascht an. Konnte es sein, dass Jesper die Wahrheit gesagt hatte? Sie sahen das zufriedene Lächeln auf Jespers Gesicht, indes konnten sie nicht glauben, dass ihr Freund wirklich das alles getan haben sollte, was er behauptet hatte. Den Mumm hatte Jesper einfach nicht in sich, dachten sie. Beide hatten einen Ausdruck im Gesicht, der Jespers überbordende Fantasie entschuldigte.

Natürlich hatten sie alle den Wunsch, irgendwann einmal groß herauszukommen und sich zu verabschieden vom Nachkauen der Meldungen großer Presseagenturen, den Berichterstattungen von Fußballspielen der Lokalliga, öden Geschäftseröffnungen und anderem unbedeutenden

Ereignissen und richtigen, investigativen Journalismus zu praktizieren. Sie alle träumten davon, wie die wahrlich großen Reporter zu sein, wie Carl Bernstein und Bob Woodward, die die Watergate-Affäre aufgedeckt hatten. Sie alle wollten wie Detektive arbeiten, verdeckt, heimlich herumschnüffelnd, im Dunkeln grabend. Am liebsten wollten sie so sein wie Benjamin C. Bradlee von der Washington Post. Bradlee hatte 1971 gegen die Regierung gekämpft, damit er die Pentagon-Papiere, geheime Dokumente der Regierung zum Vietnamkrieg, veröffentlichen durfte, und in den Jahren drauf hatte er daran mitgearbeitet, den Watergate-Skandal aufzuklären, der mit dem Rücktritt des Präsidenten endete. Ein kleiner Makel an Bradlee war nur, dass vor drei Jahren unter seiner Direktion die Reporterin Janet Cooke einen Artikel über einen achtjährigen Heroinsüchtigen veröffentlicht und dafür den Pulitzer-Preis gewonnen hatte. Später kam heraus, dass sie die Geschichte erfunden hatte. Cooke musste ihren Beruf an den Nagel hängen und den Pulitzer selbstverständlich zurückgeben. Für Bradlee war es eine unschöne Kerbe in seiner sonst so tadellosen Karriere. Nichtsdestotrotz war Bradlee der Held eines jeden Studenten, weil er bis zum Verfassungsgericht für die Pressefreiheit gekämpft hatte.

Sandrine und Birger konnten es Jesper also nicht übel nehmen, wenn seine Einbildungskraft mit ihm durchging. Vielleicht war Jesper einfach nur nicht ausgelastet genug und benötigte ein bisschen mehr Aufmerksamkeit. Mit einem Kopfnicken zur Küche schmiedeten sie einen stillschweigenden Plan. Sie erhoben und entschuldigten sich, dass sie frische Getränke holten und austreten mussten. Mit hochgezogenen Augenbrauen warf Jesper seinem besten Freund einen Mitleid erregenden, Hilfe suchenden Blick zu, ihn nicht mit Leia allein zu lassen. Birger überging Jespers Blick geflissentlich grinsend.

Nach fünf Minuten kamen sie wieder zurück ins Wohnzimmer und Leia und Jesper führten ein ziemlich verkrampftes Gespräch, bei dem beide immer wieder zum Fernsehapparat hinüberblickten, der wie ein Leuchtturm eine gewisse Sicherheit versprach und Orientierung bot. Solch augenscheinliche Verkupplungsversuche erzeugten bei beiden eine unbehagliche Stimmung. Sie fanden sich beide nicht ganz uninteressant, aber worüber sie sich in diesem gekünstelten Umfeld unterhalten sollten, wussten sie nicht. Ein frisches Getränk überreicht zu bekommen und bei gelöschtem Licht und gestartetem Film endlich in die Pizzakartons greifen zu dürfen, entspannte die Lage enorm.

Calle hatte von Beginn an ungläubig auf den Bildschirm vor sich gegafft, als der Bericht über den unter seinem Namen veröffentlichten Artikel ausgestrahlt wurde. Er konnte es nicht recht fassen, als Valter unverhofft auf dem Bildschirm erschien und ihn so nonchalant als Lügner hinstellte. Dann mit einem Mal fiel es ihm wie Schuppen aus den Haaren, dass er in eine gemeine Falle getappt und entlarvt worden war. Es war aus! Die anderen Redakteure konnten noch nicht in vollem Ausmaß begreifen, was alles hinter seiner Fassade steckte, und dennoch drehten sie sich zu ihm um und warfen ihm verständnislos abschätzende, böse oder vernichtende Blicke zu.

Calle orderte die schockierte Lovisa an, die ebenso nichts vom Artikelklau wusste, schnellstens sein Jackett und seine Tasche aus seinem Büro zu holen und ihn vor der Tür zu treffen. Er selbst verließ das Büro unverzüglich und panisch. Auf Lovisa wartend ging er mit einigen Dutzend Metern Abstand zum Gebäude der Tiden auf und ab. Er wusste, dass

sein falsches Spiel aufgeflogen war, und er konnte beim
besten Willen nicht begreifen, wieso er überhaupt auf diese
absolut lächerliche Hexengeschichte hereingefallen war.
Warum nur war er so gierig gewesen, dass er das Gift in dem
Braten nicht gerochen hatte?

Lovisa kam mit seinen Sachen zu ihm herüber. Calle
griff nach seinem Jackett und seiner Tasche und wollte sie
am Arm mit sich ziehen, um mit ihr zu verschwinden, doch
Lovisa blieb wie angewurzelt stehen und verlangte zu
wissen, was eigentlich gespielt wurde. Calle hatte keine
Lust, es ihr zu erklären, und heischte sie an, mit ihm zu
kommen. Sie bestand auf einer Erklärung, was ihn umso
mehr erzürnte. Er schrie sie an, dass er am Arsch wäre und
sie endlich mit ihm kommen solle. Er griff nach ihrer Hand,
um sie hinter sich her zu zerren, aber sie entwand sich ihm
und rührte sich keinen Zentimeter vom Fleck. In ihren
Augen blitzte eiskalte Missachtung, welche ihm zu
erkennen gab, dass auch sie ihn fallen ließ wie eine
madenstichige Frucht. Er starrte sie nur eine einzige
Sekunde jämmerlich an, verzweifelnd darüber, dass er
seinen letzten Verbündeten verloren hatte, dann schlug sein
Elend in unbändige Wut um und er stürmte davon, die
ganze Welt für sein Unheil verfluchend.

Marie machte sich noch während des kurzen
Fernsehberichts unverzüglich daran, ihren Entwurf vom
Nachmittag zu überarbeiten und zu komplettieren. Das
Fernsehen hatte es mehr oder weniger genau so dargestellt,
wie Valter es mittags am Telefon angekündigt hatte.
Dementsprechend blieb nicht viel zu ändern. Einer der
Geschäftsführer rief sie an, kurz bevor sie ihre Darstellung
zum Druckhaus weitergab, um mit ihr zu besprechen, was
genau sie in Bezug auf Herrn Fredriksson verlautbaren ließ

und dass Marie vorerst provisorisch die Redaktion leitete, bis die Sache mit Calle geklärt war. Maries Stimme blieb ruhig, aber innerlich jauchzte sie übermütig.

Damit ihr Artikel rechtzeig in die Dienstagsausgabe eingearbeitet werden konnte, gab sie ihn schnellstmöglich zum Druckhaus. Mit höchster Priorität wurden dort ihre Worte abgetippt und dabei Korrektur gelesen, anschließend von den Setzern auf die Seiten montiert, so dass am Ende die Offsetdruckplatten hergestellt werden konnten.

Marie war sehr zufrieden mit der raschen Entwicklung. Sie hatte es gehasst, dass Calle ihr bei der Wahl des neuen Chefredakteurs vorgezogen worden war, weil er ein Mann war. Unter diesem Stinker arbeiten zu müssen, war eine Qual. Was freute sie sich jetzt umso mehr, dass seine Führung nicht einmal eine Woche gehalten hatte! Und die neue Wahl war doch mehr oder weniger schon auf sie gefallen, dachte sie mit ein wenig Wehmut. Im Grunde gab es keine Mitstreiter um den Posten, so dass ihre zu erwartende und durch die provisorische Lösung bereits praktizierte Beförderung ein wenig im Wert geschmälert wurde. Dessen ungeachtet verdiente sie diese Stelle einfach auf Grund ihrer beruflichen Leistung.

Der Donnerstag, an dem Surströmming in die Läden kam, sah auch die Vernichtung Calle Fredrikssons. Alle Zeitungen, Radio- und Fernsehsender berichteten von dem Skandal bei der Tiden und Maries Erklärung kündigte die Enthüllung der ganzen Wahrheit für Freitag an. Die Medien stürmten auf die Tiden ein, aber die einzige öffentliche Stellungnahme war, dass der Inhalt von Calles Artikel nicht der Wahrheit entspräche, dass die Angelegenheit intern aufgeklärt würde und mehr dazu in der Freitagsausgabe zu lesen sei.

Calle, der vorhersah, was ihm blühte, ließ sich am Donnerstag gar nicht erst im Büro blicken, meldete sich nicht einmal krank und auf den gefürchteten Anruf der Geschäftsführer brauchte er nicht lange zu warten. Sie forderten eine Erklärung von ihm, doch er wandte sich mit verzweifelter Geschicktheit heraus, womit die Geschäftsführer inzwischen rechneten. Sie drohten ihm mit fristloser Kündigung, einer strengen Untersuchung und einer wahrscheinlichen Klage. Calle wusste, dass seine Karriere für immer gegessen war, und Gedanken schossen ihm durch den Kopf, ins ferne Ausland zu flüchten, wo ihn diese Geschichte allerdings früher oder später wieder heimsuchen konnte. Er erwog sogar, sich die Kugel zu geben und nicht nur seiner Karriere, sondern gleich seinem ganzen Leben ein Ende zu bereiten.

Valter fuhr am Vormittag nach Stockholm, um sich Punkt zwölf mit Marie und Jesper zusammenzusetzen und die Enthüllung für den nächsten Tag zu besprechen und zu schreiben. Außerdem beabsichtigte er, im Anschluss persönlich mit den Geschäftsführern zu reden.

Eine praktische Übung an der Universität schwänzend brachte Jesper seine Abzüge samt Negativen als Beweismittel mit, als sie sich in der Redaktion der Tiden trafen. Für den Umweltskandal hatte er keine Beweise, die er vorlegen konnte, und er rechnete nicht damit, dass Herr Fredriksson gestand, dass er auch in diesem Fall plagiiert hatte. Valter war jedoch der Meinung, dass es schon beinahe Beweis genug war, dass es Jesper auch mit dieser gänzlich unglaubwürdigen Hexengeschichte gelungen war, Calle dazu zu bringen, sie wieder unter seinem Namen zu veröffentlichen. Hätte Calle nicht vorher schon einmal gute Erfahrung damit gemacht, an Jespers Arbeit Plagiat zu begehen, argumentierte Valter, dann hätte Calles Vorsicht bei diesem Inhalt über seine Gier obsiegt. Marie sah es ähnlich. Sie war überwältigt, dass Jesper, den jeder so wenig beachtet hatte, für die Enthüllung des Umweltskandals verantwortlich war. Mit der Überführung von Calles Praxis würde ihm von nun an viel mehr Achtung geschenkt.

Die beiden Geschäftsführer ließ Valter klipp und klar wissen, dass ihre Entscheidung, gegen Valters Empfehlung Calle zum Chef zu machen, sexistisch begründet war und dass sie sich von oberflächlichem Schein hatten blenden lassen. Hätten sie sich stattdessen auf die intuitive Meinung eines Fachmannes verlassen, befände sich die Tiden nicht in dieser Krise. Er klärte sie über sämtliche Punkte auf, was Calle und Jesper betraf.

Nach der langen Zusammenarbeit bestand ein gutes Vertrauensverhältnis zwischen Valter und den Geschäftsführern und gerade nach ihrer Fehlentscheidung hörten sie sich sorgfältig an, was Valter zu sagen hatte. Dann dankten sie ihm und kündigten an, dass sie alle Parteien hören wollten. Jesper, der zurück zu einer Vorlesung musste, hatte Valter wissen lassen, dass er im Anschluss wieder in die Redaktion zurückkäme. Also setzen die Geschäftsführer das Gespräch mit ihm für sechzehn Uhr an. Sie ließen erfolglos bei Calle anrufen und schickten darum einen Boten zu ihm nach Hause, um ihn für siebzehn Uhr zu laden.

Jesper berichtete später den beiden Geschäftsführern und ihrem Anwalt, welchen sie der rechtlichen Vorsicht wegen herbeibestellt hatten, wahrheitsgemäß, wie er ein Jahr zuvor hinter den Umweltskandal gekommen war. Außerdem legte er dar, wie sich der Plan, Herrn Fredriksson aufs Kreuz zu legen und des Plagiarismus zu überführen, in Zusammenarbeit mit Valter ergeben hatte. Er legte auch ihnen die Fotos und Negative vor und erklärte in kurzen Worten das Fotoshooting, ohne zu viel über die daran Beteiligten zu verraten. Die Geschäftsführer sahen, ähnlich wie Valter, den Plagiatsvorwurf gerechtfertigt und boten ihm an, die Anwalts- und Gerichtskosten für eine Klage zu zahlen, um den Ruf ihrer Zeitung wiederherzustellen, wenn er seinen Fall exklusiv in der Tiden veröffentlichte und gegenüber anderen Medien keine Stellung bezog. Sie erhofften sich offensichtlich durch einen offenen Umgang, dass sich der Rummel um diesen Fall doch noch positiv auf die Verkaufszahlen auswirken mochte.

Calle, der sich in seinen vier Wänden verbarrikadiert hatte, reagierte weder auf das Klingeln des Telefons noch auf das Klingeln des Boten. Am Fenster linste er hinter der Gardine versteckt zur Straße herunter. Erst nachdem der Bote wieder gegangen war, ging er zum Briefkasten, wo die Notiz für das Gespräch mit den Geschäftsführern lag. Er hatte weder mit seinem Rechtsanwalt gesprochen noch mit seinen ziemlich einflussreichen Eltern, an die er sich nur wandte, wenn er Probleme hatte, um sie zu bitten, es wieder gerade zu biegen. Es hatte keinen Sinn, denn es ließ sich nicht wieder geradebiegen, was er getan hatte, das wusste Calle. Dass er den Hexenartikel geklaut hatte, ließ sich nicht mehr leugnen, denn der selbstherrliche Harbinger war daran beteiligt und hatte ihn am Abend zuvor öffentlich als Lügner hingestellt. Calles größtes Problem war jedoch, dass er in dem Schnellschuss am Mittwochabend nicht bedacht hatte, dass er keinerlei Beweise für die Geschichte hatte. Wie hatte er nur so seltendämlich sein können, beschimpfte er sich.

Ohne Beweise und plausibel klingende Entschuldigungen hatte es keinen Sinn, sich überhaupt zu rechtfertigen oder verteidigen. Eigentlich blieb ihm als einzige Möglichkeit weit wegzulaufen. Aber wohin sollte er flüchten? Vielleicht könnte er unter einem anderen Namen in einem südamerikanischen oder asiatischen Land unter-tauchen. Die Frauen dort sollten heiß und servil sein, hieß es. Nur was sollte er dort machen, wenn er nicht seinen Beruf ausüben konnte? In den Entwicklungsländern gab es nicht viel zu tun. Er hatte kaum Geld gespart, es lieber für seinen exquisiten Lebensstil verprasst. Wovon sollte er also leben? Die weitaus wichtigere Frage, die er sich stellte, war, welches Land ihn nicht bei einem möglichen Prozess ausliefern würde. Davon hatte er absolut keine Ahnung, musste er sich eingestehen. Doch war es nicht, ungeachtet all dieser ungeklärten Umstände, besser zu fliehen, statt einen erniedrigenden, ihn vernichtenden Prozess über sich ergehen zu lassen?

Calle erschien nicht zu dem Termin mit den Geschäftsführern, was so gut wie ein Schuldgeständnis war. Sie besprachen mit ihrem Anwalt die Formalitäten einer fristlosen Kündigung, die sie ihn baten aufzusetzen, und schickten ihn daraufhin zu Jesper, um die Klage vorzubereiten. Die beiden Männer gingen im Anschluss zu Marie Lökholm, um sich Jespers aufklärenden Bericht für den nächsten Tag anzusehen und ihr mitzuteilen, dass sie mit der wirksamen Kündigung Calles die neue Chefredakteurin wäre.

Nachdem die redaktionelle Arbeit und die Vorarbeit für Jespers Klage getan waren, lud Marie ihren ehemaligen Vorgesetzten Valter und ihren zukünftigen Untergebenen Jesper zu einem würdigen Essen ein. Ihnen allen stand der Sinn danach, ihren Erfolg zu feiern. Marie hatte ihre letztendliche Beförderung, zu der ihr Jespers und Valters Komplott verholfen hatte. Jesper wiederum hatte die Aussicht, dass alles in die Wege geleitet war, dass ihm doch noch Gerechtigkeit widerfahren und er die vollständige Anerkennung erfahren würde. Valter freute sich einfach, dass ihr Plan aufgegangen und Calle passé war. Dafür waren sie alle drei Journalisten: dass sie die Wahrheit enthüllten. Calles selbstsüchtiger Betrug hätte niemals auf Dauer gutgehen können und sie waren froh, dass sie es waren, die der Wahrheit hatten dienen können.

Martin Wolkner

Aus der Asche

Wie der Donnerstag den Fall von Calle Fredriksson gesehen hatte, so war Freitag der Tag, an dem die Tiden durch
die Wahrheit in neuem Glanz auferstand. Mit sich zog sie
zwei Personen in luftige Höhen: Marie und Jesper. Valter,
der genug Berühmtheit in seinem Leben gehabt hatte,
wählte Ruhestand über Ruhm und überließ den Ruhm den
beiden jüngeren. Deswegen waren nur Marie und Jesper als
Autoren bei den Enthüllungen vermerkt. Valter war noch
am Abend zuvor in sein neues Heim zurückgekehrt und
hatte so ruhig geschlafen, wie seit einer langen Zeit nicht
mehr. Er holte sich in aller Frühe seine Post von Pia ab und
faltete die Zeitung beim Frühstück auf. Er trug seine
Pantoffeln und hatte ein sehr zufriedenes Grinsen in den
Mundwinkeln.

Marie kam zum Arbeitsbeginn kaum in die Redaktionsräume, weil sich eine riesige Menge Reporter vor der Tür
versammelt hatte, um ein Foto, ein Zitat oder sogar eine
Stellungnahme zu erhaschen. Sie schlich sich durch den
Hintereingang, der vom Parkplatz ins Gebäude führte. Ihre
Kollegen, die trotz abendlicher Gerüchte die Enthüllung
erst zusammen mit dem ganzen Land beim Erscheinung der
Zeitung gelesen hatten, gratulierten ihr und freuten sich
über die Entwicklung. Sie wussten zu gut, dass sie bei Marie
als Chefredakteurin nicht unter jemandem, sondern zusammen mit jemandem arbeiten mussten. Selbst Lovisa war in
gewisser Weise froh, dass Calle nicht mehr wiederkommen
würde, obwohl ihr die kurze Affäre mit ihm noch einige
Zeit die Arbeit schwerer machte.

Als Jesper erwachte, schien ihm die Welt eine ganz andere zu sein. Er machte sich für die Uni fertig und betrachtete sich eingehend im Spiegel. Hatte er sich stark verändert? War er jetzt ernsthafter, gewichtiger, glaubwürdiger? Sah man es ihm im Gesicht an? Oder war er nach wie vor der alte?

Während er die Schuhe anzog und nach seinem Autoschlüssel griff, keimte plötzlich eine äußerst seltsame Angst in ihm auf, die er nicht erwartet hatte. Er fragte sich, ob ihm wirklich gefallen würde, wie die neue Welt auf ihn reagierte. Wie würde er den interessierten Reportern begegnen und wie erst seinen Kommilitonen, Dozenten und vor allem seinen Freunden? Würden sie verstehen, warum er so handeln musste, oder seine List als arg und verachtenswert ablehnen? Würden die Günstlinge der Welt Speichel lecken wollen oder ihm vielleicht die kalte Schulter zeigen?

Fast wünschte sich Jesper, dass alles beim Alten war, denn er wusste damit umzugehen. Die Unvorhersehbarkeit des Neuen machte ihn nun ein bisschen bange, weil sein Ruhm mit Ach und Krach in sein Leben gestürzt war, statt allmählich gediehen zu sein.

Es dauerte fast zehn Minuten, bis er sich gesammelt hatte und zu seinem Auto herunterging. Auch vor den Türen der Uni zögerte er einen langen Moment. Er überlegte sogar, wie gern er jetzt Raucher wäre, um einen Grund zu haben, weiter vor der Tür herumzulungern. Er trat bummelig über den Flur und eine Gruppe von Mitstudenten eilte an ihm vorbei in den Hörsaal, denn auch sie waren zu spät dran. Sie drehten sich tuschelnd zu ihm um, als sie durch die Türen huschten.

Er öffnete die Tür des Hörsaals und spürte einen Kloß im Hals, als er eintrat. Er war überaus dankbar, dass man den Saal von hinten betrat. Es gab auch Säle, deren Eingang neben dem Rednerpult war, so dass man dem Blick jedes Zuhörers gewiss war, wenn man an der Tafel und dem Vortragenden vorbei ging. Vorsichtig blickte er über die halb gefüllten Reihen hinweg, ob er Sandrines auffällig rote Locken ausfindig machen und sich zu ihnen setzen konnte. Tatsächlich saßen sie, wie es ihre Angewohnheit war, in einer der hintersten Reihen. Er schlich sich zu ihnen, ohne dass der Dozent, der just ein paar Begriffe an die Tafel schrieb und erläuterte, etwas davon mitbekam.

Die Französin und sein bester Freund kritzelten halbherzige Stichpunkte zur Vorlesung auf ihre Blöcke und achteten genauso wenig auf den verspäteten Kommilitonen, bis Jesper sich direkt neben sie setzte. Erst das metallische Quietschen beim Herunterdrücken der klappbaren Sitzfläche ließ sie sich zu ihm umdrehen. In Bruchteilen eines Augenblickes flogen Ausdrücke von Ablehnung, dass sich jemand so nah bei ihnen hinsetzte, über Fassungslosigkeit, dass es Jesper war, hin zu Aufgebrachtheit über ihre Gesichter. Jesper wunderte sich, was sie dermaßen bewegt und missgelaunt hatte.

"Was habt ihr, Leute?", flüsterte er ihnen zu im Versuch, ihr Gemüt zu ergründen. Konfrontativ kreuzte er seinen Blick mit dem erbosten von Birger. Der Moment zerdehnte sich. Selbst Sandrine, die zwischen ihnen saß, rückte weiter aus ihrer Aufmerksamkeit, als gäbe es nur noch den Tunnel ihres Blickes und die beiden jungen Männer an den Enden. In Birgers Augenwinkeln flackerte unter der Aggression eine traurige Enttäuschung.

"Warum hast du es mir nicht gesagt? Ich dachte, wir wären beste Freunde", platzte es Birger heraus. Seine Stimme war belegt und bissig wie ein Rottweiler. Er hatte also den Enthüllungsbericht der Tiden gelesen, erkannte Jesper. Wieso hätte er bei diesem Medientrubel auch mit dem Lesen warten sollen? Statt zum Gegenangriff anzusetzen, wurde Jesper still und überlegte sich, dass Birgers bedrückte Wut gerechtfertigt war. Sie entsprang daraus, dass ihm ihre Freundschaft wirklich viel bedeutete. Für Birger musste es ein Misstrauensbeweis darstellen. Darum konnte er ihm nicht böse sein für seine strenge Reaktion.

"Wir kannten uns damals noch nicht gut", erklärte er mit entschuldigendem Ton.

"Und warum hast du es mir dann nicht irgendwann später erzählt?", griff sein Freund ihn an und sein Vorwurf schwoll in Lautstärke, so dass sich einige Studenten in den Reihen vor ihnen umdrehten, neugierig, was hinter ihnen vor sich ging.

"Ich habe versucht, es selbst zu vergessen, weil ich nicht wusste, was ich daran ändern konnte. Ich hatte keine Beweise und musste einfach mit meinem Leben weitermachen, statt mich davon fertig machen zu lassen. Ich dachte mir, dass ich einfach daraus lernen und beim nächsten Mal vorsichtiger sein würde. Was hätte es schon geändert, wenn ich es dir erzählt hätte? Hättest du mir geglaubt?"

"Was es geändert hätte?", brauste Birger auf. "Was es geändert hätte...?" Dass er keine Antwort darauf hatte und Sandrine ihn mit einem "Scht" zur Ruhe bringen wollte, ärgerte Birger umso mehr.

"Scht mich nicht an!", fuhr er nun auch sie an.

"Na na na, was ist denn da hinten los?", rief der Dozent zu ihnen hinüber und alle drei fuhren schuldbewusst zusammen. "Könnt ihr eure Gespräche nicht auf die Pause verschieben? Oder habt ihr etwas an meiner Ausführung auszusetzen?"

Während der Vortragende dies sagte, suchte er die Reihen nach den Störenfrieden ab. An den hochroten Köpfen ganz am Ende des Raums erkannte er, wer ihn unterbrochen hatte. "Jesper!", entfuhr es ihm und Jesper hätte sich am liebsten unter seinem Sitz verkrochen. Das Geflüster unter seinen Mitstudenten wurde immer lauter und ihm war bewusst, dass sie über ihn redeten.

"Geht es um deine Topstory? Möchtest du uns nicht vielleicht allen davon erzählen, wo doch meine Vorlesung jetzt ohnehin unterbrochen ist?"

Jesper erstarrte vor Angst, vor den anderen reden zu müssen. Er fürchtete, dass sie noch vehementer und schärfer reagierten als sein Freund Birger. Zu seinem Erstaunen brach der Dozent eine Lanze für ihn.

"Dieses Thema ist eigentlich nicht Gegenstand meiner Vorlesungsreihe, aber im Medienrecht werdet ihr bestimmt schon über Plagiat gesprochen haben. Leider kommt es immer wieder vor, dass unerfahrene Autoren ihre Urheberschaft nicht unstrittig belegen können, wenn es zu Plagiat kommt. Das nutzen ein paar falsche Hunde zu ihrem Vorteil aus. Deswegen wurden euch mit Bestimmtheit die ein oder anderen Kniffe mitgegeben, wie ihr euch davor schützen könnt, und ich lege euch noch mal ans Herz, Gebrauch davon zu machen. Denn für die meisten, deren geistiges Eigentum gestohlen wird, ist es bedauernswerterweise eine teure Lektion zur Vorsicht oder ein Grund, sich ganz aus dem Geschäft zurückzuziehen. Ihr wisst ja: Gelegenheit macht Diebe. Doch selten ist die gestohlene Information so wertvoll wie die von Jesper und dem Umweltskandal. Und das hast du wirklich selbst aufgedeckt, Junge?", rückversicherte sich der Professor. Jesper nickte leicht und verschämt. "Jesper wird wohl immer noch nicht definitiv nachweisen können, dass er den Skandal aufgedeckt hat, aber Herr Fredriksson genauso wenig. Dass Jesper Fredriksson in die Falle locken und ihn sozusagen auf frischer Tat ertappen konnte, ist ein außergewöhnlicher Fall. Es war sehr leichtsinnig von Fredriksson, sich ein zweites Mal zu bedienen, zumal bei einer so gewagten Story. Ich wundere mich wirklich, wie du ihn dazu gekriegt hast, dass er dir abermals vertraut hat, ohne mit einer Falle zu rechnen. Die Hexensache war ja alles andere als glaubwürdig. Möchtest du uns verraten, wie du das gemacht hast?"

Alle Köpfe drehten sich zu Jesper um und warteten auf eine Antwort von ihm. Er fühlte, wie stark seine Hände schwitzten, und umkrampfte seine Knie mit ihnen, während er mit seiner Antwort druckste.

"Nun ja, Herr Fredriksson wusste, dass ich mit Herrn Harbinger an einer Geschichte arbeitete, und deswegen haben Valter und ich diesen Plan ausgeheckt."

"Kennst du den großen Valter etwa gut?", unterbrach Birger ihn perplex.

"Ich denke, dass wir durch diese Sache Freunde geworden sind", erläuterte Jesper ihm und setzte anschließend seine Erklärung fort. "Valter und ich hofften, dass Fredriksson gierig werden und in unsere Falle tappen würde, denn – so war unser Gedanken – wenn wir ihn erst mal als Lügner enttarnt hätten, würde der Rest fast von alleine kommen. Nun ja, das hat zum Glück ja auch ganz gut geklappt."

"Da hattest du aber sehr viel Glück und kompetente Unterstützung", gratulierte der Hochschullehrer. "Hut ab! Das war eine meisterliche Enthüllungsarbeit!"

Der Dozent hob seine Hände und klatschte ihm Beifall. Einige Studenten stimmten mit ein, aber die meisten waren zu überrascht von Jespers Leistung. So etwas hätten sie dem zurückhaltenden Kommilitonen nicht zugetraut. Einige neideten ihm verständlicherweise seinen Erfolg. Birger streckte Jesper entschuldigend die Hand hin und er schlug ein. Mit solch einem guten Freund würde Jesper seinen neuen Ruhm spielend bewältigen.

Die Schwesternschaft

Valter hatte Jesper zum Mittwochabend in der darauf folgenden Woche in den Krog bestellt, ihm aber nicht gesagt, aus welchem Grund er ausgerechnet unter der Woche ins Dorf kommen sollte. Genau genommen wusste Valter den wahren Grund selbst auch nicht wirklich, aber es kam ihm ganz gut gelegen, denn er wollte Jesper gern dabei haben, wenn er sein erstes Gericht servierte. Auch Pia war sehr aufgeregt, weil Malva zugesagt hatte, ihnen nach dem Trubel mit der Presse am Mittwoch den ersten Kochunterricht zu geben.

Pia erwachte an dem Tag so früh, dass sie sich anzog und mit Malva zum Markt fuhr. Sie war ruhelos, konnte ihren Mund kaum still halten. Malva musste sie einmal streng ermahnen, damit sie sich auf die Einkäufe konzentrieren konnte. Malva bereute es beinahe schon, sich auf das ganze Unterfangen eingelassen zu haben und Pia ertragen zu müssen. Aber als Valter und Pia gegen ein Uhr in ihrer Küche standen, Schürzen trugen und mit Messern bewaffnet waren, seufzte sie nur einmal bei ihrem Anblick und gab die ersten Anweisungen. Sobald Pia wirklich aufmerksam arbeitete, weil sie sich alle Mühe gab, einen guten Eindruck zu machen, herrschte himmlische Stille in der Küche. Valters und Malvas Blicke trafen sich über ihre Arbeit, Valter deutete mit einer Kopfbewegung zu Pia hinüber und beide lächelten sich anerkennend zu. In ihrer gedanklichen Versenkung beim Gemüseputzen hing Pia sogar die Zunge aus dem Mund.

Valter und Pia stellten sich unter Malvas strenger Anleitung gar nicht so schlecht an, besonders wenn man an Pias vorherige Demonstrationen ihrer Back- und Kochkünste zurückdachte. Valter war zwar nicht so ordentlich in seiner Küchenarbeit, aber er würde noch genug lernen, um sich zumindest selbst versorgen zu können – obwohl das nicht mehr so wichtig war, wo er doch nun mit Dorfrabatt auf Malvas Speisekarte zurückgreifen konnte.

Gleich nach seiner letzten Vorlesung machte sich Jesper auf den Weg zum Dorf. Er setzte Birger zuhause ab und versprach ihm, spätestens Donnerstagabend pünktlich zurück zu sein, um mit seinem besten Freund ins Kino zu gehen. Darauf hatte Birger bestanden.

Jesper erreichte das Dorf gegen sieben Uhr. Er parkte das Auto vor Valters Haus und ging hinunter zum Krog. Anders grüßte ihn freundlich, als Jesper zur Tür hereinkam und mit einem Arm voller Bestellungen an ihm vorbeieilte. Jesper hielt nach Valter Ausschau, aber der schien immer noch in der Küche zu stehen. Dafür saß Per an einem größeren Tisch mit Svea, Pedro und Siri zusammen und es waren noch sechs weitere Plätze frei. Svea und Siri winkten Jesper zu ihrem Tisch herüber und sie alle außer Per begrüßten ihn überschwänglich. Zu seiner eigenen Verwunderung freute er sich selbst tierisch, sie wieder zu sehen. Sie gratulierten ihm zum Erfolg seiner Enthüllung und bestellten eine volle Runde Vodka.

Bald betraten Jocke und Ingrid gemeinsam das Lokal und gesellten sich zu ihnen. Nach einiger Zeit kamen Pia und Valter lachend aus der Küche und setzten sich mit an den Tisch, nachdem auch sie Jesper herzlich begrüßt hatten. Pia fiel ihm sogar um den Hals. Sie hatten ihre Kochschürzen abgelegt, rochen aber dennoch nach Braten.

An jedem Platz stand ein Pintchen Vodka, aber ein Stuhl war nach wie vor frei. Svea sah immer wieder ungeduldig auf ihre Uhr und als Jesper sich zu fragen begann, auf wen sie noch warteten, kam Mårten zur Tür herein, klopfte

Jesper kumpelhaft auf die Schulter, grüßte die Runde und setzte sich dazu.

"Nun, da wir endlich komplett sind", richtete Valter das Wort an die Gruppe, "möchte ich euch zu Skogs und Harbingers Krog willkommen heißen. Ihr werdet heute die lukullischen Köstlichkeiten einer neuen Generation von Spitzenköchen probieren. Pia und ich sind sehr stolz, dass ihr so bereitwillig euer Leben aufs Spiel setzt, um bei diesem historischen Moment dabei zu sein. Möge das große Fressen beginnen!"

Valter gab Anders einen besprochenen Wink und sofort trugen er und seine Frau etwas übertrieben freudestrahlend den ersten Gang auf. Es war festliche Erbsensuppe. Später folgte das einfache Pfannengericht Pytt i Panna und Vanillepudding kam als Nachtisch. Selbstverständlich waren dies nicht die aufwendigsten Gerichte, aber besonders bei Pia wollte Malva behutsam beginnen. Die anfängliche Vorsicht beim Essen verflog schnell, denn die Speisen waren weder übersalzen oder angebrannt, noch waren sie im Aussehen oder Geschmack in irgendeiner Art seltsam oder unappetitlich. Alle acht Gäste wie auch die beiden Köche sollte die Mahlzeit überleben. Eigentlich war das Essen sogar fast genauso gut, als hätte es Malva selbst zubereitet. Bestimmt hatte sie den ganzen Nachmittag mit scharfem Blick über die beiden Kochschüler und ihre Arbeit gewacht, dachte Jesper und hätte zu gerne erfahren, wie sich Pia, aber auch Valter angestellt hatten.

Der Abend verlief fröhlich und als keine Gäste mehr Essen bestellten, gesellte sich zuletzt auch Malva zu ihnen. Sie zog sich einen Stuhl vom nächsten Tisch heran, löste ihren Haarknoten und setzte sich zwischen Pia und Valter. Sie stießen mit einer weiteren Runde Vodka an und hatten lebhafte Gespräche. Die Frauen wollten von Jesper wissen, wie es ihm in der Stadt und mit seinen Freunden ergangen war nach dem Erscheinen seines Artikels. Er verlangte im Gegenzug einen Bericht über die Reporter im Dorf.

Eine Stunde vor Mitternacht brach die Gruppe langsam auf. Sie bezahlten ihre Getränke, denn das Essen ging auf Valters Rechnung, und dann schickten sie Valter, Jocke, Pedro, Per und Malva nach Hause. Klara drückte den Lappen, mit dem sie die Theke blank gewischt hatte, ihrem Mann in die Hand und schloss sich den Frauen, Mårten und Jesper an. Sie gingen eine kleine Runde durch das Dorf spazieren und klingelten Lina aus dem Haus. Zu siebt gingen sie schließlich zu Mårtens Haus.

Bei einer weiteren Runde Vodka, die der Schreiner großzügig ausschenkte, betonten die Frauen immer wieder, wie froh sie seien, dass Jesper ihrer Einladung nachgekommen war. Und jedes Mal fragte sich Jesper, was so wichtig daran war, dass er an diesem Abend ins Dorf gekommen war. Jesper sollte es nicht erfahren, bis sich um Mitternacht die bunt gemischte Truppe der sechs Dorfbewohner für einen Augenblick bei ihm entschuldigte, sich zurückzog und einige Zeit später in voller Brautmontur zurückkam. Mårten hielt etwas hinter seinem Rücken versteckt und die Frauen kicherten wie kleine Mädchen.

"In dieser Nacht vor acht Jahren ist Kjell von uns gegangen und wir wollten dich gerne bei unserer Feier, unserem Hexentreiben, dabeihaben", klärte Mårten ihn auf und zwinkerte ihm bei den letzten Worten zu. Die Frauen gackerten ungezwungen. "Aber uns war natürlich klar, dass du irgendwie nicht ganz zu unserer Gruppe von heißen Bräuten gehörst, deswegen habe ich mir etwas anderes einfallen lassen. Ich möchte gern, dass du unsere Brautjungfer wirst."

Mit diesen Worten zog er hinter seinem Rücken ein fliederfarbenes Kleid hervor und hielt es Jesper vor die Nase. Pia zog zusätzlich ein großes Paar farblich passender Pumps hinter ihrem Rücken hervor.

"Ich hoffe, die passen dir?", griente sie und die Bräute lachten amüsiert. Jesper brauchte einen Augenblick, um seine Worte wieder zu finden.

"Das soll ich anziehen?", fragte er kritisch.

"Du willst doch kein Spielverderber sein, oder?" Ingrid stemmte gespielt böse ihre Hände auf die Hüfte.

Jesper ließ sich dazu breittreten, das lila Kleid anzuziehen, auch wenn die Frauen darauf bestanden, dass es fliederfarben war. Mårten hatte ein gutes Auge für die Größe des Kleides bewiesen. Die Schuhe passten nicht so gut und drückten ihn, aber auch da beruhigte Pia ihn: wirklich gute Damenschuhe gab es niemals in der richtigen Größe.

Als Jesper schon fast fertig ausstaffiert war, brachte Siri einen Korb mit weißen Blütenköpfen herbei und drückte ihn Jesper in die Hand. Ehe er sich versehen konnte, hatte Mårten auch schon ein Beweisfoto von ihm gemacht.

"Du weißt, was das für dich bedeutet, oder?", flachste er und Pia führte seinen Gedanken mit von ihr ungewohnter Ernsthaftigkeit weiter aus.

"Also, wir haben dich jetzt vollkommen in der Hand. Du musst alles tun, was wir von dir verlangen, denn du bist nun ein Ehrenmitglied in der Schwesternschaft der wilden bottnischen Bräute, geweiht dem Kjell. Wenn du versuchst auszusteigen, veröffentlichen wir dieses Foto und beenden deine Karriere. Du musst wissen, wir kennen den berühmten Valter Harbinger und haben andere übernatürliche Kräfte. Stell dich bloß nicht gegen die Schwesternschaft. Sei geweiht!"

"Dem Kjell", weihte ihn die Gruppe im Chor.

Pia hatte große Mühe, ihr Lachen zu unterdrücken, und das Gegluckse der anderen Frauen war nicht sonderlich hilfreich. Sie mussten es einstudiert haben, denn mit einem Mal stellten sich die sechs Bräute um ihn herum, fassten sich an die Hände und begannen im Chor ein Weihgebet zu sprechen. Jesper war so überwältigt, dass er ihre Worte gar nicht verstand. Mårten gab ihm am Ende einen geheimen Ordensnamen, den nur die Schwesternschaft kannte und den er keinem Außenstehenden verraten durfte. Dann nahmen sie ihn bei der Hand und zogen mit ihm durch das schlafende Dorf über die Wiese zum Meer, wo sie ihre Trauerfeier abhalten wollten, die weniger traurig als feierlich verlief.

In den frühen Morgenstunden, als Jesper, angetrunken wie die anderen, auf den Stöckelschuhen durch das Dorf wankte, gestützt von Svea und Mårten, und über höllische Blasen an den Füßen klagte, bat er die Bräute, ihm das letzte Geheimnis zu verraten.

"Warum hat Sigrid Stina angefahren?"

"Ach, das weißt du nicht?", wunderte sich Klara.

"Stina und Sigrid haben sich gestritten", verriet ihm Pia. "Sigrid stieg in ihr Auto. Stina sprang vor ihr Auto, zwang sie anzuhalten und beleidigte Sigrid dann böse. Also gab Sigrid Gas, musst du wissen, und erwischte Stinas Fuß, den sie nicht rechtzeitig zurückziehen konnte."

"Was hat Stina so Schlimmes gesagt?" Jesper konnte seinen Ohren kaum trauen, dass einige Frauen im Dorf so rabiat sein sollten, wo die anwesenden fünf doch sehr freundlich waren.

"Sie hat vom Sinn her gemeint", mischte sich Mårten ein, "dass Sigrid feige sei und ihren Sohn zu einem Weichei erzöge. Es würde Bände sprechen, dass Niklas sich sowohl bei mir in der Ausbildung fühle. Es wüssten ja alle, in was ich ihn wirklich ausbilden würde."

"Das konnte Sigrid natürlich nicht hinnehmen, dass Stina im gleichen Atemzug sie, ihren Sohn und auch noch unseren guten Mårten beleidigte. Also du musst wissen, dass niemand im Dorf etwas Böses gegen die Verstorbenen, gegen unseren viel gelittenen Freund oder einen anderen unserer Freunde sagen darf. Also gab sie Gas", beendete Pia die Ausführung.

"Vielleicht sollten wir Sigrid dafür danken und sie auch in die Schwesternschaft aufnehmen", überlegte Lina, die ganz hinten ging.

"Und bald gehört ganz Schweden der Schwesternschaft an", lachte Jesper. "Wenn Herr Fredriksson nur wüsste, dass er mit dem geklauten Artikel doch die Wahrheit veröffentlicht hat…"

Lachend kehrte die Schwesternschaft aus sechs weißen Bräuten und einer lila Brautjungfer zurück ins Dorf.